中公文庫

歌舞伎町ダムド

誉田哲也

中央公論新社

目次

歌舞伎町ダムド

序章

狩る側と、狩られる側。

野生動物の世界でなら、それは対等ということになるのかもしれない。釣り合いがとれている、と言い替えてもいい。

ライオンや虎、豹《ひょう》、狼《おおかみ》といった大型肉食獣は、持ち前の攻撃力と凶暴さ、獰猛《どうもう》さをもって獲物を狩る。片や鹿、シマウマといった草食動物は、一度その爪牙《そうが》に捕らわれてしまえば、あとは食い殺されるしかない。乾いた大地に引き倒され、生きながらにして腹を裂かれ、筋肉に牙を突き立てられ、ずるずると内臓を引き出され、そのまま嚙《か》み千切《ちぎ》られ、血を啜《すす》られるのはどんな気分だろう。

目の前を忙《せわ》しなく行き来する毛深い四肢。入れ代わり立ち代わり自分の肉体を蹂躙《じゅうりん》する、悪魔たちの息遣い。辺りに立ち込める血の臭い、伸《の》し掛かる体の重み、薄れていく意識——。

案外、興奮したりしてはいないか。命のクライマックス。生と引き替えに得る、一生に一度きりのオルガスムス。もしそのときに股間《こかん》を見ることが可能なら、自分でも驚くほどの射精を確認することができるのではないか。

しかし、草食動物には草食動物なりの強さがある。まずは逃げ足。駆けっこさえ速ければ、敵がどんな猛獣だろうと関係ない。当たり前だ。それと、群れを構成する同族の数が多いのも強みの一つだろう。ライオンに食われ過ぎてシマウマが滅びた、という話は今まで聞いたことがない。たぶん目いっぱい食われても絶滅しないくらい、草食動物は子沢山なのだ。逆にいったら、食われることを想定して多めに子作りをしているともいえる。まさに「明るい家族計画」というやつだ。

中には、群れを守るためにわざと餌食《えじき》になる個体もいるという。自分が食われている間に仲間を逃がそう、という作戦だ。美しい自己犠牲の精神ではないか。自分の親兄弟か、ひょっとしたら妻や子供なのかもしれないが、今日まで一緒に暮らしてきた家族が、振り返れば悪魔どもの餌食になっている。寄ってたかって食い物にされながら、目に涙を浮かべ、それでもみんなは早く逃げてくれと最期の祈りを捧《ささ》げている。想像するだけで涙が出るではないか。そんな尊い精神があって初めて、自然界のバランスは保たれるのだろう。

ただし、これを人間界に当てはめようとすると無理が出てくる。まず狩る側と狩られる側を見比べても、ライオンとシマウマのようにはっきりとした外見上の違いがない。みんな人間。食うか食われるかは、見た目では判断できない。

それはたいてい、狩る側の強みとして働く。

「ンンーッ、ンッ、ンンンーッ」

ベッドの上。両手首を腰のところで縛《しば》られた、全裸の女。裸にしたのは俺ではないが、手首を縛ったのは俺だ。口に無理やりブラジャーを詰め込んだのも、逃げられないよう両足首を縛ったのも、俺だ。まあ、うつ伏せにした上、腿《もも》の辺りに俺が跨《また が》っているので、そう簡単に逃げられはしないのだが。

うるさい。騒ぐな。

後頭部に一発、拳《こぶし》をくれてやる。パサパサに傷《いた》みきった金髪。最初はナイフの柄で殴ったので、脳天には少し血の赤が滲《にじ》んでいる。

ベッドから少し離れた壁際には、全裸の男が転がっている。女の服を脱がしたのは奴だろう。その場面は直接見ていないので知らない。むろん女が自分で脱ぎ、男の服も脱がしたという可能性もないではないが、そんなことはどうでもいい。男のイチモツはコンドームをかぶったまま、干乾《ひから》びた犬のフンのように縮こまっている。いま確認できる事実はそれだけだ。

男の両手両足も縛り、口にもパンツと靴下を詰め込んであるが、今のところ女ほど抵抗する様子はない。ナイフを持った俺とは多少距離があるから、まだ自分は助かるかもしれないとでも思っているのか。だとしたら馬鹿だ。めでた過ぎる。

さて、どういうスタイルでやるか。

そう俺がいった途端、きゅっ、と女の両腿に力が入った。俺も下半身を露出しているので、このまま後ろから、しかもナマで入れられるとでも思ったのだろう。馬鹿め。俺は、そんな下らないことはしない。俺は、もっともっと気持ちいいプレイを知っている。

たとえば、背中だ。

左手で撫《な》でてやると、反射的にビクンと体を反《そ》らせる。まな板に載《の》せられた魚。どんなに跳ね回っても、このベッドから逃れることなどできはしない。

まずは、こうだ。

魚の捌《さば》き方としてこれが正しいかどうかは知らないが、背骨に沿ってゆっくりと、真っ直ぐにナイフの刃を引いていく。

「ングッ、ンンーッ、ンーッ」

こつん、こつん、こつん。背骨の凹凸をしっかりと刃先で感じながら、一直線に腰まで切れ目を入れる。切った瞬間は、骨と脂肪の色が白く覗《のぞ》く。だがすぐに血の赤が滲み、あっという間に色を増し、どす黒く傷口を埋めてしまう。

くぐもった女の悲鳴は続いている。感じているのだ。人生で一度きりの、最高のオルガスムスを。いいだろう？　凄《すさ》まじい快感だろう。死の予感を全身で味わったら、今までのセックスなんて、乳首をちょっとつまれた程度にしか思えなくなるだろう。

いったんナイフを傍《かたわ》らに置き、両手で肩甲骨《けんこうこつ》の下辺りを押さえる。そして思いきり体重をかけ、左右に開く。

「ンギィィィーッ」

傷口が一気に大きく裂ける。縦になった、巨大な目のようにも見える。化け物の赤い目が、女の白い背中からこっちの世界を覗き見ている——どうだ。お前にはどう見える。血肉で濁《にご》ったその醜《みにく》い目玉は、この世界に一体何を見出す。

そろそろ、直《じか》に触ってやろう。

傷の内側、背骨と背筋の感触を直接指先で確かめる。血と脂肪のぬめり。骨に繋《つな》がった筋繊維。もう一度ナイフを握り、背骨から筋肉を切り離してやる。刃を寝かせて撫でるように、こりこりと優しく。ちょうど、魚の鱗《うろこ》を削《そ》ぐときの刃の当て方に似ている。

背骨が、徐々に露出してくる。

壁際の男に目を向けると、だいぶ顔色が悪くなっていた。目に涙を浮かべてはいるが、表情は特にない。貧血でも起こしたか。

そんな他人事《ひとごと》みたいな顔をしてないで、しっかり見ていろ。これだって、何回かは抱いた女なんだろう。お前のそのしょぼくれた息子を、ここに、何度も出し入れしたんだろう。

でも今夜、この穴に俺のは入れない。代用品は、このナイフだ。

「ンギィイイーッ」

女の股座《またぐら》にナイフを挿入してやる。入れるだけでは気持ちよくないだろうから、捻《ひね》りを加えながら、リズミカルに出し入れしてやる。

「ンギッ、イッ、ンイッ」

そうだろう。いいだろう。ナイフでセックスなんて、一生に一度しか体験できないぞ。相当感じているらしい。もう、出てくる血の量が半端ない。そんなに出したら死んじまうぞ、というくらいざぶざぶと溢《あふ》れてくる。中を掻《か》き回しているだけだから、傷口の大きさはもとからあった穴とさほど変わらない。そこから湧き出るように、ひっきりなしに血が流れ出てくる。噴き出してくる。

いいだろう。感じるだろう。凄いだろう。体が、とろっとろになっちまうだろう。あんな男のしょぼくれたイチモツより、こっちの方が断然いいだろう。なあ、イキそうだろう？　イキそうなんだろう？　それとも、もうイッたのか。

おい、どうした、こら。

いつのまにか反応が鈍《にぶ》くなっていたので、軽く女の尻を叩いてみた。だが、たぷんと水袋のように揺れただけで、気持ちよかったとか、まだやめないでとか、女はなんの意思表示もしてこない。

どうやら、本当にイッてしまったようだ。

意外と、呆気《あっけ》ないものだ。

よっこらしょ、と血溜《ちだ》まりから腰を浮かせる。俺もだいぶ射精していたようだ。先っぽから真下に、粘《ねば》っこいものが糸を引いている。真っ赤に染まった、俺の精子。

俺はベッドから下り、ナイフを持ったまま男の近くまでいった。

男はぐったりと、すでに死んだように半分目を閉じている。

悪かったな。だいぶ待たせちまったが、ようやくお前の番だ。幸い、俺のやり方には男も女もない。ケツの穴を穿《ほじく》り回すだけだから、お前にも、あの女とほとんど同じ快感を与えてやれる。

喜べ。

おい、喜べって。


男の方は、すぐに萎《な》えてしまった。だから俺も、あまり気持ちよくなれなかった。順番を逆にするべきだったのかもしれない。終《しま》いがこうも尻すぼみだと、なんとも後味が悪い。

だが、終わってしまったことは悔《く》やんでも仕方ない。死んだ人間は絶対に生き返らない。

流し台で手を洗い、シャワーを借りて全身に浴びた返り血を洗い流した。それから、冷蔵庫に入っていたビールを一本ご馳走《ちそう》になって、タバコを三本吸った。

改めて部屋を見回してみる。

この部屋の主は男の方だが、奴は決してここで暮らしていたわけではない。要はラブホテル代わり。女を抱くという、その目的のためだけに借りた部屋らしい。俺にとってはどうでもいいことだが。

四本目を吸おうか、もう一本ビールをもらおうか。ぼんやり考えていたら、玄関のチャイムが鳴った。時計を見たら、いつのまにか約束の時間になっていた。そうだ。男が案外あっさりイッてしまったから、俺が時間を持て余す破目《はめ》になったのだ。

玄関までいき、ドアスコープを覗いて確認すると、案の定よく知った顔がそこにあった。掃除屋のシンちゃん。親切のつもりかレンズに顔を近づけているので、もんわりと顔の中心が膨《ふく》らみ、さらに不細工が増して見える。

俺はロックを解除し、ドアを開けてやった。

ご苦労さん、と声をかける。

「どうも……あの、パンツくらい、穿《は》いたらどうですか」

立派過ぎて目のやり場に困るか。

「……ええ。まあ」

とりあえず俺はシンちゃんを招き入れた。

山登りにも使えそうな馬鹿デカいリュックを背負ったシンちゃんが、短い廊下を通って部屋の戸口に立つ。そこから正面にあるベッドと、部屋の左側を交互に見る。

「また、ずいぶんと散らかしてくれましたね」

後始末がシンちゃんだと分かってると、俺は安心して仕事ができる。安心というより、遠慮なく、といった方がいいか。

「仕事、ですか……だったらもうちょっと効率的に、シンプルにできませんかね」

仕事とはいえ、楽しんでできるに越したことはない。俺は、仕事を楽しむことにかけては天才なのだ。

「それはもう……間違いなく、そうだろうと思いますけど」

シンちゃんは溜め息をつきながら、まず部屋の中心に一畳くらいの小さなブルーシートを敷いた。そこにリュックを下ろし、中身を並べ始める。洗剤のボトルが五本、ブラシやスポンジ、クロスも何種類かずつある。汚れをこそぎ取るヘラ、鋸《のこぎり》三本、包丁五本、黒いビニール袋も大量に。食品用のラップが三本、束になったプラスチックの結束バンド。それと、ジューサーミキサーが二台。

「あの……もう、お帰りいただいて、いいんですけど」

いや、少しだけシンちゃんの仕事ぶりを見学していく。シンちゃんのやり方は、毎回少しずつ新しくなっている。そんな研究熱心なところを、俺は心から尊敬している。

そう俺がいうと、シンちゃんは「はあ」と頷《うなず》いて作業に取りかかった。

しかし、死体を浴室に運び込み、野郎の腕と脚を胴体から切り離した辺りで、俺は早くも飽きてしまった。

やっぱり、帰る。

「はい、お疲れさまでした。お気をつけて」

駄目だ。急に眠くなってきた。


真夜中の街をぶらぶらと、住処《すみか》を目指して歩き始めた。特に急ぐ用事はない。到着は朝になろうが昼になろうがかまわない。

途中に電話ボックスがあったので、そこに入った。着古したミリタリーコートのポケットから手帳を出し、アドレスのページを開く。

上田大助《うえだだいすけ》。ヤクザの組長としてはとんだ腰抜けだが、俺にとっては大事なお客さまだ。

夜中だからか、コールは十回近く続いた。ヤクザが早寝早起きでもないだろう、さっさと出ろ、まさか女と姦《や》ってる最中じゃないだろうな、などと小さく悪態をついていたら、出た。

『……はい、もしもし』

声が少しガラついている。やはり寝ていたのか。周りの音は特に聞こえない。

遅くに悪いな。俺だ。

『ああ、うん……どう、だった』

上手く殺《や》ったに決まってるだろう。俺を誰だと思ってるんだ。

『ああ、そう、ね。うん。ご苦労さま』

シンちゃんからも連絡があるだろうが、奴はこの俺が、間違いなく始末してやった。なので残りの金を約束通りもらう。

『あ、うん、分かってる。それは、大丈夫。ただ、その……』

「ただ」とか「でも」といった話は聞きたくない。金は近々取りにいく。そのときに次の話もしよう。

『いや、あの』

四《し》の五《ご》のぬかすな。お前のためだ。相手は誰でもいい。俺がブチ殺してやる。相手がどこの誰だろうと、俺が片《かた》っ端《ぱし》から始末してやる。この程度で弱腰になるな。お前は小さなことは気にしないで、ガンガン伸《の》していけ。そして、日本一の親分になれ。俺がついててやる。気合入れて、ドンといけ。

『あ、その、だからさ……』

近々いく。金を用意しておけ——。

伝えるべきことは伝えたので、それで俺は受話器を置いた。

電話ボックスを出て、また一人歩き始める。

尻すぼみに終わりはしたが、俺もそれまでにだいぶ射精していたのだろう。なんだか腰の辺りがふわふわとだるい。仕事を終えたあとの、心地好い倦怠《けんたい》感というやつだ。

途中に公衆便所があったので、そこで一発クスリを入れた。由来は知らないが、「NP」とか「エヌ」と呼ばれている、わりと新種の麻薬だ。これをキメると、最初にまず、ぶわっと体が大きくなったように感じる。その後に、ちりちりと細かい刺激が全身に広がり始める。ちょうど、セックスでイッたときの十倍くらいの快感が、股間だけでなく全身に行き渡るような感じだ。それが、約二時間持続する。正直、これを味わってしまったらセックスなんて馬鹿らしく思えてくる。

さらにいうと、痛みもほとんど感じなくなる。体に何か当たれば、当たったことは感覚的に分かるが、それが他人事に思えるほどダメージがない。分厚いプロテクターでも着けたらこんな感覚になるのではないか。だから、クスリが効いている間は殴られても、切りつけられても全然平気だ。しかも眠くならない。俺みたいな仕事の人間にはもってこいのドラッグだ。

あ、しまった――。

気持ち良過ぎて、便所の個室でのた打ち回っていたら、尻のポケットに挿《さ》していたナイフを落としてしまった。しかも便器の中に。しかし大したことではない。大便も小便もしていないので、水に濡れただけだ。

七インチの、大型バタフライナイフ。

その昔、といってもまだ七年くらいしか経っていないが、あの新宿歌舞伎町《かぶきちょう》をまるごと封鎖するという、とんでもない事件を起こした奴らがいた。彼らは「新世界秩序」を名乗り、当時の内閣総理大臣を拉致《らち》し、その命と引き替えに歌舞伎町の治外法権を日本国政府に対し要求した。そのあまりにもブッ飛んだ、クールも馬鹿も通り越して最高にヤバかったあの「歌舞伎町封鎖事件」に、俺は心酔《しんすい》した。完全に俺は「新世界秩序」の信者になっていた。

当時の俺はただの荒くれ者で、たまたま歌舞伎町に居合わせて、封鎖によってあの街に閉じ込められてしまったのだが、そのとき目の当たりにした光景が何しろ凄まじかった。人が人を、平気で殺すのだ。いきなり撃つ。いきなり刺す。いきなり鉄パイプで殴る。一度殴り始めたら、延々と殴り続ける。やめてくれ、助けてくれと泣き叫んでいるにも拘《かか》わらずだ。やがて頭蓋骨《ずがいこつ》が砕《くだ》け、脳味噌が飛び出し、それでもやめず、アスファルトに転げ落ちた目玉をゴリッと靴底で踏みつけ、最後は中指を立てて「ファッキュー」だ。その直後に、そいつは後ろから頭を撃たれて死んだ。撃ったのは女だった。果たして、あの三人はどういう関係だったのだろう。

真面目そうなスーツ姿の中年親父が、路地裏で若い女をレイプしているのも見た。ヤクザ風の男を、キャバ嬢っぽい女数人が寄ってたかって切り刻んでいるのも見た。歌舞伎町一丁目の中心、シネシティ広場での公開処刑も、雑居ビルの屋上から人が投げ捨てられるのも、ジープが道端の死体の頭を踏み潰《つぶ》していくのも見た。

そんな地獄絵図の中で、俺は彼に出会った。「新世界秩序」のリーダー、ジウに。そのジウが持っていたのが、これと同じナイフだった。七インチの大型バタフライ。ジウはこれを刃物としてだけでなく、ヌンチャクのようにも使用し、まさに蝶《ちょう》が舞うように美しく、蜂《はち》が刺すように容赦なく、殺戮《さつりく》を繰り広げた。

あれで俺は、完全に目覚めた。それまでは碌《ろく》な人生ではなかったが、あれによって俺は、完璧に覚醒した。

俺の中にも、ジウがいる。俺だって、ジウになれる——。

手始めに、ヤクザ者を後ろから殴って殺した。粋《いき》がった黒服野郎も殺して吊るした。拾った拳銃で警察官も撃ち殺した。封鎖は思いのほか短時間で解除され、「新世界秩序」による歌舞伎町の治外法権獲得は幻に終わったが、それでも、あの興奮は俺の中に、確実に、別の命を宿した。

ジウは、今も俺の中にいる——。

これはあとから聞いた話だが、どうやらジウは、そもそも痛みを感じない体質だったらしい。いわゆる「無痛症」というやつだ。だから俺も、それを手に入れることにした。何か方法があるはず。そう思って探し回り、二年前にようやく出会ったのが「エヌ」だった。

これによってまた一歩、俺はジウに近づいた。
いや。もうすでに、俺こそがジウなのかもしれない。

第一章

1

五月一日火曜日、二十時。

東弘樹《あずまひろき》は、新宿三丁目にあるスペイン料理屋で食事をしていた。珍しく女性と二人で。といっても、相手は以前コンビを組んで捜査をしたことのある刑事、門倉美咲《かどくらみさき》だ。

窓の下。夜の靖国《やすくに》通りを見下ろしながら、門倉が呟《つぶや》く。

「……あれからもう、七年も経つんですね。なんか、懐かしいとかいったらいけないんでしょうけど、感慨深いものはありますよね」

確かに「懐かしい」は不謹慎だろう。三千名近い死傷者と、二百数十名の逮捕者を出した大事件だったのだから。いまだ後遺症に苦しんでいる被害者も、百人や二百人ではないはずだ。

「ああ……まあ、なんというか、歌舞伎町という街は、なんだかんだ逞《たくま》しいよ。俺が新宿署にきたのが四年前で、もうその頃にはあの事件の傷痕なんて、どこにもなかった。そもそも歌舞伎町ってのは、戦後復興の都市計画によって造られた街だ。今また、『歌舞伎町リヴァイヴ』なんていう、再開発プロジェクトが持ち上がっている。壊れては造り替え、また壊しては造り替える……復活とか復興とか、そういうのがもともと得意な体質なんだろう」

東が食べているのは魚介のパエリア。年のせいだろうか、最近は肉より魚介類の方が口に合うようになった。今日は相手が相手なのでスパニッシュで手を打ったが、できれば野菜中心の和食の方がありがたかった。ステーキみたいな肉料理も月に一度くらいは食べたいと思うことがあるが、実際口に入れてみると、数十グラムでもうたくさんになってしまう。百グラムはまず食べきれない。

それと比べると、女性とはいえ門倉はまだ若いのだろう。イベリコ豚の生ハムや子羊のローストといった肉料理を、実にリズミカルに、楽しげに口へと運んでいる。

東はいったんフォークを置き、白ワインの入ったグラスに手を伸ばした。

「こんなことを、今さら訊《き》くのもなんだが……君は、いくつになった」

生ハムを巻き取ろうとしていた門倉のフォークが、ぴたりと動きを止める。

「今年、三十四です。東さんとは十八歳違いです」

「そうか……君ももう、三十四か」

「そんな、しみじみ繰り返さないでくださいよ」

語気に意外なほど抗議の意図を感じ、目を上げると、門倉は少し口を尖《とが》らせ、眉をひそめていた。女性に年の話、というのがマズかったのか。

「ああ、すまん。そういう意味じゃないんだ」

「どういう意味でも一緒です……ほんと、東さんって変わらないですよね」

それこそどういう意味だ。

「俺が、変わらないか？　もうとうに五十を過ぎてるぞ。白髪もだいぶ増えた」

「そういうところが、変わらないんです」

分からない。七年前と比べたら、確実に髪の毛の量は減ったし、体力も落ちた。健康診断で引っかかる項目も一つや二つではないし、書類仕事をするときは老眼鏡を掛けるようにもなった。それで何が変わらないというのか。

思えば、そうだ。この門倉とは、どうも会話からして嚙み合わないところがあった。ふた回り近く違うのだから、ジェネレーションギャップがあるのは当然かもしれないが、それにしても何か、しっくりこないものは感じていた。

かつて門倉は、警視庁本部の刑事部捜査第一課特殊犯捜査係に所属していた。立て籠《こ》もりや人質事件を専門に扱う部署だ。それもあるのだろうが、細身で大人しそうな外見とは裏腹に、あの封鎖事件の最中にあった歌舞伎町に自ら乗り込んでいったり、爆破で崩れかかったビルから仲間を助け出そうとしたりと、意外なほど無鉄砲な行動をとる一面がある。むろんその勇気と行動力は尊敬に値するが、しかしその性格を自分が理解できるかというと、さっぱり自信がない。むしろ、よく分からない人物という印象の方が強い。

別に、無理に理解する必要もないのだろうが。

「そういえばさっき、戸塚《とつか》署の生安（生活安全課）にいるというのは聞いたが、係はなんだ」

「ああ、少年係です」

「対策の方か」

「いえ、事件担当です。そちらが挙げた少年の余罪で、うちに関わるものがあったものですから。それでちょっと」

「なるほどな」

再び東がフォークを取ると、門倉はまた窓の外に目を向けた。

「……それにしても、いろんなことが、変わっちゃいましたよね」

今度はなんの話だろう。

「変わったって、所属のことか」

いうまでもないことだが、警察官は公務員だ。警視庁なら地方公務員。原則、五年に一度は異動がある。変わっていく方がむしろ自然といえる。

門倉が、ちょっと首を傾《かし》げる。

「まあ、所属も、そうですけど……たとえば、伊崎《いざき》さんとか。判決、出ちゃいましたもんね」

そっちの話か——。

伊崎とは、かつて門倉と同じ捜査一課特殊班に所属し、のちに女性初のＳＡＴ隊員になった伊崎基子《もとこ》のことだ。伊崎は「歌舞伎町封鎖事件」に関与し、あまつさえ東の部下だった沼口《ぬまぐち》巡査部長を殺害した。門倉にとっては元同僚でも、東にとっては憎き部下の仇《かたき》。確かに、最終的には東も伊崎の救出に手を貸したが、だからといって決して思いは同じではない。

「一審だけで、控訴《こうそ》はしなかったらしいな。そのまま、死刑で確定か……ということは、今もまだ東京拘置所か」

門倉が、さも悲しそうな顔で頷く。

「でも、子供はちゃんと産んでるんです。男の子を」

「じゃあ今、その子は施設か」

「たぶん、そうだと思います。ご実家が引き取った、ということではないみたいです。その他の親戚、ということなら、あるのかもしれないですけど」

そう門倉がいっている最中に、腰の携帯電話が震え始めた。すまない、という意味で彼女に掌《てのひら》を向け、携帯を取り出した。ディスプレイには【新宿署】と出ている。

「はい、東です」

『ああ、篠塚《しのづか》です』

新宿署刑事課強行犯捜査第一係、篠塚統括係長。今日、彼は本署当番で泊まりの勤務に入っている。こんな時間になんの用だろう。

「お疲れさまです」

『東さん、今どこにいますか』

篠塚は東にとって直属の上司だが、なんの気遣いか、彼は東に対して常に敬語を使う。

「三丁目で飯を食ってますが、何か」

『まだ詳細はよく分からんのですが、今し方、区役所の裏辺りで、人質立て籠もり事案が発生した模様で』

新宿区役所なら、走ればここから五分とかからない場所だ。人質立て籠もりという特殊犯事案なら応援にいくのも吝《やぶさ》かでないが、その前に、本部特殊班への出動要請は済んでいるのだろうか。それこそ門倉の古巣だ。

「区役所裏というのは、路上ですか」

『いえ、一丁目六番にある、「しげちゃん」という一杯飲み屋と聞いています』

さすがに店名を聞いてもピンとはこない。

「マル害（被害者）は」

『女性らしいですが、素性や人数はまだ分かりません。それよりも、ちょっと妙でして』

「何が……」

訊きながらポケットの財布を出そうとしたが、途中で向かいから門倉の手が伸びてきた。事件と察したのだろう。彼女は同じ手で伝票のバインダーを押さえ、会計は私が、と目で伝えてきた。

東は一つ頷いて立ち上がった。

「妙って、何がです」

『それが、マル被（被疑者）がですね、刑事課の東警部補を呼んでくれと、いっているらしいんです』

犯人が、自分を名指し？

「理由は、分からないんですか」

『ええ、とにかく呼んでくれと、そういうことのようです。いかれますか』

「もちろん、すぐに向かいます」

電話を切り、もう一度門倉に片手で詫《わ》びた。彼女は微《かす》かに笑みを浮かべ、小さくだがしっかりと頷いた。

こういう、察しがよくて控えめなところは、門倉の大きな美点だと思う。

靖国通りを花園《はなぞの》神社方面に走り、新宿五丁目交差点の信号がちょうど青だったので、向こう側に渡った。次の赤信号は無視してさらに走り、冗談のようだが「東通《あずま》り」の入り口で右に折れた。

途端、事件現場の様相が目に飛び込んできた。

せまい一車線の道路をパンダ（白黒パトカー）が塞《ふさ》いでおり、その向こうには立入禁止のテープが張られ、すでに制服警官数名が通行人の整理を始めていた。平日の夜なので、野次馬が集まるのもあっという間だったろう。目で数えただけで三、四十人はいる。現場をはさんで向こう側にもいるだろうから、最低でもこの倍はいることになる。

それらを掻き分けて現場近くまでいくと、身分証を出すまでもなく制服警官がテープを上げてくれた。名前はすぐに出てこないが、知っている顔だった。

「東係長、現場はその、ホルモン屋の先です」

確かに、ホルモン屋の向こうに「しげちゃん」と書いた看板が出ている。

「……分かった」

息を整えつつ現場に接近する。私服警官で臨場しているのは、本署当番に当たっている盗犯係のデカ長（巡査部長刑事）と、強行犯二係の担当係長、とりあえず二人か。彼らに説明している若い制服警官は、歌舞伎町交番の係員か。

東は強行犯二係、瀬川《せがわ》係長の隣に立った。

「……お疲れさまです。どうですか……様子は」

「東さん、よかった。きてもらえて」

「ええ、たまたま、近くに、いたんで……なんですか、マル被が私を、名指ししているとか」

はい、と頷いたのは若い制服の彼だ。

「新宿署の、東警部補をここに呼んでくれと、先ほどから繰り返しています」

「人質は」

「女性客一名です。男性店員二名、男性客五名、女性客一名が店内から退避してきましたが、一名だけ女性客が取り残された模様です。被害女性の氏名は、タキグチリエ、三十一歳。新宿区役所勤務で、連れは男性と女性の一名ずつ、三名で来店。マル被は店内で酒を飲んでいた男性客で、急にナイフ状の刃物を取り出し、全員表に出ろと、客と店員を脅したそうです。その際、一番近くにいた女性客が捕まり、刃物を向けられ、他の者は外に出ろと。出なければこの女を刺すぞと」

そこまではよくある立て籠もりの展開だ。人質の数を減らすのも、自分で状況をコントロールするためには有効な手段だ。しかし、東を名指ししてきたという点は不可解としか言いようがない。

「私を名指ししてきたのは、どういう状況でだった」

制服の彼は「はい」と現場を指差した。

店舗の道に面した部分はガラス張りで、カウンターの中も外も無人であることは表から見ても分かる。ただし、カウンターの向かって左側は直角に折れて奥へと続いており、ここからではそこがどうなっているのかが見えない。マル被とマル害はその、奥まった死角にいるものと思われる。

「私は店舗正面までいき、状況を現認、説得を試みようとしましたが、いきなりマル被が、お前はどこの者だと。それも興奮した様子はあまりなく、比較的淡々と、お前はどこの人間だと」

立て籠もりのマル被が興奮していないというのも珍しい。

「なんと答えた」

「歌舞伎町交番だというと、それは新宿署だなと、念を押されました。そうだと返すと、なら刑事課の東警部補を知っているかと。むろん、知っていると答えました。すると、ここに呼んでくれと。東警部補を呼んでくれたら、この女性は危害を加えずに解放すると」

完全に、東に個人的な用件があるとしか考えられない。

「……分かった。じゃあ、俺がいこう」

　すると制服の彼は、目を丸く見開いた。

「しかし東係長。防刃《ぼうじん》ベストとか、何かしらの装備はしていただかないと」

「心配するな。そんなに無茶はしない」

　実際、それが正直な気持ちだった。マル被を自分の手で挙げる気など毛頭ない。自分が名指しされているのなら、こいと呼ばれているのなら好都合だ。いくだけいって、話し相手になって、その間に本部の特殊班が到着すれば、あとは彼らに引き継げばいい。向こうは特殊犯事案の専門チームだ。張り合う気などサラサラない。説得だって突入だって、東よりよほど上手くやってのけるはずだ。

　一歩前に出ると、瀬川係長も制服の彼も脇に避《よ》け、東に道を譲った。一つ頷いてみせると、瀬川も同じように頷いて返した。

　できるだけゆっくり。そう自分に言い聞かせながら、現場へと歩を進めた。一歩、また一歩。近づくたびに、直角に曲がったカウンターの奥が見えてくる。

　焼き鳥を中心に、安めの肴《さかな》でビールや焼酎、ホッピーなどを飲ませる店のようだ。蛍光灯の明かりに照らされた店内は、煙と煤《すす》でいい塩梅《あんばい》に汚れている。焼き鳥屋はこれくらいがちょうどいい。あまり綺麗過ぎても、この手の店は落ち着かないものだ。

　さっきはカウンターの中も無人と想定したが、実際はしゃがんでひそむことは可能だろう。しかし、店員は店舗外に退避している。マル害の連れも確認できている。この状況で、マル被のレツ（共犯者）がカウンターに隠れているというのは考えづらい。いや、待て。東を誘《おび》き出し、殺すことが目的だとしたら、それも想定しておくべきか。東がマル被の説得に夢中になった頃合を見計らい、死角からレツが襲ってくる、そういうことだってないとは言い切れない。やはり、防刃ベストくらいは借りてくるべきだったか。

ようやく、死角になっていた店の左奥が見える位置までできた。

ガラス戸の向こう。女性は尻餅をついた恰好のまま、少し後ろに引きずられたのか、両脚を前に投げ出し、それでも両膝《ひざ》を揃え、斜め座りをしている。マル被はその背後。左膝を立て、右膝をコンクリートの床につく恰好で、右手にナイフを持ち、女性の喉元《のどもと》に当てている。

マル被はかなりの癖毛だ。頭髪全体がこんもりと膨らんでいる。ただし、額は少し後退している。年の頃は四十代半ばから後半といったところか。さらに口の周りにはヒゲ。毛深い体質のようで、ヒゲも、ナイフを構えた手の甲の毛も、日本人にしてはえらく濃い。

顔を見たら案外、昔扱ったホシかもしれない。そんな想定も、東の中にはあった。しかし残念ながら、男の顔に見覚えはなかった。ヒゲのない状態も想像してみたが、ピンとくるものはない。

ガラス越し。すでにマル被も東に気づいている。

東は両手をバンザイの状態に挙げ、ガラス戸に近づいていった。横引きのそれは全部で四枚。開いているのは真ん中の二枚。店内に入るには、いったん二人がいる位置より右側に寄らなければならない。

幸い暖簾《のれん》の類《たぐい》はない。頭を下げることも視界を遮られることもなく、東は出入り口の真ん中から店内に入った。

「お邪魔するよ……」

カウンターがあるので、この位置から見えるのはマル被の癖毛の頭だけだ。もう少し左に寄らないと目も合わせられない。念のためカウンターの中を確認したが、最初に思った通り、ここは空っぽの無人だった。

両手を挙げたまま、左に横歩きしていく。

「……俺が、新宿署の、東だ」

反応はない。だが東は動き続けているので、マル被の目と右肩は見えるようになった。もう一歩進むと、女性の頭も見えた。マル被の口元も視界に入ってきた。

「俺に、何か用があるんだろう。申し訳ないが、名前を、教えてもらえるか。たぶんどこかで会ってるとは思うんだが、もう年かな、急には思い出せないんだ。名前、聞かせてくれないか」

さらに一歩進む。ようやく、二人の頭からつま先まで、すべてが視界に入った。ガラス戸の外から見たのと、状況的には何も変わっていない。

小さな咳払《せき》いがあり、マル被が口を開いた。

「……テヅカ、マサキといいます。あなたとの面識は、ありません。よって、あなたが本物の東警部補かどうかも、私には分かりません。申し訳ありませんが、身分証を提示していただけますか」

驚いた。この冷静さだけで充分珍しいが、警察官に身分証の提示を要求してくるとは。そこまでして、自分に一体どんな用があるというのだろう。

「分かった、身分証だな。いったん、手を下ろすぞ。いいな……拳銃なんて持ってないから、変な勘違いはしないでくれよ。警察手帳を開いて、身分証を、見せるためだからな」

小細工をする気はなかった。予告した通り、ズボンの前ポケットから警察手帳を出す。通巻き付けてある紐《ひも》を解き、二つ折りのそれを開く。ただし、紐の一端はズボンのベルトベルト通しに「なす環《かん》」で結着してある。このまま投げ渡すことはできない。なのでマル被に向けて、紐が伸びきるまで近づけて提示する。

「……読めるか、これで」

「すみません。もう半歩、前にきてください」

欲張らず、二十センチほど前方に右足を踏み出す。

「どうだ、分かるか」

するとマル被は、意外なほどあっさりと頷いた。

「分かりました。あなたは間違いなく東警部補ということで、お話ししたいと思います。ではまず、確認なんですが……私がこのまま逮捕された場合、私の取調べは、東警部補に担当してもらえるんでしょうか」

これはまた一体、なんの心配をしているのだ。

「ああ、このまま逮捕なら、私が担当できる。それは、約束する」

「場所は」

「……場所？」

「新宿署ですか、それとも本庁ですか」

「いや、新宿署で調べる。留置も、新宿署になる」

「分かりました。それでけっこうです」

逆に東には、さっぱりわけが分からなかった。

マル被は、ナイフをおもむろに女性の喉元から遠ざけ、いったんコンクリートの床に置き、しかもその状態から東の方に、押し出すようにすべらせた。カラカラカラ、と小躍りしながらすべってくる、安物の果物ナイフ。東はしゃがみ、手袋をはめる余裕はないので、刃先をつまんで直接ポケットに収めた。

マル被はマル被で、女性の両脇に自ら腕を入れ、立ち上がる手助けをしていた。

「……手荒な真似をして、すみませんでした。怪我《けが》は、ありませんでしたか」

女性は困惑した表情を浮かべながらも、しっかりと頷いて返した。

「では、あなたは先に、外に出ていてください。私はあとから、この刑事さんと出なければならないので」

もう一度頷き、女性は顔を伏せ、身を屈《かが》めながらマル被のもとを離れた。東とすれ違い、ガラス戸の開いたところから外に出ていく。ワッ、と数人の警官がそこに集まるが、まだ中に入ってくる者はいない。

東はすぐ、マル被に目を戻した。

「……テヅカさんと、仰《おっしゃ》いましたね。私と一緒に、きてもらえますか」

「はい」

テヅカは大人しく従い、東と共に店から出た。

制服警官が四人ほど集まってきたところで、東が告知した。

「逮捕・監禁の容疑で、五月一日、二十一時三分、現行犯逮捕します」

「……はい」

テヅカは以後もなんら抵抗をせず、制服警官に手錠を向けられれば両手を出し、促《うなが》されればパンダに乗り込み、そのまま本署に連行されていった。

思わず、東は溜め息をついてしまった。

むろん、事件が無事解決したことに不満はない。だがあまりにも展開が不可解で、納得には程遠い。

あとから現着した、本部の特殊班係員に説明するのもひと苦労だった。

「……じゃあ、説得は何もしてないんですか」

「ええ。私が身分証を提示しただけです」

「なぜ東さんが身分証を提示すると、ホシが投降するんですか」

「知りませんよそんなことは。これから調べるんですから」

「それと、どうやってナイフを取り上げたんですか」

「別に取り上げたわけではありません。マル被が、自ら差し出してきたんです。床にすべらせて」

「そんな馬鹿な」

「しょうがないでしょう、実際にそうだったんですから」

納得できる理由があるなら、むしろこっちが知りたい。

2

芳村照実《よしむらてるみ》は、渋谷センター街のはずれにあるワインバーにいた。

仕事以外では、できるだけ歌舞伎町に足を踏み入れないようにしている。女と会うときはなおさらだ。

「……ごめん、テルくん。待った？」

デニムブルゾンの襟《えり》を立て、芳村が先月買ってやったスワロフスキーのバッグをぶら下げた神條《かみじょう》美月《みづき》が席に着こうとする。下は、ちょっとずり上がったらパンツが見えそうなミニスカート。その奥がどうなっているのか、芳村は嫌というほど知っている。

ちなみに「神條美月」というのは源氏名だ。本名は佐久間《さくま》智代《ともよ》という。

「いや、俺もきたばっかり……でも、美月」

芳村はテーブルに上半身を預け、内緒話の恰好をした。

「二人んときはいいけどさ、店でうっかり、俺のこと『テルくん』なんて呼ぶなよ。分かってるとは思うけど」

「分かってるよ。ちゃんといつも、『チーフ』って呼んでるじゃん……テルくん」

毎度のことながら一応釘を刺し、だがつまらない話はそこまで。あとは共通の知り合いの噂話などをしながら、チーズやレバーのパテをツマミに生ビールを二杯ずつ飲んだ。最後に頼んだイカ墨のピザはあまり美味《うま》くなかったので、半分残してホテルに向かった。

ラブホテルも、できるだけ同じところは使わないようにしている。女は総じて男の変化に敏感な生き物だが、逆に変化をし続けていれば気づかれることはない。今日入ったのも

「七つの夢のテーマルーム」というコンセプトを掲《かか》げる、初めて使うホテルだ。

「あっ、あっ、テルくん……もう、もう駄目……壊れちゃう」

美月はベッドの上で、よくこの台詞《せりふ》を口にする。だったら壊れちまえ、と毎回思う。前からするときより、後ろからのとき特に。芳村はときおり、このサオ一本でどこまで女を壊せるか。そんな耐久実験をしているような錯覚にも陥《おちい》る。

それでも、終われば可能な限り優しくしてやる。

「……テルくん。あたし、もっともっと、がんばるからね」

そう。重要なのはそこだ。その台詞を吐かせるために、こっちはクスリまで飲んで女の相手をしている。流れ作業的に抱き寄せ、だるいのを我慢して髪を撫で、表情筋を軋《きし》ませながら笑みを浮かべ、言葉にならない想いありげにキスをする。

「そうだよ。俺にとっての美月はもちろんナンバーワンだけど、でもそれじゃ悔しいじゃん。マリカは確かに凄いけど、美月が負けてる部分なんて、実際ないわけだから。あとほんのちょっとなんだからさ。がんばって、店でもナンバーワンになってくれよ」

歯が浮き過ぎて抜け落ちそうな台詞も、仕事と思えば口にできる。

美月の右手は、さっきからずっと芳村の左乳首を弄《いじ》っている。

「あたしが、みんなのナンバーワンになった方が、テルくんは嬉しいの？」

「そりゃそうだろ。あのナンバーワンの可愛い子、実は俺のカノジョなんだぜ、って……

店じゃいえないけどさ、心の中で思ってるだけで、すげえ誇らしいじゃん。それだけで俺は、幸せなんだ」

同じことを何度も何度も繰り返し吹き込み、美月が納得したら、シャワーを浴びてホテルを出る。これも毎度のことだ。

道玄坂《どうげんざか》に出たところでカラオケにいこうと誘われたが、これ以上はご免だ。ちょっと頭が痛いと言い訳をして、その場でタクシーを拾って乗り込んだ。

これで美月をマンションまで送り届けたら、今日の業務は終了だ。

芳村が自宅マンションに帰りついたのは、夜中の二時を少し過ぎた頃だった。

オートロックをカードキーで解除。両開きの自動ドアを通って、エレベーター前までいく。床と柱は乳白色の大理石、壁は黒っぽい鏡張り。高い天井には、シャンパンタワーを引っくり返したようなシャンデリアが浮かんでいる。ここへの入居を決めたのは、部屋はもちろんのこと、このエントランスのインテリアが気に入ったというのも大きい。月四十万の家賃は気にならなかった。稼《かせ》ぎ続ける自信はあった。

エレベーターの階数表示が「1」になる。

やはり四方が鏡張りになったカゴに乗り込み、「11」を押す。最上階でないのは玉に瑕《きず》だが、それでもリビングの窓から見る夜景はなかなかのものだ。

もう、部屋に入ったら何もせずベッドに倒れ込みたかった。酒もシャワーも、何もかも面倒だ。とにかくだらりと横になって、そのまま暗闇に融《と》けてしまいたい。

しかし、そうもいかなそうだった。

「……あれ？」

芳村の部屋、一一〇六号室の前に誰かいる。ブラウンのロングヘア。ドルチェ&ガッバーナかジバンシィ、そんな感じの大きなサングラス。豹柄のブルゾンの下は赤いスリップドレス。誰だろう。私服で髪を下ろし、目が隠れているとさっぱり分からない。マリカか。いや、新人の夏海絢《なつみあや》か。でもどちらにせよ、なぜここにいる。どうやって入ってきた。

「お帰り……遅かったね」

声を聞いてもまだ分からない。だが知らん振りもできない。

「あ、うん……えっと、なんで？」

ここにいる理由でも、名前を思い出すヒントでもいい。何か欲しかった。でも、女はからかうように小首を傾げただけだった。

「下の階に越してきたって、前にいったじゃん」

まったく記憶にない。

「え、そうだっけ……いつ？」

「いつでも遊びにおいでって、いってくれたじゃん」

ちょっと拗《す》ねた女の態度はそれなりに蠱惑《こわく》的ではあったが、どうもピンとこない。

「はは、そう……だったね」

「待ってたらオシッコしたくなっちゃった」

下の階なら自分のところでしてこい、といいたいところだが、

「うん、ごめん……ちょっと待ってね」

カードキーを通し、玄関ドアを引き開ける。

しかし、よく分からない。

基本的に、自分がここに仕事関係の女を誘うことはない。ただ、酔った勢いでそういうことをいう可能性は、否定できない。住所を教えてしまう可能性も、ないとは言い切れない。でもこの女は下の階に越してきたといった。そういうのとも違うらしい。

玄関照明が灯る。ドア口にセンサーが設置してあり、明るさと住人の有無で自動的に点《つ》くようになっている。

振り返ったら、どうぞ入って、というつもりだった。思いきって名前を尋ねるか、それとも知っている体《てい》で通すかはまだ迷っていた。

だが女は、芳村の背中に張り付くようにして、玄関内に入ってきた。そうされてみて、芳村は初めて気づいた。

この女、なんの香水の匂いもしない——そんな女は、芳村の周りには一人もいない。

それでようやく、決心がついた。

「あの……ごめん。ちょっと、名前が、思い出せないんだけど」

いいながら振り返ると、女はいつのまにかサングラスをはずしていた。その顔に見覚えは――ない。

女が妖《あや》しく微笑《ほほえ》む。

「……だろうね。あたしも、あんたなんか知らないよ」

みぞおちに何やら硬いものを感じ、見下ろすと、鉄パイプより少し細いくらいの、黒い棒状のものが当たっていた。

すぐに、ドスッ、という衝撃――。

＊

天貝秀夫《あまがいひでお》は馴染《なじ》みの居酒屋のカウンターにいた。

手元には鯖《さば》の塩焼きと茄子《なす》の揚げびたし、冷奴《ひややっこ》、お新香、お銚子《ちょうし》がある。酒は、ときどき女将《おかみ》がお酌《しゃく》してくれる。

「……天貝さん、飲み過ぎじゃない？」

彼女を見るたび、昔は若尾文子《わかおあやこ》似の美人だったのだろうと、天貝は思う。そんな頃に出会っていたら、天貝は口説くどころか、おそらく碌に目も合わせられなかったに違いない。

今でも充分、女将は美人だ。しかし、年はすでに五十を超えている。顔の皮膚は弛《たる》み、上半身にも下半身にも若い頃はなかったであろう貫禄、言い替えるなら厚み、つまるところ贅肉《ぜいにく》がたっぷりと巻きついている。

それでもいい。いや、むしろそこがいい。

しつこく口説いた甲斐もあり、なんとか二度は抱くことができた。だがどうも、三度目をスカされ続けている。天貝は未婚で五十四歳。このところは臨時収入もあり、この店に毎晩通ってもなお、指輪やバッグの一つや二つプレゼントできる余裕があった。なのに、どうも三度目のＯＫが出ない。

「なあ、しえちゃん。今度、温泉いこうよ」

他に客が入ってくる前に、どうにか話をまとめたい。

「温泉？　うーん……どうしようかしら」

「湯河原《ゆがわら》辺りなら、俺も一泊できるしさ」

このところは、旅館の布団の上で浴衣《ゆかた》姿の彼女を抱く場面ばかり妄想している。

「でも、お店のお休みと、天貝さんのお休み、なかなか合わないじゃない。難しいわよ」

「そんなことないさ。先週だって、いこうと思えばいけただろう」

「あれは、ほら……私、免許の更新いかなきゃいけなかったから」

「だから、次。な？　いい宿知ってるんだよ」

勤務中に一所懸命調べて選りすぐった宿が三軒ある。料金も手頃だし料理も美味そうだった。しかも、部屋は露天風呂付きだ。そこに二人で一緒に入って、と、さらに妄想は膨らみ続ける。

「たとえばさ、来月の第二週はどう？　そこなら俺も、店の休みと合わせられる」

女将が天貝の背後に目を向ける。誰が持ってくるのか、そこにはいつも日本相撲協会製作のカレンダーが掛かっている。二ヶ月で一枚、それごとに力士の写真も替わる。五、六月のモデルは、名前はすぐに出てこないが、このところ番付を上げてきた白人力士だ。

あ、と女将が手を口元にやる。

「ごめんなさい。その週は私、長野の実家にいく予定にしてるんでした。親戚のね、法事があるものだから」

畜生。なんだったら、長野で温泉を探してやってもいいんだぞ。

悔し紛れに風俗、という気分でもなかったし、もう十二時になろうかという時刻だったので、大人しく部屋に帰ることにした。

三十代半ばで待機寮を出てから、ずっと住んでいるアパートだ。入居した頃はまだ新しかったが、今では外壁にヒビが入り、郵便受けはペンキが剝《は》がれて錆《さ》び、ドアノブは回すと変にギシギシいうようになった。おまけに今の管理人はとんだ怠《なま》け者で、外廊下の蛍光灯が切れていても、一度や二度文句をいったくらいでは付け替えてくれない。天貝の部屋の前も無灯になって三ヶ月は経つ。もう、ほとんど諦《あきら》めている。

使い古したカバンのポケットから鍵を出す。もはや古典的といってもいいギザギザの、ピンシリンダータイプだ。今どきの泥棒なら、こんな施錠《せじょう》は針金一本で解除してしまうだろう。だが、どう見ても金目のものなど置いてなさそうなアパートだ。お陰で今まで、そういった被害には一度も遭《あ》わずにきている。

鍵を、ドアノブの上にある穴に挿す。もう二十年近く繰り返してきた動作だ。わざわざ見るまでもない。暗くても、手探りでもできるくらい慣れたもの、のはずだった。

だが、右手が動かない。

「……ん？」

そう気づいた瞬間、左上腕に強い圧迫を感じた。両腕が、いつのまにか後ろに引っ張れるように締め上げられている。思わずカバンを取り落とした。

「なっ……」

右半身にも大きな圧力を感じた。影だ。天貝より十センチ以上は背が高い、黒い壁のような人影だ。

その影から、黒い手が生え出てくる。それが天貝の喉元に張り付き、急に意識に暗い霞《かすみ》がかかる。柔道で絞め落とされるときの、アレだ。だが両腕の自由が奪われているため、なんの抵抗もできない。

お、落ちる――。

＊＊

陣内陽一《じんないよういち》は、相方の市村光雄《いちむらみつお》と四谷《よつや》三丁目にあるビルの屋上にいた。だが用があるのはこの建物ではない。隣のマンションの八〇五号室だ。

ここに上って待機し始めてからも、市村の携帯には何度か連絡が入ってきていた。さっきは今回のターゲット三人のうちの一人、天貝秀夫を無事始末したという、杏奈《あんな》からの報告。今の連絡はフリーライターの上岡慎介《かみおかしんすけ》から。キャバクラ「アルカディア」のチーフマネージャー、芳村照実に関する報告のようだった。

「……ああ、終わったか。うん……じゃ、予定通り運び出して……重たいんだからよ。あんたもちっとは手伝ってやれよ」

芳村は渋谷で「アルカディア」のナンバーツー、「神條美月」こと佐久間智代と会い、彼女を自宅に送り届けてから帰宅。そこで変装したミサキが仕留めた、ということだった。死体はマンションから運び出したのち、市村が手配した専門の処理業者に引き渡す手はずになっている。

芳村にとってはなんの変哲もない一日だっただろう。しかしそれが、奴の最期の日になった。

「アルカディア」は、いわゆる「ハメ管理」をするキャバクラとして、業界では悪評の高い店だった。ハメ管理とは、店の男性スタッフがキャバ嬢と肉体関係を持ち、恋愛感情を利用して手懐《てなず》ける手法をいう。男性スタッフといっても、それは社長、店長、副店長クラスの役目であり、それぞれのキャバ嬢には「お前だけ秘密で」といって関係を持つのだが、むろんそんなことはない。トップテンクラスのキャバ嬢は漏《も》れなく、幹部の誰かしらと関係を持っている。

キャバ嬢になろうなどという娘は、たいてい楽に稼げると思って店に入ってくる。だが実際の業務は、傍《はた》で見て思うほど楽なものではない。ちょっと考えれば分かることだが、キャバクラとは、日々の仕事でストレスを抱えた男どもが酒を飲んで憂《う》さを晴らし、恥ずかしげもなく欲望を丸出しにする場所だ。

嫌らしい目で見られ、隙《すき》を見せれば体を触られ、プライバシーを根掘り葉掘り訊かれ、言い方は様々あろうが、結局は「いくらなら寝る？」という話を持ちかけられる、そういう世界だ。人あしらいが上手く、頭の回転がよく、根性のある娘でなければ続かない仕事だ。多くの娘は数週間、ひどいと数回の出勤で辞めていく。何人かに一人はむろん、水が合って稼げるようになる娘もいる。だがそういった娘には必ず、もっと条件のいい他店から声がかかる。せっかく育てても、引き抜かれてしまっては意味がない。

そんなキャバクラ経営の問題点を一気に解消できる手法が、ハメ管理なのだという。

肉体関係ができ、情が移ると、女は身を粉《こ》にして働く。嫌な客にも積極的に電話営業をかけ、店に呼ぼうと躍起になる。特にナンバーワンとナンバーツーが競い合うよう仕向けると、目に見えて店の雰囲気は盛り上がり、結果的に売り上げもアップする。さらに幹部と直接繋がることでキャバ嬢も店への思い入れを強くするのだろう。部活動的なノリで後輩の面倒をよく見るようになるという。一緒にがんばってこのお店を守《も》り立てていこうよと、挫《くじ》けそうになった新人のケアまでするようになる。

ただし、その程度で「歌舞伎町セブン」が動くことはない。モラルとして如何《いかが》なものかとは思うが、それで「アルカディア」が稼げるのであれば、また客が満足して帰るのであれば、街にとって決してマイナスではない。

しかし「アルカディア」のオーナー、赤池康人《あかいけやすと》は、さらに一歩踏み込んだブラック・ビジネスに手を染めた。ひと言でいったら、それは恐喝だ。

キャバ嬢が枕営業をするのは珍しいことではないが、赤池はそれをさらに有効活用する方法を編み出した。キャバ嬢に「妊娠した」といわせ、相手客から中絶費用を騙《だま》し取り、赤池らがその上前《うわまえ》を撥《は》ねる、というのがその手口だ。ときには「産みたい」といわせ、さらに大きな金額を搾り取る。まあ、それでもまだ「歌舞伎町セブン」の出番ではない。騙す方はむろん悪いが、騙される方にも相当の非があるからだ。

だが野本久志《のもとひさし》という、某私立大学の教授を喰《く》い物にしようとした辺りから歯車が狂い始める。野本が具体的になんといわれて騙されたのかは分からないが、妊娠話を持ちかけてきたキャバ嬢「リリ」こと峰岸友利子《みねぎしゆりこ》の自宅に、野本は直接押しかけていった。そこで野本は友利子が妊娠していない証拠を突きつけ、金を返せと迫った。やがて揉《も》み合いになり、身の危険を感じた友利子がアイロンで野本を殴った。気絶こそしなかったものの、意識が混濁する程度のダメージは負わせたという。

そこに連絡を受けた赤池と芳村が到着。妊娠詐欺が露見した上に、友利子は野本に重傷を負わせてしまった。このまま帰せば騒ぎが大きくなると判断した赤池らは、その場で野本を殺害。死体を栃木県鹿沼《かぬま》市の山中に遺棄《いき》した。

殺人にまで発展すると思っていなかった友利子は自責の念に駆られたのか、あるいは赤池らが怖くなったのか、これを新宿署に匿名で通報。しかし、新宿署はこれを悪戯《いたずら》と判断、事案を放置した。ただし、この事案の放置は決して偶然ではなく、新宿署の刑事、天貝秀夫の裏工作によるものだった。天貝はかねてからガサ入れ情報などを店側に流し、見返りに金品を得ていた疑いのある警察官だ。さらに天貝は、匿名で通報してきたのが若い女だったことを赤池に教え、それによって赤池らは友利子が裏切ったと判断。以後、友利子は行方が分からなくなっている。おそらく天貝を加えた三人で友利子を殺害、死体を遺棄したものと思われる。

警察官まで加わっての、一連の悪行。普通なら闇に葬《ほうむ》られ、陣内たち「歌舞伎町セブン」すら気づかずに終わっていた可能性が高い。だが友利子は警察に通報する前に、ある人物に助言を求めていた。前歌舞伎町商店街振興協力会会長の孫娘にして「歌舞伎町セブン」の現元締め、斉藤《さいとう》杏奈がその相手だ。

杏奈はまだ二十二歳だが、生まれも育ちも歌舞伎町というだけあって、あらゆる方面に顔が利《き》く。ヤクザとも飲食店経営者とも、ホストやキャバ嬢、警察関係者ともフラットに付き合いがある。また歌舞伎町のゴミ拾いボランティアを主宰している繋がりで、ホストやキャバ嬢といった層からの信頼が特に厚い。友利子が相談相手として杏奈を選んだのは、ごく自然な成り行きだったといえる。

それだけに、杏奈はこの顚末《てんまつ》が赦《ゆる》せないようだった。

「リリは苦しんでた。野本さんを騙したのも、最初に殴ったのも確かに自分だけど、殺すことはなかったたって。……でも、あたしも甘かった。自首しようって説得したんだけど、リリ、それは怖いって……まさか、リリが匿名で通報して、こんなことになるなんて、あたしも想像してなかったし……だから、今回はあたしが出す。この一件、セブンできっちり、落とし前つけてください」

市村は「またあんたの自腹かよ」と鼻で笑ったが、反対して話を流すことはしなかった。メンバー七人全員の賛同は、「歌舞伎町セブン」を動かす最も重要な条件だ。

馬鹿にしつつも賛成してくれた市村に、杏奈は深く頭を下げた。

「……ありがとう。これは、あたし自身のけじめでもあるから」

「分かってるよ。ただし、裏を取ってあんたの話に間違いがあったら、そんときは改めて流すぞ」

「分かってる。そのときは、大人しく引っ込める」

「おう。そうしてくれ」

裏を取った結果、杏奈が友利子から聞いた話に嘘はなかったと分かり、今日、その三人全員を始末する作戦を決行した。

連絡の通り、天貝秀夫はジロウが、自宅で首吊り自殺に見せかけてすでに始末した。見張り役の「目」は杏奈が務めた。芳村照実はミサキが拳銃で撃ち殺し、死体を運び出した。「目」は上岡。今回、警官の小川《おがわ》は勤務の関係で不参加。今頃交番で、ほっと胸を撫で下ろしていることだろう。

残る赤池康人は陣内が、突然死に見せかけて殺す予定なのだが、しかし、これのチャンスがなかなかやってこない。赤池が、女との逢引《あいびき》用マンションに入ったきり、いつまで経っても出てこないのだ。

屋上での待機に退屈した市村がぼやく。

「……だからってなぁ、女まで殺《や》るわけにも、いかねえしな」

「当たり前だ。フザケたことというな」

女が出ていったら、部屋に忍び込んで赤池を殺る。赤池が先に出てくるようだったら、尾行して適当な場所で殺る。それまでは隣のビルの屋上から部屋の様子を窺《うかが》いつつ待機、ということなのだが、ビルの下を覗き込んでいた市村が、ふいに低く唸《うな》った。

「……どうした」

陣内も真似て覗いてみる。こっちとあっちの外壁の、隙間のような路地。そのせまい暗闇に、何者かの影がある。しかも、何か大きな荷物を担《かつ》いでいる。

「ん……あれ、掃除屋のシンちゃんじゃねえかな」

市村がいう掃除屋というのは、つまりは死体処理業者のことだ。

「お前が呼んだのか」

「馬鹿、呼ぶかよ。お前が心臓発作に仕立てんだから、今日は掃除屋なんざ必要ねえだろうが」

そうこういっているうちに影は非常階段にたどり着き、足音もなく上り始めていた。

「じゃあ、なんできたんだ」

「知らねえよ。俺たちとは別の件で呼ばれたのか、それとも……」

市村が生唾《なまつば》を飲み込む。それだけで、市村がこれから何をいうのか、陣内には察しがついた。

「同じ件だとしたら、俺たちが先を越されちまったのか……」

そういうことになる、かもしれない。

3

新宿ゴールデン街にあるバー「エポ」。

ミサキはいつもの場所、違法増築された三階のロフトスペースに陣取っていた。すぐ横にはジロウ。他の五人は下の二階フロアにいる。この七人で集まっているのだから、むろん今日の営業は終了。一階にある出入り口シャッターも下ろし、人が入れないようにしてある。

カウンターの中にいるのがここの店主、陣内陽一。「歌舞伎町セブン」における役は「第一の手」。実行部隊のリーダーとでもいったらいいか。最初に聞いたときは噴き出してしまったが、彼には別に「欠伸《あくび》のリュウ」という通り名がある。ちなみにリーダーといっても、その実力が一番かどうかは定かでない。直接手を合わせたことがないので、少なくともミサキには分からない。

カウンター席の一番奥にいるのが市村光雄。白川《しらかわ》会系関根《せきね》組の四代目組長にして「第一の目」。担当は下調べと見張り。要は後方支援部隊のリーダーだ。市村にも「ばらしのロク」という通り名がある。いや、最初に聞いて噴き出したのはこっちだったかもしれない。

その手前にいるのが斉藤杏奈。二十二歳の小娘だが、今のところ彼女が「元締め」ということになっている。それもまた笑える話だが、もともとは杏奈の祖父、斉藤吉郎《よしろう》が元締めだったのだから、一代端折《はしょ》って世襲をしたと考えれば納得できなくもない。ただし、漏れ聞くところによると吉郎と杏奈に血縁はなく、実は陣内が実父だというからややこしい。しかも、二人が親子であることには触れないというのが、このグループ内では暗黙の了解になっている。なんとも面倒な連中だ。

もう一つ手前には新宿署地域課の小川幸彦《ゆきひこ》がいる。彼も「目」だが、第二か第三かははっきりしない。そもそもなし崩し的に加入させられ、現役警察官であるにも拘わらず殺しの片棒を担がされているのだから気の毒な話だ。メンバーの中で一番やる気がないのはこいつだろう。早く新宿署から異動になって、こんな連中とは縁が切れたらいい、くらいに思っているのではないだろうか。ただ一方で、こいつは杏奈に気があるのではないかとミサキは見ている。直《ただ》ちに逃げ出さない理由は、案外そんなところにあるのかもしれない。

一番手前にいるのがペンゴロの上岡慎介だ。「歌舞伎町セブン」に興味を持って近づいてきたら、まんまと取り込まれて一味に仕立て上げられてしまったという、これまた気の毒な男だ。まあ、奴の場合はこれに加わることによって、他では見聞きできない情報に直に触れることができるのだから——たとえば間近で殺しの場面が見られるとか、死体処理に立ち会えるとか、そういう利点もあるのだから、小川ほどの被害者意識はないものと思われる。

以上の五人にジロウとミサキを加えた七人が、現状「歌舞伎町セブン」のメンバーということになる。ミサキ自身もセブンへの帰属意識はほぼないに等しいが、金をもらって殺しができて、市村の振ってくる汚れ仕事をこなしていれば衣食住に不自由はしないので、今のところは仲間のような顔をしている。その辺の考えは、おそらくジロウも一緒だろう。

そうはいっても、今夜の議題は珍しくミサキにも興味の持てるものだった。

つい昨夜のことだが、ミサキは芳村照実というキャバクラスタッフをサイレンサー付きのベレッタで撃ち殺し、ジロウは天貝秀夫という悪徳刑事を絞め殺してきた。しかし肝心の、一連の悪事の首謀者である赤池康人を殺《や》りにいった陣内たちは、それを遂行できずに帰ってきたという。いや、遂行できなかったというか、何者かに先を越され、赤池を殺されてしまったらしい。

おおまかな説明は市村がした。

「シンちゃんの運び出していった荷物の量からすると、だいたい二人分なんだよな」

死体処理業者に「シンちゃん」もないとは思うが、まあいい。

眉をひそめた杏奈が訊く。

「じゃあ、赤池と一緒にいた女も殺されたってこと？」

「まあ、状況からするとそうなるな」

しかも、その死体処理業者が部屋に入ったのち、赤池ではない別の誰かが出てきて、そのままどこかに立ち去ったという。

「だって、女って普通のキャバ嬢でしょう？」

「ああ。『アルカディア』のナンバーワン、マリカだ」

マリカ、と呟いて杏奈がうな垂れる。どうやら、そのキャバ嬢とも面識があったらしい。

今度は陣内が訊く。

「赤池とマリカがまとめて殺《や》られるような筋といったら、何が考えられる」

市村は首を捻った。

「正直、俺にもピンとこねえ。赤池は、そりゃあちこちで恨《うら》みを買ってたろうが、マリカはな……なんたって『アルカディア』のナンバーワンだ。どっかの変態成金野郎に売っ払ったって、裏風俗に沈めたってそれなりの額にはなる。それを、あの場で赤池と一緒にバラして、シンちゃんに捨てさせちまったらな……なんの得にもならねえと思うんだが」

なんだろう。カウンターのこっち側を見た陣内が、怪訝《けげん》そうに眉をひそめる。

「上岡さん。どうかしたか」

上岡はミサキたちのほぼ真下にいるので、表情は分からない。

「いや……ここんとこ、ちょっと、妙な噂を耳にしたもので」

「どんな」

「市村さん、『ダムド』って、知ってますか」

は？　と市村が手前に顔を向ける。

「ダムド？　知らねえな。元締め、あんた知ってるか」

訊かれて、杏奈が口を尖らせる。年頃の娘らしい、可愛らしい表情ではあるが、それがミサキにはどうにも腹立たしい。

「昔の、イギリスのパンクバンドに、そんな名前のがありませんでしたっけ」

いやいや、と上岡が扇《あお》ぐように手を振る。

「そういうことじゃなくて……殺し屋、らしいんですけどね。いま売り出し中の。ひょっとして、赤池とマリカを殺ったのは、そのダムドなのかな、と」

市村がカウンターに身を乗り出す。

「どういうこった」

「いや、私も詳しくは分からないんですが、かなり、無茶な仕事をする奴だと、そういう話で。掃除屋がフォローしてる間はいいですが、そうじゃなければ、いつパクられてもおかしくはないと」

「下手糞《へたくそ》、ってことか」

「そこも詳しくは分からないですけど。ただ一方で、一万でも、下手したら五千円でも請《う》け負う、とも聞いています。あくまでも噂ですが」

けっ、と市村が唾を吐く真似をする。

「オメェだよな、『歌舞伎町セブン』のセブンは、請負《うけおい》金額の七十万に由来してるとかデタラメ抜かしたのは」

上岡が慌てたようにかぶりを振る。

「ち、違いますよ。それは小川くんですよ。なあ？　そうだったよな、小川くん」

隣にいる小川は、ええ、とも、いいえ、ともとれる曖昧《あいまい》な返事しかしない。

携帯を弄っていた杏奈が、あ、と声をあげる。

「ダムド。地獄に落とされた、呪われた、忌《い》まわしい……そういう意味みたい」

市村が、ぐっと眉を段違いにする。

「それがその、下手糞な殺し屋の通り名だってのかよ。なんだそりゃ……ガキのヒーローごっこじゃあるめえし」

そういうあんたの「ばらしのロク」はどうなんだ、とミサキは思ったが、面倒なので黙っていた。

それと、と上岡が続ける。

「これも、噂の域を出ないんですが……みなさんは『歌舞伎町封鎖事件』の主犯といわれた、『ジウ』という少年をご記憶ですか」

当たり前だろ、と市村が睨《にら》みつける。

「ええ、ですからその、ダムドはですね、謂《いわ》れは分かりませんが、ジウの生まれ変わりだとか、ジウの後継者だとか……なんか、そんな言われ方もしてるみたいです」

ジウの、後継者――。

ほう。それはそれは、面白いじゃないか。

ミサキは、ほんの四年前まで娑婆《しゃば》にはいなかった。

死刑囚として、東京拘置所に収監されていたのだ。

世にいう「歌舞伎町封鎖事件」に関与し、四人の警察官を殺害した罪で起訴され、下った判決が死刑だった。実際にはもっと殺しているのだが、立件されたのはその四人に関してだけだった。それでも充分極刑に値する人数なので、それ以上捜査や裁判をやったところで税金の無駄遣いではある。妥当な判断と判決だったと思う。

そもそも封鎖事件以前から、いつ死んでもいい、そう思って生きてきた。だから、死刑になること自体に不満はなかった。実際、一審での死刑判決を受け入れ、控訴もしなかった。七年前の逮捕時、ミサキは妊娠していたのだが、その子も一審判決が出る前に無事出産することができた。男の子だった。彼がどのような人生を送るのか、まったく興味もないといったら嘘になるが、案じても仕方ないことなので考えないようにした。

拘置所での日々は、これといってつらくも、苦しくもなかった。

ミサキは舎房女区には数少ない独居房に入れられた。トイレと洗面台がある板の間まで入れたら四畳。人殺しの分際でこのスペースを占有するのは申し訳なくも思ったが、かといって雑居房に入れるかというと、それもまた許されないに違いなかった。

ドアの横には鉄格子付きの窓があり、普通はそこで差し入れを受け取ったり、担当看守と話をしたりするのだが、ミサキは、食事以外ではほとんど開けたことがなかった。

一日の大半は体を鍛えることに費やした。道具は畳と壁と重力、それだけ。スクワット、逆立ち、腕立て伏せ、逆立ち腕立て伏せ。同じことを片腕、片脚、指先でもやった。首も徹底的に鍛えた。壁を使った一点倒立で、首を前後に、あるいは左右に曲げ、その姿勢をできるだけ長く維持する。一年も続けていると、そのまま首を自在に回せるまでになった。他にも様々なトレーニング方法を考案、実践した。こんな場所でも、やれることは無限にあった。

暴れるなとか、うるさいとかいわれたら方法を変えるつもりだったが、死刑囚というのはとかく腫《は》れ物に触るかの如く扱われがちだ。結局、自主トレについて注意を受けたことは一度もなかった。

本も雑誌も読まない。週に一、二度許されているテレビやビデオの鑑賞も遠慮した。入浴と戸外運動は普通に行ったが、それ以外はずっと独房で過ごした。

毎日毎日、同じことの繰り返し。最初の頃は看守も、なんのために体を鍛えるのかと訊いてきた。脱獄の準備ではと疑っていたのだろう。それに対して、ミサキがした答えはいつも同じだった。

「自分はこの体で人を殺したので、この体のまま死にます」

中には改悛《かいしゅん》させようと説教じみたことをいう看守もいたが、ほとんど無視した。教誨《きょうかい》師《し》の面接指導も勧められたが、それもその都度断った。もっと悔い改めろということなのだろうが、それはもう重々分かっているつもりだった。

悪いことをしたと思っている。罪のない人を殺《あや》めたことは存分に反省している。だがそれを、いま自分がここで、泣いて詫びたところでどうなる。手紙に書いてなんになる。仮にそれが真の本心からだとしても、それをどうやって証明したらいい。人は嘘をつく。特に犯罪者は平気で人を騙す。自分はその犯罪者の中でも最低最悪、最凶に分類される大量殺人犯死刑囚だ。そんな人間の言葉を、一体誰が信じる。

むしろ遺族の前に引きずり出され、直接殴られて蹴《け》られて、串刺しにでも八つ裂きにでも火炙《ひあぶ》りにでもされるのであれば、喜んでこの身を差し出そう。殺したのは一人や二人ではないから、遺族の恨みもそう簡単には晴れまい。だったら簡単には死なないよう、さらに体を鍛えよう。五人分、十人分の蹂躙をこの体で受け止め、できるだけ長時間苦しんでから死ぬよう、不死身の体を作ってやろう。

首を徹底的に鍛えるのもそのためだ。絞首刑にされて、あっさり死んだら詫びの一つにもならないだろう。目玉を飛び出させ、舌をはみ出させ、顔が鬱血《うっけつ》で斑《まだら》になり、首の皮膚が千切れてロープが喰い込み、擦り切れた動脈から血液が噴出し、糞尿を撒《ま》き散らし、それでも水揚げされた海老のように暴れ、最終的には首がもげ、頭のない体が床に落ちる――それくらいの最期でなければ、五人分、十人分の惨《むご》たらしい死に様でなければ、誰も納得などしはしないだろう。

だが、ついぞその時は訪れなかった。

ある日の、朝十時。

「伊崎基子……出なさい」

いつもの担当看守に呼び出され、女区のある舎房二階から連れ出された。途中で革手錠をはめられ、腰縄を巻かれ、なんの説明もなく移送手続が執《と》られた。

なぜ、どこに。疑問がないではなかったが、口にはしなかった。する資格はないと思っていた。どこでどう殺されようと受け入れる。その覚悟はとうの昔にできていたから、訊く必要はなかった。

地下駐車場で護送用のワゴン車に乗せられ、裏門から拘置所を出た。同乗者は全員が初対面。スーツの男三人と女が二人、それと運転手。明らかに拘置所処遇部の人間ではなかった。法務省の人間ですらないように感じた。ますます目的も、行き先も分からなくなった。東京都内なら立川《たちかわ》拘置所、あと近県にあるのはすべて拘置支所なので、女死刑囚を処遇するにはむしろ不向きと思われた。では一体、どこに連れていこうというのか。

あろうことか、行き先は都心にある、なんの変哲もないシティホテルだった。ただし営業はしていない。駐車場から上がる階段には明かりがあったが、ロビーは完全に消灯しており、薄暗かった。フロントスタッフも、むろん宿泊客もいない。

エレベーターは使わず、二階にある宴会場まで階段で上らされた。会場前にはさらに二人、スーツの男が待機しており、彼らが扉を開けた。

拘置所からの同行者五人と会場に入った。何十畳もある大きな部屋だが、そこも照明は点いていなかった。ただ遠い左手の窓から外光は射し込んできている。室内の様子はそれで充分に分かった。

部屋の中央。向かい合わせに、パイプ椅子が二脚。それ以外は何もない。向こう側の一脚に、また別の男が一人座っている。

同行者に促され、ミサキは手前のパイプ椅子に座った。革手錠はそのまま。腰縄は警察署での取調べ時のように、椅子に結わえ付けられた。五人は一歩ずつ下がったが、決してミサキから離れようとはしなかった。

正面の男が、おもむろに口を開く。

「お元気、そうですね。……伊崎基子さん」

そう聞いた瞬間、ドスン、と真正面から額を撃ち抜かれるような衝撃を覚えた。

こいつ、ミヤジか――。

色や毛並み、大きさや骨格が違っても、猫は猫、犬は犬。それと同じ理屈だ。姿形は違えども、それが「ミヤジ」という種類の人間であることが、ミサキには分かった。

七年前。新宿の百人町《ひゃくにんちょう》にあるビルの一室で、ミサキの知るミヤジタダオは爆弾のリモコンスイッチを押し、自ら命を絶った。「新世界秩序」の首領であり、「歌舞伎町封鎖事件」の主犯であり、ジウを陰で操っていたミヤジは、間違いなくミサキの目の前で果てた。

しかし彼は、死ぬ直前にこう言い残した。

「……ただ、これだけは、いっておきますよ。ミヤジタダオは、決してこの、私一人では、ないのだということを」

ずっと頭の隅に引っかかっていた言葉だ。

確かに、警察にはミヤジの息のかかった人間が何人ももぐり込んでいた。それと同じように、政界、法曹界、経済界、中央省庁、マスメディアなどにもぐり込んだ「新世界秩序」の残党が、いや、ミヤジではない「ミヤジ」が、今も虎視眈々《こしたんたん》と復活の機会を窺っているとしてもなんら不思議はない。

そして、この男がそれである可能性も、また否定できない。

ミサキは、瞬《まばた》きすら惜しんで正面を見据えた。

「……お陰さんでね。何不自由なく、過ごさせてもらってるよ」

男が、笑む。その表情にも、見覚えがあるように思えてならない。

「何不自由ない、ということはないでしょう。拘禁状態にあるわけですから」

ミサキは、あえて表情を殺して答えた。

「そうでもないよ。高望みさえしなけりゃ、そこそこ暮らせる」

男は、おどけるように小首を傾げた。

「高望み、されたらよろしいのに」

馬鹿馬鹿しい。

「何を。酒が飲みたいとか、たまにゃ男に抱かれてみたいとか、そういうことか」

「そう。あるいは、我が子をこの胸に抱きしめたい……とか」

こいつ——。

「……おや。やはりお子さんの話になると、あなたでもお心が動きますか」

畜生。顔に出たか。

「別に……生きてっか死んでっかも、知らないしね」

「ご心配なく。息子さんは元気にお育ちですよ。まもなく二歳のお誕生日を迎えるでしょう。お母さまに似て運動神経のいい、活発な坊ちゃんですよ……崇之《たかゆき》くんは」

聞くだけで、自然とその名が心の隅々まで響き渡る。

しかし――。その子はすでに、伊崎崇之ではない。

「お会いに、なりたいでしょう」

「……馬鹿いうなって。とうに、そんな肚《はら》はありゃしないよ」

「いいんですよ、正直に仰いなさい。子供に会いたくない母親なんて……まあ、世の中には、どんなに警告しても灼熱《しゃくねつ》の車中に乳飲み子を放置する母親はいるし、男と遊ぶ時間ほしさに我が子を殺す母親だっている。でも、あなたは違うでしょう？　我が子のためとなったら、どんなことだってできる人でしょう」

結局、それが狙《ねら》いか。

「……何がいいたい」

「お願いがございます」

それが人にものを頼む態度か。

「断る」

「いけませんね。人の話は最後まで聞くものです」

「できない」

「いいえ、あなたはできます。やらざるを得なくなる」

クソ。自分には、静かに死ぬ権利すらないというのか。

男が続ける。

「あなたにぜひ、やってもらいたい仕事があります」

「はっきりいえよ。殺してもらいたい人間がいるって」

「その通りです、伊崎基子さん。調子が出てきましたね」

調子なんぞ出るものか。

「だからさ、断るっていってんだろう。ご覧の通り、あたしは三百六十五日、独房で本も読まずに過ごしてる死刑囚なんだ。頼まれたって、看守一人殺せやしないよ」

「ご心配なく。あなたは今日から自由の身です」

やはり、そういうことか。

「……あたしの、死刑執行はどうすんだよ」

「死体なら、そこらにいくらでも転がっていますよ。できるだけ似た体格の、美人さんをこちらでご用意いたします」

「いくら薄情でも疎遠でも、遺体が身代わりだったら親は気づくって」

「ご両親が亡くなられてから、執行すればよろしいのでしょう？」

どこまで融通が利くんだ、こいつら。

「大体さ……そんなもん、あたしじゃなくたっていいだろう。殺しくらい、喜んで引き受ける輩《やから》が娑婆にはいくらだっているだろう」

「いいえ、あなたのような人殺しはいません」

「何がだよ。殺しなんざ、誰がやったって一緒だって」

「それが違うんですよ。あなたのように理性的に、かつ機械的に、なお高い技術をもって殺しを遂行できる人間は、そう多くはいません。あなたのような逸材に、拘置所の独房で腕立て伏せばかりさせておくのは、国家の損失以外の何物でもない」

お前が国家を語るな。

「……あたしは、殺人ロボットじゃないんだよ」

「いいえ、あなたには殺人ロボットになっていただきます。いや、人間としての、母親としての感情を持っているという点では、殺人サイボーグというべきでしょうか」

どっちだって一緒だ。

「もう一度いう……断る」

「お願いしますよ、伊崎基子さん。私に、息子がどうなってもいいのかなんて、下衆《げす》な台詞はいわせないでください」

顔を合わせたこともない息子なんて、どうなったっていい。そう、いえるものならいいたかった。だが、いえなかった。

十七歳で初めて人を殺して以来、ひたすら目を背《そむ》けてきた、自らの心の内。でもそれに、目を向けろといってくれた人たちがいた。

雨宮崇史《あまみやたかし》、ジウ、門倉美咲――。

彼らが自分に、命の意味を思い出させてくれた。血の通った人間として生きる価値を、教えてくれた。だからこそ、自分は静かに死のうとしていた。なのになぜ。

なぜ、今になって――。

4

新宿区役所裏で起こった、立て籠もりの事件現場。

東は、さっき着いたばかりの鑑識《かんしき》係主任に事案の経緯を説明していた。

「……説得はカウンター席の左奥。マル被が、突き当たりの壁を背にする状態、マル害を前に抱え込む恰好だった。俺がガラス戸越しに見た時点ですでに、二人はその体勢だった」

「こう、ですね……その後は？」

「この状態から、まもなく人質を解放。先にマル害が、ここを通って店外に出て、保護。俺がマル被を連れて、同じように通って、ここで確保。以上だ」

「なるほど……」

　主任は聞いた通り現場見取り図に書き入れ、次に、クリップボードと一緒に持っていたポリ袋をそこに載せた。中には当該事案で使用された果物ナイフが入っている。グリップ部分より刃部の方が短いので、刃渡りは八センチ程度と思われる。

「凶器は、これだけでしたか」

「それだけだ」

「東係長が拾われたんですね？」

「そうだ」

「そのときは素手で？」

「白手《しろて》をはめる余裕はなかった。刃先をつまんで拾い、そのまま上着のポケットに入れた」

「刃先……は、どの辺ですか」

　黙って、自分でつまんだ辺りを指差してみせる。

「分かりました。マル被は素手で握っていましたか」

「マル被も素手だ。右手で握って、マル害の喉元に向けていた」

　さらにいくつか質問に答えると、主任は「了解しました。以上です。お疲れさまでした」と頭を下げ、現場に戻っていった。

　腕時計を確認すると、二十二時五分。被疑者確保から約一時間。初動捜査に必要な人員はすでに揃っている。野次馬も問題なく整理できているし、店内に居合わせた関係者への事情聴取は当番の捜査員たちが進めている。被害者やその連れもすでに署に送り出した。

今日、この現場で東がすべきことは、もう何もない。

東は、現場前で鑑識作業を見守っている瀬川係長にひと声かけた。

「瀬川さん。では自分は、先に戻ります」

「ああ、はい。お疲れさまでした」

今一度軽く頭を下げ、もときた道を歩き始める。

区役所裏の通りから、靖国通りに出たら西に真っ直ぐ。歌舞伎町を右に見ながら本署に向かう。火曜日の夜。街は事件を知らない、あるいは知っていても興味のない遊行客でごった返している。

事件を知らない、遊行客——。

今夜、この街で遊んでいる人々の一体何割が、あの「歌舞伎町封鎖事件」を記憶しているだろう。記憶していたとしても、どれほどの人が意識に留《とど》めているだろう。おそらく皆無ではないか。

ほんの一時のことではあったが、あの日、歌舞伎町は無法地帯と化した。いや、あれはもはや地獄だった。暗黒に没した歌舞伎町で、人が人を平然と殺し、物を奪い、火を放った。人は、こんなにも容易《たやす》く欲望と凶暴性を剝《む》き出しにする生き物なのかと、数多くの殺人犯を見てきた東でさえ怖くなった。

しかしもう、今は違う。

「アジア最大の歓楽街」といわれる街の表側、靖国通り沿いに立ち並んだビルの前面、そのすべてが極彩色のネオンで煌《きら》めいている。まるで壮大な光の滝だ。通りでは、スーツを着たサラリーマン、学生風の若者、ちょっと背伸びをしたティーンエイジャー、派手に着飾った商売女、髪を逆立てた黒服の商売男、暴力的な雰囲気をまとった裏社会人、さらに中国人、韓国人、メキシコ人、ナイジェリア人、イラン人、ロシア人、アフリカ系アメリカ人――様々な人種が入り混じってお祭り騒ぎに興じている。表に出る犯罪も、出ない犯罪も、いろいろ起こっている。小競《こぜ》り合《あ》い、些細なトラブルまで含めたら、とてもではないが警察の手に負える数ではなくなる。だがこれこそが、良くも悪くも歌舞伎町における日常なのだ。さすがに天国とは言い難《がた》いが、でも少なくとも地獄ではない。「歌舞伎町封鎖事件」は遠い過去。多くの人はそう思っているのだろう。

しかし東は、それは違うと考えている。

あの事件は、人間が持つある種の「本能」を呼び覚ましてしまったのではないか。社会という枠組が抱える根本的な矛盾を暴き、その箍《たが》をはずす方法を提示してしまったのではないか。そんなふうに思えてならない。もしそうだとしたら、あの犯罪は再現が可能ということになる。次のターゲットが歌舞伎町とは限らない。同じ手口かどうかも分からない。もっと効率のいい方法で、さらに大規模化する可能性だってないとは言い切れない。

同業者に話しても、考え過ぎだと笑われるだけだろう。だから、決して口には出さない。出さないが、危惧はしている。

この街の裏側で、ちょっとした暗い隙間で、何か奇妙なことが起こってはいまいか。最近まで寂れていた場所に、よく人が集まるようになる。見たことのない集団を、近頃よく目にするようになる。同じ話、合言葉のようなものを、まったく違う場所で耳にする。そんなことはないだろうかと、一々気にしてしまう。

ただの流行ならいい。少々灰色がかっていても、真っ黒な商売でなければ見て見ぬ振りもできる。だがそうではないとしたら。また何者かが、警察が予想もできないような大規模犯罪を企《くわだ》てているとしたら。自分の見聞きしたものがその前兆なのだとしたら。

そんな思いを、どうしても東は拭《ぬぐ》いきれない。


国内最大、六百人以上の署員が所属する警視庁新宿警察署は、歌舞伎町の他にも多くの商業施設を管内に抱えている。西新宿にある東京都庁もこれに含まれる。

その新宿署の本署当番となったら、はっきりいって日中の通常勤務よりも相当な激務だ。毎晩四十人体制で、翌朝までひっきりなしの事案処理に追われることになる。特に今夜のように、即時解決とはいえ立て籠もり事件などが起きてしまえば、かなりの人数を事件現場にとられる。当然、他所《よそ》で起こる喧嘩や引ったくりといった小さな事案は残った人数で処理しなければならない。それが警察官の仕事といってしまえばそれまでだが、あまりに激務だと東ですらぼやきたくなる。できれば練馬《ねりま》とか光《ひかり》が丘《おか》辺りの、あまり事件が多くない、大きな繁華街を抱えていない所轄《しょかつ》署に移りたい、と。

ようやく署に着いた。

一階の正面玄関から入る。ここにいるのは受付と庁舎警備の係員だけだ。

「あ、東係長。ご苦労さまです」

「……お疲れさん」

知った顔に挨拶をし、そのままエレベーター乗り場に向かう。ここまできてようやく、門倉美咲にレストランの払いを任せてしまったことを思い出したが、今から連絡をしてどうなるものでもない。彼女も警察官。いま東がどのような状況にいるかは分かっているはず。大体、十万も二十万も飲み食いしたわけではない。今度、何かの機会に奢《おご》り返せばいいだろう。

エレベーターに乗り、刑事課のある四階で降りる。途端、社会の規範からはずれてしまった輩、あるいはそれに関わってしまった人々の雑多な声が、廊下の向こうから押し寄せてくる。

デカ部屋に入ると、さらにその音量は大きくなる。

「うっせぇーな、俺は知らねえっつってんだろ」

「もう、ほんと信じらんない。これ、チョー高かったんだから。恥ずかしくて外なんか歩けない」

「おい、大人しくしろよぉ」

「刑事さぁーん、俺、もう帰っていいっすかぁ」

「勘弁してください……か、か、家族と、会社にだけは……」

「ダァーメだよォ、お父さァん、こんなところで寝ちゃあ」

どうやら取調室は満室らしい。見渡すとデカ部屋のあちこちで事情聴取、取調べが行われている。東の席にも、今は髪をクシャクシャに乱した女が座っており、同じ強行犯一係の重森《しげもり》巡査部長が話を聞いている。暴行でもされたのだろうか。女はかなり消沈している。

そんな騒ぎの中を通り抜け、東は一番窓際にある篠塚統括係長のデスクに向かった。今は書類仕事に没頭しているらしく、篠塚は手元を見たまま周囲には一切注意を払っていない。

しかし、

「……統括」

東がひと声かけると、篠塚は派手に椅子を鳴らして勢いよく立ち上がった。どうもこの男は、過剰に東に気を遣うきらいがある。理由はまったく分からない。脅かすような物言いをした覚えもなければ、失態を指摘した記憶も、東にはない。

「あ、東係長、ご苦労さまでした。ホシに名指しされるなんて、とんだヤマになりましたね」

にわかに浮かべた笑みも、どこか卑屈なものに映る。

「いや、それはいいんですが。マル被はもう、留置ですか」

「はい、弁録《べんろく》（弁解録取書）は私がとりまして、今し方、留置場に入れました」

「弁録、いいですか」

篠塚は「はい」と答え、机にある書類の中から一枚抜き出し、東に向けた。

「ありがとうございます」

【　弁解録取書
住居　東京都渋谷区神山町《かみやまちょう》一六番△号
職業　ジャーナリスト
氏名　手塚正樹《てづかまさき》
昭和◎◎年一〇月二二日生（四五歳）
本職は、平成※※年五月一日午後九時四〇分ころ、警視庁新宿警察署において、上記の者に対し、現行犯人逮捕手続書記載の犯罪事実の要旨及び弁護人を選任することができる旨を告げるとともに、弁護人がない場合に自らの費用で弁護人を選任したいときは、弁護士、弁護士法人又は弁護士会を指定して申し出ることができる旨を教示し、さらに、弁護人又は弁護人となろうとする弁護士と接見したいことを申し出れば、直ちにその旨をこれらの者に連絡する旨を告げた上、弁解の機会を与えたところ、任意次のとおり供述した。

1　私が女性を羽交《はが》い締めにして刃物を向け、店舗に立て籠もったことは間違いありません。

2　弁護人は頼むつもりはありません。

手塚正樹㊞

以上のとおり録取して読み聞かせた上、閲覧させたところ、誤りのないことを申し立て、署名指印した。

前同日　警視庁新宿警察署

司法警察員　警部補　篠塚彰雅《あきまさ》㊞】

四十五歳という年齢は、まあそんなものだろうという印象だが、職業記載欄の「ジャーナリスト」というのには多少引っかかるものがあった。どこかの報道機関の人間だろうか。

「統括。このジャーナリストというのは、フリーですか」

「いや、そこまでは訊きませんでした」

「そうですか……いや、大丈夫です。明日、私が訊きます。今日のところは、私はこれで帰りますんで」

「はい、ご苦労さまでした。明日からの調べ、よろしくお願いします」

「はい」

弁録調書を篠塚に戻し、東は統括デスクの前を離れた。

しかし――。ジャーナリストが歌舞伎町で女性を人質にとり、立て籠もり事件を起こした。ところがマル被、手塚正樹はなんの要求を突きつけるでもなく、逮捕された。手塚の犯行目的は、一体なんだったのだろう。そしてなぜ、東を名指しして現場に呼び寄せ、取調官に指名したのだろう。


翌朝九時半。東は留置場から手塚を出し、デカ部屋の隅にある取調室に入れた。立会いはつけない。調べは東一人で行う。

「……おはよう。昨夜は、よく眠れたか」

向かいに座る手塚は落ち着いた様子で、静かに一度頷いた。着衣は基本的に昨夜のまま。多少ヨレてはいるが、黒いスーツに白いシャツを着ている。ただしベルトは自殺防止のためにはずしてある。ネクタイはもともとしていなかった。

「取調べ初回なので、法律通り伝えておく。これからいろいろ質問をするが、答えるかどうかはあなたの自由だ。自身に不利益と思うことは、答えなくてもかまわない。ただ俺には、よく分からないんだ。……手塚さん。あんたはなぜ、俺をわざわざ現場に呼び寄せた。なぜ取調官が俺になるかどうかまで、確認したりしたんだ」

腰縄は椅子に結んであるが、手錠ははずしてある。それでも手塚は、両手を腿に置いたまま動かさない。やや俯《うつむ》き加減ではあるが背筋は伸びており、姿勢は正しい。

「昨夜あんた、俺とは初対面だといったな。俺が警視庁の東かどうかも分からない、だから警察手帳を提示させた……そうだよな？ なんでなんだ。あんた、以前に何か、俺と関わりがあったのか」

面識はないが関わりはある、ということ自体考えづらいが、しかしそういうことなのだと考えざるを得ない。

「俺も、この年まで警察でやってきたわけだから、恨みの一つや二つ……いや、実際はもっとかもしれないが、知らずに買ってることはあると思う。だから、もし俺に何かいいたいことがあるなら、そういってくれ。幸い、女性に怪我はなかった。罪状としては、逮捕・監禁と銃刀法違反、ということになると思うが、あんた、前科《マエ》はないんだろう？ 今ここで断言するわけにはいかないが、仮に実刑になったとしても、ほんの、ごく短期だと思う。あくまでも、一般論としてな……だから、余計に分からないんだ。見たところ、あんたは分別のある、いい大人だ。現場でも冷静だった。逮捕時もまったく抵抗しなかった。なぜなんだ。なぜ、あんなことをした」

手塚は顔を上げ、さっきと同じように、静かに頷いた。

「……そうですか。女性に、怪我がなかったのは、よかったです。大変、申し訳ないことをしましたと、お伝えください。悪いのは、私です。もし、昨日のことがトラウマになるとか、そういうことがあったら、お詫びのしようもありません。彼女に非はありませんし、以後、昨日のようなことに巻き込まれることがないよう、私も、願っております。……私に願われても、迷惑かもしれませんが」

会話をする意思はある。そこはいい。多少嗄《か》れているが、落ち着いた、よく通る声をしている。魅力的な声、と感じる女性も少なからずいるだろう。

「じゃあ、人質はあの女性でなくてもよかった、ということか」

被害に遭ったのは滝口理絵《たきぐちりえ》、三十一歳。新宿区役所職員。

また、手塚が頷く。

「……そのように解釈していただいて、差し支えありません」

「たまたまあの場に居合わせた彼女に刃物を向け、後ろから抱え込んで自由を奪い、店員やその他の客には店から出るよう命じ、あの店に立て籠もった……結局、何がしたかったんだ、あんたは。要求する間もなく逮捕されてしまったが、本当は、何かしたいことがあったんじゃないのか。世間か、警察か、それこそマスコミにか……他にもいろいろあるだろうが、何かアピールしたかったのか」

これには、反応を示さない。

「そういうことじゃ、ないのか」

依然、手塚は背筋を伸ばしたまま、東を見ている。身長は百七十センチほど。男としてはさほど大きくない。目線は東とほとんど変わらない高さにある。

「職業については、ジャーナリストと答えているが、これは、どこかの報道機関や、会社に属しているのか、それとも……」

「フリーです」

やはり、質問に答える意思はあるようだ。

「今回の件は、あんたの……たとえば、ライフワークにするような、取材テーマと関係があるのか」

口頭での回答は、ない。しかし、手塚は東の目をじっと見ている。口ではなく、目で答えているつもりなのか。自分に、そこから何を読み取れというのだ。

「しかし、実際に逮捕されてしまったら、記事も碌に書けないだろう。……まさか、留置場や拘置所、刑務所に入って、実録レポートを書こうなんて企画じゃないだろうな」

これには、ゆるくかぶりを振る。むろん今のは東なりの冗談だが、手塚は一切表情を崩さなかった。ひどく真剣な目で東を見ている。それでいて、睨んでいるというふうはない。至って真面目。それ以上でも以下でもない態度だ。

この男、何を考えている——。

「もう一度訊く。俺を現場に呼び寄せたのは、なぜだ」

するとなんのつもりか、手塚は目だけを動かし、周囲を点検するように見回し始めた。床、壁、天井、自身の足元、東の背後。頭はまったく動かさず、本当に目だけが動いている。腹話術人形のそれにも似ている。正直、見ていてあまり気持ちのいいものではない。

少し、別角度から訊いてみようか。

「……じゃあ、俺のことは置いておくとして、犯行の経緯について、いくつか確認させてもらおうか」

今朝一番で目を通した、鑑識の報告書と当番員作成の参考人供述調書にあった事件のあらましと照合を行う。

「あなたが店に入ったのは、何時頃だった」

「八時、十分頃です」

「そのとき、被害女性は」

「すでに、カウンターに座って飲食を始めていました」

「あなたはどこに座った」

「彼女の左隣、カウンターの一番奥、壁際の席です」

どれも、被害女性や彼女の連れ、店員らの供述と一致する。

さらに犯行に着手した状況、店員やその他の客に退出を命じた様子などについても細かく質問したが、手塚はすべてに明快に答え、またすべてが参考人の供述と一致した。

「……なるほど。よく分かりました」

手塚は犯行について、隠し立てするつもりはないと見える。

なのになぜ、東を呼び寄せた理由については喋《しゃべ》れないのか。

すると、ふいに手塚が、机に身を乗り出すようにして話しかけてきた。

「……東さん」

「なんだ」

「現場に、何か私のものは、落ちてなかったですかね」

「何かって、なんだ」

携帯電話とか、財布の類だろうか。しかし、そのようなものが現場で採取されたという報告は、少なくとも鑑識からはなかった。

「別に、なかったと思うが」

「そう、ですか……」

「何か、大事なものか」

しかしそれ以後、手塚は一切の会話に応じなくなった。

検察官への送致は逮捕から四十八時間以内。しかし地検への本部巡回護送車がくるのは朝と決まっている。よって手塚の場合、翌々日の夜まで調べていたのでは送検に間に合わなくなってしまう。そこから逆算すると、調べに使えるのは実質五月二日の一日のみとなる。三日の朝には手塚を地検に送り出さなければならない。

そういった意味でいえば、手塚は実に「いいホシ」だった。たったの一日で犯行のすべてを認め、送検される際もまったく抵抗せず、

「では、よろしくお願いいたします」

「了解いたしました」

担当係員の指示に黙って従い、護送車に乗っていった。地検で新件調べを受け、夕方にはまたここに戻ってくる。明日からは十日間の勾留《こうりゅう》となり、さらに調べを進めるつもりだが、実際は十日も必要ないのではないかと思う。東は適当なところで起訴手続を要請するつもりでいた。

送検を終え、デカ部屋に戻る。

「東係長、ご苦労さまでした」

自分のデスクに戻るなり、また篠塚が立ち上がって声をかけてきた。

「いえ……まあ、楽なホシです。あとはぼちぼち、様子を見ながらやりますよ」

「そうですか。それはよかった……しかし、東さんを現場に呼び出した理由ってのは、結局なんだったんでしょうね」

そう。その点は確かに引っかかるが、それこそあと十日あるのだから、仮に明らかにならなくてもさらに十日間の勾留延長もできるのだから、心配はしていなかった。

その日。東は昼過ぎまで、やりかけになっていた仕事を片づけつつ過ごした。手塚の他にも傷害や強盗など、小さなヤマをいくつも抱えている。刑事の日常に休息はない、といったら少々恰好のつけ過ぎになるが、本音だった。新宿署にきてから、完全にすべての仕事が片づいた日など一日もなかったように思う。

そして十五時を五分ほど過ぎた頃、一本の内線電話がかかってきた。

「……はい、東です」

『飯坂《いいざか》だ』

新宿署刑事課長、飯坂丈雄《たけお》警視。そういえば今、飯坂はデスクにいない。

「課長、今どちらですか」

『署長室だが……東。今、地検からこっちに連絡があった』

今日、地検といったら。

「手塚が、立て籠もりのマル被が、何か」

『ああ。地検のトイレで、どうも……自殺したらしい』

「は？」

手塚正樹が、自殺？

5

陣内は、碌に眠れないまま朝を迎えていた。

六畳間と簡易シャワー、小さな台所。それだけの部屋。リサイクルショップで買ったベッドに寝そべり、ヤニでくすんだ板張りの天井を見上げている。

何者かが、陣内たちに先んじて赤池康人を殺した。昨夜上岡がそれとなく確かめたところ、やはり赤池は店に出ておらず、連絡もつかなくなっているということだった。チーフマネージャーの芳村照実と、ナンバーワン・キャバ嬢のマリカも同様だ。

残された店の者がこの事態をどう思っているかは分からない。ただ歌舞伎町では、日々様々な理由で人が消える。会社や組織に対する背任が明らかになり、制裁を受ける前に姿を消す。そういう者は少なくない。急に仕事が嫌になり、関係者になんの断りもなく街を去る者。暴力団に身柄を拘束され闇に葬られる者。自宅で警察に逮捕され、そのまま国外退去させられる者。金を持ち逃げする者。本当に様々だ。そんな中で、特に怪しい消え方をした者は、ときおりこんなふうに噂される。

あいつ、消されたんじゃないか。「歌舞伎町セブン」に――。

芳村に関してそういった話が出るならば、それは噂ではなく真実ということになる。赤池も予定ではそうなるはずだった。だが実際は赤池もマリカも違う。「歌舞伎町セブン」に関する風聞は、そういった虚実が複雑に入り混じり、ある種の都市伝説と化している。それはそれでいい。子供にお化けではないが、悪いことばかりしていると「歌舞伎町セブン」に消されるよ。そういう噂はあっていい。それ以外の殺しまでセブンのせいにするなどと、ケチなことはいわない。殺しは殺し。誰の手に掛かろうと、赤池の死にそれ以上の価値も以下のそれもない。

しかし、マリカは違う。彼女はなぜ殺されなければならなかったのか。それ相応の理由があるならば、セブンとしては目を瞑《つむ》ることになる。法律云々《うんぬん》の話ではない。街の秩序を維持するために、生かしておけない女ならば殺されても仕方ない。そういう結論になる。だがそうではないとしたら。もし彼女がなんの理由もなく、たとえば赤池が殺される現場にたまたま居合わせただけで、もらい事故のように殺されたのだとしたら、話は違ってくる。

セブンで動く可能性も出てくる。

今のところ、陣内はそんなふうに考えている。

昼頃に起き出し、とりあえずシャワーを浴びた。食事はしない。陣内は、この部屋ではほとんどものを食べない。食べるとしたら、たいていは歌舞伎町に出てからだ。眠れても眠れなくても、その点にあまり変わりはない。

シャツの上に、最近買った薄手のジャケットを羽織って部屋を出る。幅のせまい外廊下を通り、さらにせまい鉄骨階段を下りる。これが、かなり危ない。すでにいつ崩落しても不思議ではないくらい各所が錆びきっており、近頃は陣内が上り下りするだけでそれと分かるくらい全体がたわむ。いつ命を落とすかも分からない世界に身を置いている自覚はある。それはいい。だが、このボロ階段の崩落で死ぬのは、さすがに嫌だ。そろそろ、本気で引っ越しを考えるべき時期にきているのかもしれない。

昼でも薄暗い路地を抜け、ドン・キホーテの脇に出たら職安《しょくあん》通りを渡る。ここからが歌舞伎町。新宿駅側から見ると真裏から入る恰好になる。遠くには巨大クレーンも見える。すでにコマ劇場が取り壊され、新しいビルの建設もかなり進んでいる。今度はシネコンとホテルを中心とした複合商業施設と聞いている。

そのまま真っ直ぐ、街の中心へと向かう。

歌舞伎町といえども、昼間はさすがに夜ほど賑《にぎ》やかではない。特に裏側、というか北側に位置する歌舞伎町二丁目はラブホテルが多いため、陽が落ちるまでは静かだ。だがその界隈《かいわい》を抜け、一丁目とを隔《へだ》てる花道《はなみち》通りまでくると様子が変わる。飲食店がぐんと増えるので、昼でも人通りはかなりある。寿司、割烹《かっぽう》、鍋、しゃぶしゃぶ、うどん、ラーメン、とんかつ、お好み焼き、もんじゃ焼き、炉端焼き、中華、韓国、インド——。主にアジア系が多いが、フレンチだってイタリアンだって探せばそれなりにはある。

陣内は花道通りを左、新宿区役所方面に曲がった。その道沿いにある酒屋、信州《しんしゅう》屋で一つ用事を済ませていく。

信州屋は、物販は長続きしないといわれる歌舞伎町では老舗《しにせ》中の老舗だ。「エポ」で出す酒や、ツマミにする乾き物はほとんどここから仕入れている。そもそも「エポ」は、かつてセブンのメンバーだった石渡《いしわたり》がやっていた店であり、信州屋はセブンの前元締め、斉藤吉郎が始めた店だから、二店は陣内が関わる以前から深い関係にあったことになる。

そして現在、信州屋を切り盛りしているのは斉藤杏奈。吉郎の孫娘だ。

「いらっしゃいま……ああ、ジンさん」

店のロゴが入った濃い緑色のエプロン。今日は頭に鮮やかなオレンジのバンダナを巻いている。在庫のチェックでもしていたのか、手にはノートとペンを持っている。

「おはよう。夕方、また配達頼むよ」

「おっけー。じゃこっちに」

レジカウンターに移動し、杏奈がエプロンのポケットからメモ帳を取り出す。陣内はそれとなく店内を確認。今いる店員は杏奈の他にもう一人。ワインの棚《たな》で並べ替えをしている若い男だけだ。客はいない。密談をするには好都合だった。

陣内は声を落として訊いた。

「……上岡から、その後連絡はない？」

メモをとる振りをしながら杏奈が答える。小さく、口先だけを動かして。

「ない。昨日の今日だからね。まだそんなには」

「天貝は、まだ見つかってないのかな」

「たぶん。小川くんの話だと、昨日は休みだったみたいだから。今朝出勤しないで、変だなってなって、連絡もとれないで、誰かが自宅を見にいって発見、って感じじゃないかな……ご注文は」

「ああ、プレモルとドライを半ケースずつ。アーリーとハーパーを三本ずつ。それから、柿ピーと……」

さらに乾き物をいくつか頼み、杏奈が書き留めるのを待つ。

「……それと、この前のギャラ。俺の分は返すよ」

ぴたりと杏奈の手が止まる。それでも顔は上げない。

「そういうの、よそうよ。動くだけは動いたんだから。出来高制じゃないんだからさ。ちゃんと受け取って」

「でも……俺は、殺《や》ってないわけだから」

「結果論でしょ。元締めのあたしがいってるんだから、もらうべきものはちゃんともらって。みんなと同じに」

「……ああ」

　不思議な感覚だった。

　まだ二十二歳の若い娘が、道理の有無はともかく、殺し屋集団の元締めを務めている。しかもそのことに、杏奈自身も義務と責任を感じ始めている。上岡は以前、杏奈のことを「いずれはこの歌舞伎町を仕切ってく娘」と言い表わした。確かにそうかもしれない。生まれも育ちも歌舞伎町で、前商店会長の孫娘。自身もこの街に並々ならぬ思い入れを持っている。いずれは町会長か商店会長か、といわれるのも頷ける話だ。しかしそれは、あくまでも表社会での話だ。

　陣内ですら、杏奈がセブンと関わりを持つようになるとは思っていなかった。しかも元締め。「手」よりマシといわれたらそうかもしれないが、だからといって、こちらはすんなり頷ける話ではない。しかも杏奈は陣内の、実の娘——決して口に出すことはないが、自分の子が殺しの世界に足を踏み入れて喜ぶ親などいない。

　これは当てつけ、ある種の復讐なのかとも思う。

あんたが人殺しだからあたしは母親を失くし、あんたも去り、あたしは子供の頃からずっと寂しい思いをすることになった。今さら、あたしがセブンに関わることに意見する資格は、少なくともあんたにはない――。

そんなふうに考えているのではと、陣内は思ってしまう。だから杏奈は、そうと知っているはずなのに自分を父親として扱わないのではないか。他人なのだから何をしようと勝手だろう。これはそういう意思表示なのではないか。

ただ普段の杏奈が見せる態度は、彼女がセブンに関わる前と大きくは変わらない。陣内を「ジンさん」と呼び、「エポ」にもよく飲みにくる。その際には笑顔も見せる。つまり、以前の杏奈とは別に、あくまでも一線を引いた上で、セブンの元締めとしての顔も持ち始めた。そういうことなのかもと、考えることはできる。

どちらにせよ、今の陣内にはあるがままの杏奈を受け入れるしかない。そして彼女を、命懸けで守る。それしかできない。

杏奈が壁掛けの時計を見上げる。

「六時頃でいいかな」

「ああ。それでいい」

「了解」

注文伝票や控えといったものはない。

「じゃ、よろしく」

「はい、ありがとうございました」

最後に杏奈の笑顔を見たら、発注は完了だ。


最近オープンしたラーメン屋でつけ麺を食べ、ヒューマックスで一本映画を観てから、夕方四時頃、部屋に戻った。それから今夜店で出す料理を作り始め、できたのが五時半頃。出かけるのにちょうどいい時間になった。

今夜のメニューは、アジの南蛮漬けと厚揚げの挽き肉詰め、ごぼうサラダ。それらをタッパーに詰め、店まで持っていく。この、陣内の料理を目当てに来店する客は案外多い。

店に着いて、すぐにきた信州屋の店員が品物を納め、帰った直後、

「こんばんは……んっ、なんかいい匂いがするぅ」

早速ソープ嬢のアッコが顔を出した。

「いらっしゃい。今日は早いね」

六つあるカウンター席の真ん中辺りを勧める。

「うん。スロット、全然出なかった。最悪」

彼女はここに酒を飲みにくるのではない。出勤前の腹ごしらえ、早めの夕飯を食べにくるのだ。そのため、白飯は近所のコンビニで買ってきたものを持参している。

「今日はなに？」

「アジの南蛮漬け、厚揚げの挽き肉詰め、ごぼうサラダ。昨日の、豚しゃぶの梅肉ソース和《あ》えも残ってるな。あとは、お新香。柴漬けと、キュウリと茄子の浅漬け」

「ああ、この匂いは厚揚げか」

「うん。いま火を入れたところ」

「じゃあそれと……豚しゃぶも捨て難いけど、でも南蛮漬けかな。あと柴漬け」

「了解」

注文通り、厚揚げと柴漬けをそれぞれ小鉢に。南蛮漬けは藍染の角皿に、ひとつまみ糸唐辛子を載せて出す。

「……はい、どうぞ」

「わーっ、綺麗。いただきます」

若干太めのアッコは、よく「あたしが太ったのはジンさんの料理のせい」というが、陣内自身は、アッコは出会った頃からこんな体型だったように記憶している。なんにせよ、嬉しい言葉ではある。

「……んん、美味《おい》しかった。ご馳走さまでした。これで、また今日一日がんばれるぞ」

そういってアッコは、いつも通り千円置いて席を立った。

「毎度どうも」

「今度また、ポテトサラダ作ってよ。あたし、ジンさんのポテサラ大好き」

「分かった。予定しとく」

バッグを肩に掛け、アッコが出入り口の引き戸に手を掛ける。

「あれ……ここ、開けやすくなったね」

「先週、大工呼んで直してもらった。だいぶ軽くなっただろう」

「うん。いい感じ……じゃ、いってきます」

「はい、いってらっしゃい」

アッコが帰ったのが七時ちょっと前。次の客がきたのは八時頃。二、三度きたことのあるカップルだった。

そのあとに入ってきたのが、フリーライターの上岡だ。

「……こんばんは」

「いらっしゃい」

「今夜は盛況だね」

「……どういう嫌味だよ」

むろん、言いたいことは分かる。他の客がいては裏の話ができない。そういう意味だ。

上岡は、カップルと一つ空けて陣内の前に座り、タバコを銜《くわ》えた。

「ハーパー、ロックで」

「了解。何か食べる？」

「いや、いいや。さっき、カレー食っちゃったから」

不思議なもので、上岡は市村が一緒にいるときは、陣内に対しても敬語を使う。だが市村がいないと、わりと砕けた言葉遣いになる。歌舞伎町を何年も取材し、裏の裏まで知っていても、やはりヤクザの組長は怖いのだろうか。それとも市村が特別なのか。若い頃から知っている陣内にしてみれば、市村もどうということのない中年男に過ぎないのだが。

「はい、ハーパー、ロック。お待たせしました」

「どうも……あ、ジンさん、杏奈ちゃんに会った？」

そういえば、上岡は杏奈のことも苦手にしている。苦手というか、一度嫌われてから、どうも上手く仲直りできないでいるらしい。

「ああ、昼に会ったよ。配達を頼むのに」

「そっか。じゃあ聞いてるか」

「おおまかにはね」

素人客の前で話すとしたら、これくらいが限度だろう。

「……ごちそうさん」

上岡はその一杯だけで帰っていった。

その後は劇団系の若い連中でしばし混み合い、居づらくなったのかカップルが帰っていき、それと入れ替わるように一人、初めての客が入ってきた。女だ。

「いらっしゃいませ」

「えっと……ビールは、何があります？」

「プレミアムモルツと、ドライがございます」

「じゃあ、プレモル」

やや目つきがキツい感じはあるが、すっと鼻筋が通った、なかなかの美人だった。年は、三十を少し過ぎたくらいか。長い黒髪を後ろで一つに括《くく》っていたが、オーダーするなり、それもするりと解いてしまった。

嗅《か》ぎ慣れない、甘い花のような香りが仄《ほの》かに漂う。

「何か、おツマミはよろしいですか」

「何があります？」

その綺麗な鼻筋から、真っ直ぐ抜けてくるような通りのよい声。テンポのいい受け答え。どこかで飲んできてここが二軒目、という感じではない。それよりは仕事を終え、とりあえずの一杯といったところか。まだどことなく、ピリピリとした緊張感をまとっている。

今日のメニューをいくつか挙げると、「アジの南蛮漬けと、ごぼうサラダ」とやや早口で注文する。

「かしこまりました」

先にプレミアムモルツとごぼうサラダを出す。そうこうしているうちに、劇団の看板女優、ミカが「ジンさん、お勘定お願ぁい」と立ち上がった。

「はい、ありがとうございました」

まもなく劇団員の間で、全部でいくらだ、割り勘だといくらだ、いやここはあたしが、と押し問答が始まり、初顔の美人客に、

「すみません、お待たせいたしました」

南蛮漬けを出した頃にようやく話がまとまり、くしゃくしゃの万札と千円札の束が陣内のところに回ってきた。

「ええと……はい、四万三千円のお預かり。お返しが……三百円になります」

釣りを受け取ったミカが「ごちそうさぁん」とご機嫌で出ていく。他の団員もそれに続く。

「ありがとうございました」

開《あ》け閉《た》てしやすくなった引き戸が閉まり、団員たちの足音がゴトゴトと階下に遠くなっていく。そうなってみて、今までがどれほど騒がしかったかを実感する。BGMにしていたグレゴール・ヒルデン、そのギターフレーズがはっきりと聴き取れるようになった。

客が一人になったというのもあり、陣内はなんとなく彼女に声をかけた。

「もし違っていたら、ごめんなさい……今日、初めておいでいただいたのでしょうか」

女はグラスをとりながら、小さく二度頷いた。

「ええ。知人からいいお店があるって紹介されて。ちょうど通りかかったものだから、寄ってみたんです」

「それは、ありがとうございます」

誰の紹介かは訊かない。縁があれば、そのうち分かることだ。

女が店の奥に顔を向ける。

「素敵なお店ですね。だいぶ繁盛してそう」

「いえ、そんなことはないんですよ。馴染みが何人か連れてくることはありますが、普段はむしろ……こんな感じです」

「こんな感じも、落ち着いてていいじゃないですか」

人が減ったからか、それとも喉を潤して彼女自身も少し落ち着いたのか。口調が最初よりも柔らかくなっている。語尾の辺りで首を傾げる仕草も、そのつもりで見れば色気がある。

「……ジンさんって、仰るんですね」

「ええ。常連さんには、そう呼ばれることが多いです。名字が、陣内ですので」

「なんか、カッコいい。お店と、よく合ってる」

意識して笑みを浮かべ、陣内は「ありがとうございます」と頭を下げておいた。

女は、一匹のアジを器用に箸で半分にしてから、口に運んだ。

「……ん、美味しい。お酢の具合がちょうどいい。うちの母も、よくこれ作ってくれましたけど、ジンさんの方が上手」

「それは、嬉しいような……ちょっと申し訳ないですね」

グラスが空いていた。陣内がボトルに手を掛けると、彼女は「すみません」とグラスに手を添えた。白い泡を二人して見つめる恰好になる。縁ギリギリまで泡がきたところで、ボトルを起こす。

ひと口飲み、彼女は口元の泡を気にしながらグラスを置いた。

細く整った顎《あご》を上げて、陣内に訊く。

「……このお店、長いんですか？」

「今年で六年、ですかね」

「歌舞伎町って、怖くないですか？」

「いや、それはないですけどね……映画や小説では、魔物の棲《す》む街みたいに描かれることが多いですけど、実際はそんなでもないですよ。町会費がどうとか、ゴミ出しがどうとか、わりと普通です」

「へえ、そうなんだ」

笑うと案外可愛い顔になる。二十代後半くらいにも見える。

「そんなもんですよ。そりゃ、ヤクザは確かにいるし、酔っ払いも多いですから、トラブルは起こりますが……でも繁華街なんて、どこもそんなもんでしょう。別に、歌舞伎町だけが特別なわけじゃありません」

「ふぅん……」

　すると、彼女はクッと顔を上げ、真っ直ぐに陣内を見た。

「でもそれ、本当かな」

　一瞬にして声が、目つきが、表情が、最初に入ってきたときのそれに戻っていた。ピリッと、静電気のようなものが陣内との間を行き交う。

「ええ……私は、そう、思ってますけどね」

「でも去年の暮れに歌舞伎町一丁目の町会長が突然死して、今年の初めには商店会の会長が失踪してますよね。今日また、新宿署の刑事が一人、自宅で自殺してるのが発見されました。彼もまた、歌舞伎町とは関わりの深い人物だったと聞いていています」

　そう。斉藤吉郎は表向き、殺されたのではなく失踪したことになっている。殺され方があまりにひどく、公にできる状態ではなかったため、陣内たちが密かに荼毘《だび》に付したのだ。遺骨は杏奈が保管し、今も自宅マンションに置いている。

「他にも怪死、変死、失踪……歌舞伎町には、他所の街にはない謎がある。深い闇がある。

不可解な状況で人が消える、ブラックホールみたいなものがある」

この女、何者だ。マスコミ関係か。

「ジンさんは、『歌舞伎町セブン』って、聞いたことありません？　私はそれこそが、歌舞伎町のブラックホールなんだと、睨んでるんですけど」

セブンに直接関わる前の上岡が、ちょうどこんな感じだった。そこら中から情報を掻き集め、勝手に「歌舞伎町セブン」のイメージを作り上げ、それをあちこちにぶつけて回っていた。

「いや……『歌舞伎町セブン』って、あんなのは、単なる都市伝説でしょう。似たような話は渋谷や六本木、池袋にだってありますよ」

だが彼女は、確信ありげにかぶりを振った。

「いえ、ないですよ。渋谷や六本木、池袋にそういった噂はありません。いっときあったとしても、すぐに消えてしまう。でも歌舞伎町は違う。『歌舞伎町セブン』はもう何年も前から、ひょっとしたら何十年も前から、ずっと街の人々の間で噂され続けている。……こんなこと、他の街にはないです」

ただ、上岡とのやり取りで陣内も免疫ができていた。何をいわれてもとぼけ通す。そういう覚悟ができていた。

「へえ、お詳しいんですね。私なんかより、よっぽど事情通だ……ひょっとして何か、そういう関係のお仕事をしてらっしゃるんですか？」

「ええ。フリーでライターをやってます。ツチヤといいます」

彼女はバッグから名刺入れを出し、一枚抜いて陣内に差し出した。

土屋《つちや》昭子《あきこ》。携帯番号とメールアドレスしか書いていない、シンプルな名刺だ。

「やっぱり、ライターさんでしたか。そうじゃないかな、とは思ったんですよ」

「他にもお知り合いが？」

「ええ、何人もいますよ。フリーライター、ルポライター、ジャーナリスト、カメラマン……私なんかには、水商売をするのに都合のいい街、くらいの認識しかないんですが、物を書かれる方には、何かこの街が、違ったふうに見えるんですかね。みんな、何か面白いネタない？　って、よく訊きにきますよ」

女、土屋昭子は再びグラスを持ち、乾杯をするように掲げてみせた。

「……じゃあ私も、そのお仲間に入れてもらおうかしら。私は『歌舞伎町セブン』とか、『ダムド』って呼ばれてる男の噂とか……そういうの、興味あるんです」

ダムド――。

予期せぬひと言だったため、まったく顔色を変えずにいられたかどうかは、正直自信がない。でもすぐに眉をひそめ、首を傾げるというフォローはできたと思う。

「ダムド……ってのは、ちょっと聞いたことないですね。なんですか？　昔、そういうロックバンドがあったのは、なんとなく知ってますが」

土屋はクスッと笑みを漏らした。

「たぶん、そう仰るだろうと思ってました」

悔しいが、今夜のところは、彼女の方が一枚上手のようだ。

第二章

1

歌舞伎町二丁目のラブホテル街で「エヌ」を仕入れ、コマ劇跡の斜め向かいにある牛丼屋のトイレで一発キメた。いつもの如く快楽にのた打ち回っていたら、店員が慌てた様子で「お客さま、どうされました」と声をかけにきた。だが慌てることはない。ゆっくりポンプをしまってからドアを開ける。

なんでもない。どけ。

トイレを借りたのだから並の一杯くらい食ってやってもよかったのだが、やめた。今余計な世話で完全にその気は失せた。どうせなら糞も垂れて流さずに出てくればよかった。

そこからぶらぶら歩いて代々木《よよぎ》公園まで戻ってきたら、もう夕方になっていた。原宿駅側から入って、ちょっと奥まったところの、芝生の木陰に俺の荷物は置いてある。台車一台にまとめた生活用具一式。ブルーシート、段ボール、あとはちょっとした衣類とカセットコンロ。こんなものでも他のホームレスが盗んでいく可能性はある。なので、留守中は同じホームレス仲間のトムさんに預かってもらっている。

俺の台車の横にブルーシートを敷いて、寝転んでいるトムさんに声をかける。

「……ああ、先輩。お帰りなさい」

別に俺の方がホームレスとして先輩だとか、そういうことではない。むしろ、年でいったら俺の方がだいぶ下だ。ただ俺は、ホームレスの中ではかなりの金持ちで通っていた。荷物を預けておくのに小遣いをやったり、たまには周りの連中に酒を奢ったりもする。そんなふうにしているうちに、周りが勝手に「先輩、先輩」とおだて始めた。それだけのことだ。

俺はトムさんの隣に腰掛け、タバコを銜えた。

一応、何か変わったことはなかったか、と訊いておく。

「え、ええ……何も、なかったですよ」

欲しそうに見ているので、トムさんにも一本めぐんでやった。火はトムさんに点けさせる。残りガスの少ない、シールも剝がれかけた使い捨てライターだ。

二人で吹き上げた煙が、夕風に弄《もてあそ》ばれては消えていく。

何か酒はないのか。

「あ、えっと……ワンカップが、あと、ちょっとだけ」

俺はポケットから一枚札を抜き出し、何か買ってくるようトムさんにいった。千円札のつもりだったが、出してみたら五千円札だった。それでも別にかまわない。

「は、はい、いってきます……テキーラですか」

アルコール度数が高ければなんでもいい。あんたも、何か好きなものを買えばいい。酒でもツマミでも。

そういうと、トムさんは土色の頬を目いっぱい吊り上げて頷いた。

「はい、じゃ、遠慮なく……」

よっこら、と立ち上がり、ちょこまかと中腰のまま歩き始める。シミだらけのコートの背中が、徐々に遠く、小さくなっていく。

俺は腕枕をして、ブルーシートに横たわった。タバコは近くにあった空き缶に捨てた。しばらく煙が出ていたが、放っておいたらそれも消えた。

木立の向こうには、カップルやベビーカーを押すママ軍団、近所の年寄りなどが普通に歩いている。ああいった連中に、俺たちの姿は見えていない。そればかりか、自分たちの住んでいる社会こそが表だと信じ込んでいる。だがこっち側からしてみれば、それは大きな間違いだ。勘違い、驕《おご》り高ぶり、糞の役にも立たない平和ボケだ。

奴らのいる場所は、川の真ん中に偶然できた中州のようなものだ。たまたま今は水をかぶらずに済んでいるが、実はいつ濁流が押し寄せてすべて流されてしまうかも分からない危うい陸地だ。冷たい水味わいたさに水際までのこのこ出てくる馬鹿は、遠慮なくこっち側に引きずり込んでやる。鉄の鉤爪《かぎづめ》で足首を捕らえ、力ずくで引き倒して、暴れたら殴り、蹴り、刺し、髪の毛を鷲摑《わしづか》みにして水際、川原の砂利に、顔がグシャグシャになるまで何度も何度も何度も何度でも、叩きつけてやる。

なあ、そうだろう、ジウ。

俺たちは望んでこの国に生まれてきたわけじゃない。この国のルールに納得して、この国で生きていくと決めたわけじゃない。気づいたらここにいた。意味不明な法律で雁字搦《がんじがら》めにされ、一部の選民主義者どもに搾取《さくしゅ》され、カラカラに乾いた犬の糞同然に扱われてきた。それでも、なんの疑問も持たずに生きていける阿呆どもはいい。そのまま勝手に死ねばいい。だが俺たちは違う。この国の天辺《てっぺん》は真っ黒に腐っている。中間も腐りかけている。だが俺たちは最初から真っ黒のカチカチだ。それを隠そうとは思わない。隠すことはもはや不可能だ。だったら思い知らせてやろうじゃないか。この国が、真っ黒に腐りきっているという現実を。

その通りだ、ダムド――。

お前のいう通り、この国は腐りきっている。人が人を殺してはいけないというルールがあるのは、国民が減っては困るからだ。国民が減ったら困るのは誰か。国民から搾取している連中だ。誰が搾取しているのか。全部だ。政治家も官僚も、企業も慈善団体も、善人面をしている連中は、漏れなく甘い汁を吸っているクズ野郎だ。

殺せ、殺せ、殺せ――。

殺しを肯定して、弱肉強食の世界を取り戻せ。だが「群れ」は侮《あなど》るな。群れる奴らは、必ず数の論理で潰しにくる。だから、絶対に正面からはいくな。獲物は物陰から密かに狙え。そして一瞬で仕留め、闇に引きずり込め。遠慮は一切するな。とことん卑怯《ひきょう》に、狡《こう》猾《かつ》に、無慈悲にやり遂《と》げろ。

少しずつ、一歩一歩、ゆっくりでいい。癌《がん》が肉体を蝕《むしば》むように、社会の細胞ひと粒ひと粒を、嚙み潰してやれ。奴らが気づいたときにはもう遅い。もう、この国は全身癌だらけの末期患者だ。そこまでいけばもう、腐って爛《ただ》れて自滅していく。そうなったら姿を見せて、大いに笑ってやればいい。勝者がどちらか、思い知らせてやればいい。

分かってるぜ、ジウ。俺たちの理想は――。

「……先輩、寝ちゃったんですか」

ふいに肩を叩かれ、反射的に起き上がったその勢いのまま殴り殺してやろうかと思ったが、途中でトムさんだと気づき、やめた。

遅かったな。何を買ってきた。

「はい、先輩はテキーラ、私は焼酎で……最近は、常温で解凍する冷凍食品ってのがあるんですね。美味そうなんで、それを買ってきました。白身魚のフライと、とんかつと、海老グラタンです」

常温で解凍か。まるでホームレスのためにあるような食い物だ。

夜。歩いて歌舞伎町のちょっと先、富久町《とみひさちょう》までやってきた。上田大助が「組事務所だといろいろ不都合がある」というので、俺がくるのはいつもこっちの会社事務所の方だった。

古惚《ふるぼ》けた三階建てのビル。呼び鈴を鳴らし、「新宿中央不動産」と書いてあるドアのところまで出てきた上田に、景気よく挨拶をしてやる。

親分、元気でやってるか——。

近所には暴力団組長であるということを隠しているのか、「親分」と聞いた瞬間、上田の顔は引き攣《つ》った。

「ま、まあまあ……入って」

奥の一ヶ所だけ蛍光灯を点けている事務所。といっても、手前にカウンターデスクと事務机が一つずつ、仕切りの向こうに応接セットがあるだけの小さな構えだ。

俺は勧められるまま、革張りのソファに腰を下ろした。いや、どう見てもこれは合皮か。

とりあえず、この前の残りをよこせ。

「うんうん、分かってる。ちゃんと用意してあるよ」

たかが十万。白川会系の三次団体といえども、いっぱしの暴力団組長がわざわざ用意するほどの金額でもないだろう、とは思ったが、いわずにおいた。その金額を提示したのは、そもそも俺なのだ。

「これ、ね。確かめてみて」

一応、封筒から中身を半分引き出し、パラパラとめくって数える。確かに十枚あった。

頷いてみせると、上田は安堵《あんど》したように笑みを浮かべた。

「うん、それで、この前、話してたことだけどさ」

そうだ。次はどこのどいつをブチ殺してやろうか。

「いや、それなんだけどね……」

語尾の、煮え切らない逆接が癇《かん》に障《さわ》った。

俺は、封筒を握り締めた拳を、そのままテーブルに落とした。

けどじゃねえだろ——。

そう怒鳴りつけると、上田は「ひっ」と上半身を引いた。

「い……いや、でもさ、ちょっと、聞いてくれよ」

何をだ。俺はお前のためを思っていってやってるんだ。邪魔者は残らず消す。簡単な話だろう。お前がどんなヘタレだろうと、敵が一人もいなくなれば、自動的にお前が天辺だ。違うか。俺がそこまで押し上げてやるといってるんだ。それの何が不満だ。文句があるならいってみろ。

テーブルに片手をついて乗り出し、上田の首元に手を伸ばす。怯《おび》えきった上田は逃げることすらできない。俺は安っぽいスーツの襟を摑み、グッと額がつくくらい近くまで引き寄せた。

腑抜《ふぬ》けたことをいうな、この、三下《さんした》が——。

「で、でもさ、ちょっと待ってくれよ」

上田が、そっと俺の拳に手を添える。

「確かにさ、あ、あんたには、いい仕事してもらってるよ。感謝もしてる。でもさ、一つ片づけてもらったらさ、それを、俺の利益に繫がるように、こう、上手くさ、工作というか……根回ししなきゃ、ならんでしょう。それは、分かるでしょう。……それでなくたって、俺とマズい関係だった奴らが、ゴロゴロ消えてるんだ。警察はともかく、業界内で、それも組の中で、俺に疑いの目が向いちまったら、も、元も子も、ないじゃないか」

俺は一発、脇腹に重たいのをくれてやった。

「……ぐほっ」

この俺に説教を垂れようなんざ十年早い。

いいか。腑抜けたことをいうなといったはずだ。誰だ。誰がお前に疑いの目を向けている。そいつの名前をいえ。そうしたら、次はそいつを殺してやる。腸《はらわた》がキムチ鍋になるまで引っ掻き回したら、またシンちゃんに捨てさせる。それで終わりだ。

ちなみにこの前の仕事でのシンちゃんの取り分は五十万だった。そう決めたのも俺だ。

上田の顔が、限界まで怯えに引き攣る。

「そ……そう、簡単な話じゃ、ないんだって」

いや、これ以上はないくらい簡単な話さ。むしろ、犬でも分かる簡単な話を、義理だの人情だの、くだらねえションベン話にお前らが仕立て上げてるだけのことだ。いいから聞け。お前が俺に金を払い続け、俺に獲物を差し出してるうちは、俺はお前のためにいくらでも働いてやる。お前の兄貴分だろうが親分だろうが、ミカジメ料を渋るキャバクラオーナーだろうが、綺麗さっぱり片づけてやる。だがその片方でもできなくなったら、覚悟しろ。そのときキムチ鍋になるのは、お前だ。お前の女房も、ようやく中学に上がったばかりの娘も、ご自慢のドーベルマンも、シンちゃんの包丁で三枚に下ろされて、指までソーセージみてえに切り分けられて、生ゴミとして捨てられることになる。

俺は摑んでいた襟を放してやった。

大丈夫だ。もうちょっとの辛抱だ。そのうち、お前にも好い目を見させてやる。今お前は、俺のいうことだけ聞いて、ガンガンいけばいいんだ。一歩も退《ひ》くな。後ろ足の踵《かかと》半分は崖っぷちに掛かってると思え。下がったら落ちて死ぬだけだ。気合入れて、前だけを見て進め。それが、お前が唯一、生き残れる道だ。

もう遅いんだよ、上田。

お前は俺の、大切な、地獄への道連れなんだ。

朝方代々木公園に戻ってみたが、ぱっと見たところ、いつもの辺りにトムさんはいなかった。雨の日は歩道橋の下辺りで雨宿りをしていることもあるが、ここ四、五日、東京はずっと晴れている。地面を見てもカラカラに乾いており、にわか雨すら降った形跡はない。

そのまましばらく、園内を歩いた。

犬の散歩をしている年寄り。膨らんだ腹を重たそうにブラ下げて歩くメス猫。ホームレスと残飯を奪い合うカラス。ピンクの短パンを穿いてジョギングしているブス。朝陽を浴びて白けた芝生。遠くの木陰にまで目を凝《こ》らすが、トムさんの姿も、俺の台車も見当たらなかった。

中央広場まできて、ようやく俺の台車がトイレの壁に寄せられているのを発見した。でも近くにトムさんはいない。中で糞でもしているのか。

山小屋風のそれに近づく。障害者用の個室もある、立派な公衆便所だ。その紳士用個室の方から、何やら呻《うめ》き声が聞こえる。

「ん、ぬおっ、おお……ハァーッ、カッ、カッ」

トムさんの声に似ていた。しかも、ドタバタと壁やドアに体当たりを繰り返している。外の地面で同じことをやったら、人はそれを「七転八倒」と表現するだろう。

明らかに様子がおかしい。

おい、何をやってる。

そう声をかけると、急にその騒ぎは静まった。中の奴が、耳を澄まして外の様子を窺っているのが手にとるように分かる。

トムさんか。

すぐには返事がなかった。それでも俺は呼び続け、何度かドアをノックした。するとようやく、カツンと閂《かんぬき》のはずれる音がした。

蝶番《ちょうつがい》が耳障りな音をたて、扉が少しずつ開く。中にいたのは、やはりトムさんだった。いつものコートを着て、左側の壁にもたれている。心なしか顔色がよくない。表情もどことなく虚《うつ》ろだ。

「あ、ああ……先輩」

声もかすれている。俺は大体の事情を呑《の》み込んだ。

具合でも悪いのか、と訊いてみた。

「い、いいえ……なんでも、ないです」

なんでもないことないだろう。

「いや、大丈夫、です……で、出ましょう」

トムさんがゆらりと壁から体を起こす。だが足がフラつくのか、すぐによろけ、今度は奥の壁に寄りかかる。微かに震えてもいる。

俺は一緒に中に入り、後ろ手でドアを閉めた。

おい、俺は一度しか訊かないから、しっかり答えろよ。

トムさんは、は？　とでもいいたげな、とぼけた表情で俺を見た。その目線も、微妙にズレている。

「……何が、ですか」

俺のクスリを使っただろう。服と服の間に入れといたやつだ。

便器の周りをぐるりと見る。土埃と小便でベチャベチャと汚れてはいるが、特に何も落ちてはいない。ということはポケットか。

俺はトムさんのコートのポケットを外から、左右同時に触った。案の定、右手側に細い感触があった。中に手を入れようとすると、トムさんが「ちょっと」と止めようとする。だが力で負けるはずがない。俺はトムさんの手首をとり、一気に捻り上げた。

「あ……あ、あれ……」

その間にポケットをまさぐる。すると終いまで押し込んだポンプが出てきた。針もついている。

いいか。俺は、こういうのが、一番、嫌いなんだ。

よくポンプを見せてから、俺はそれをトムさんの目玉に突き刺した。トムさんは瞬きもせず、左目に刺さったそれを右目で見ていた。俺が手を放すと、ポンプはぶらりと下向きに垂れ下がった。それでもトムさんは声一つあげない。

よかったな。ちっとも痛くないだろう。

はあ、と溜め息のように漏らし、だがトムさんがそれを抜くより、俺が掌で押し込む方が早かった。ぽきっ、とポンプは途中で折れ、砕けた。さらに、それごとすり込むように押しつける。ガラスの破片がざりざりとトムさんの瞼《まぶた》を削る。俺の掌も傷ついた。トムさんの左顔面は、混じり合った二人の血で真っ赤になった。

「おお、お、おお……」

うるさい。黙ってろ。

俺はトムさんの髪を鷲摑みにし、思いきりぶら下がるようにして足元、和式便器の底に顔がつくまで引きずり倒した。間髪《かんはつ》を容《い》れず後頭部に膝を乗せ、ぐいぐいと体重をかける。ちょうど便器の縁に口がかかっており、硬く小さく、歯が当たる音がした。

俺は立ち上がり、両足でトムさんの後頭部に乗った。めしゃりと顎がはずれ、顔があり得ない長さに伸びるのが見えた。

タバコも酒も、今まで散々めぐんでやったはずだ。クスリだって、いえばちゃんと分けてやった。それなのに、なんだこれは。俺は、黙って盗む奴が大嫌いだ。勘弁ならない。欲しかったら、力で奪いにこい。それができない奴は、こうだ――。

滅茶苦茶に踏み続けた。便器の底は、いつのまにか真っ赤に染まっていた。トムさんの頭は、だいぶ変形してしまった。最初は違ったのに、今は便器の内側にピッタリ嵌《は》まっている。

そうまでなって、ようやく俺は気づいた。

トムさんは、ぴくりとも動かなくなっていた。つま先でつついてみると、首の周りがぶわぶわと柔らかくなっていた。骨が折れているようだった。

どうやら俺は、また面倒なことをしてしまったようだ。

こうなってしまったら、仕方がない。自腹でシンちゃんを呼んで、片づけてもらうしかない。

2

ミサキは、一階出入り口のロックが回る音で目を覚ました。

ベッドサイドのデジタル時計を見る。午前三時三十二分。いくら潤滑《じゅんかつ》剤を噴き付けても、どんなにゆっくり開閉しても鳴ってしまう蝶番の音。夜の魔物の、含み笑い。続く、階段を上ってくる微かな衣擦《きぬず》れ。八十キロ近い筋肉の塊。男の放つ、濃密な体温。

やがて青い闇の中、真っ黒な影が階段口に現われる。

ジロウ——。

ミサキは上半身を起こしながらひと声かけた。

「お帰り」

「ああ……ただいま」

夜間、明かりが消えたこの場所に帰ってくるとき、ジロウは猫よりも慎重に気配を消して入ってくる。寝ているのを起こしたら悪いとでも思っているらしい。だがそれよりも、ミサキの防御本能の方が遥かに勝っていた。ジロウの帰宅にミサキが気づかなかったことなど、今まで一度としてない。

ミサキはベッドから両足を下ろした。

「市村のオヤジ、なんの用だった」

「んん……空きビルを、見てくれって。セキュリティ上、どこに問題があるか、指摘してくれって」

それだけいってジロウは背を向け、キッチンの方に向かった。

この建物は市村がどこかから管理を任されている物件で、以前は空調設備の設置だか販売だかをする会社のものだった。それを借金の形《かた》に巻き上げたのか、向こうが勝手に出ていったのかは知らないが、今はとにかくミサキとジロウの住処になっている。下は在庫置き場、ここは事務所だったのだろう。一応二階には、煮炊きができる程度の設備とトイレ、シャワー室がある。

コップ一杯水を飲んだジロウが、肩越しにこっちを見る。

「腹、減ってるか」

「何時だと思ってんだよ。減ってるわけないだろ」

「ラーメン、作っていいか」

「お好きにどうぞ。あたしは寝るよ」

自分が変わり者なのは承知しているが、このジロウも負けず劣らずの変人だと、ミサキは思う。

謎の男の画策で強制的に東京拘置所から出されたミサキは、息子の命と引き替えに、汚れ仕事を一つ引き受けざるを得なくなった。

元警察庁長官、当時の日本交通保安事業会常務理事、名越和馬《なごしかずま》の抹殺。これが謎の男——新たなるミヤジがミサキに課した、極秘任務だった。しかも、整形手術で無理やり顔を変えさせられた上で。これに関しては、まあ、目はだいぶパッチリとし、鼻筋も通って高くなったので悪い気はしなかった。

連中にとって、名越のどういった点が不都合だったのか。そんなことは正直、どうでもよかった。要は、証拠が残らないように殺せばいいのだろう。それ以外、ミサキは考えないようにした。

だが、作戦に必要な情報は収集しなければならない。最低でも名越の行動パターンを把握し、いつどこで実行に移すかという計画は自力で練らなければならない。その過程で、自然とある程度の背景は見えてきた。

名越は、右翼団体「國永会《こくえいかい》」の代表、財界のフィクサー的存在でもある堂島慎一朗《どうじましんいちろう》と結託《けったく》し、様々な悪事に手を染めているようだった。またちょうどその頃、運悪く堂島が自宅でヤクザ者に射殺される事件が起こり、それを受けて名越が身辺警護を強化するというひと幕があった。ミサキにとってはなんとも面倒な状況になったが、見方を変えれば、それは名越に裏の顔があるという確かな証左でもあった。別に、相手がどんな人間であろうとやることは同じだが、やはり、年金暮らしの痩《や》せ細った独居老人を手に掛けるよりは、利権にしがみついて私腹を肥《こ》やす腐れ外道《げどう》を殺《や》る方がいくらか気は楽だった。それで過去の事件の被害者遺族に申し開きができるとも思わないが、罪のない人を殺める過《あやま》ちを繰り返すよりはだいぶマシだろう。

連中が名越を排除したい理由までは分からなかったが、とにかく、名越を殺る状況は整った。

「……許せ、門倉」

当時の名越は、北品川の屋敷に三匹の犬と住んでいた。俗に「御殿山《ごてんやま》」と呼ばれる高級住宅地だ。とはいえ数名のボディガードは常駐しており、名越以外無人というわけではない。最新のセキュリティシステムも完備しており、決して侵入が容易な環境ではなかった。狙い目があるとしたら、嫁にいった娘が二人の孫を連れて遊びにくるときか。そのときだけはさすがに、名越もボディガードをキッチンやリビング、ダイニングから遠ざける。庭に犬を放して遊ばせるため、セキュリティシステムのレベル設定も低めに変更される。娘と孫がいるうちに侵入し、夜まで屋敷内にひそんでチャンスを待ち、夜中に決行するか――。

しかしあろうことか、ミサキとほぼ同じことを考えている人間が他にもいた。その男は、名越が娘たちとの団欒《だんらん》を楽しんでいる休日の日中に敷地内へと忍び込み、地下のワインセラーに身を隠した。ミサキは、侵入までは男のそれに倣《なら》ったが、一緒にワインセラーに入るわけにはいかないので、直接名越の寝室に向かった。

事が動いたのは深夜一時。

名越は、先の侵入者に羽交い締めにされて寝室に入ってきた。ミサキはその一部始終を、ウォークインクローゼットの中から見ていた。

全身黒ずくめ、頭まで黒いスイミングキャップのようなもので覆《おお》ったその男は、掌で軽く頸動脈《けいどうみゃく》を押さえて名越を失神させ、いったんベッドに横たえた。嫌な予感がしたので、ミサキはハンガーに掛かっているロングコートの陰に身を隠した。男は案の定クローゼットのドアを開け、中からベルトを二本持って出ていった。再びミサキが元の位置に戻ると、男は気を失った名越に繋ぎ合わせたベルトを何度も何度も繰り返し握らせ、丁寧に指紋をつけた。あれで首吊り自殺に偽装するんだな、と思っていたらその通り、男は名越の首にベルトを巻き、その体ごと担いで浴室の方に運んでいった。だが浴室には入らず、ドアを開けたら、ドアと壁の間にできた隙間にベルトの一端をはさみ込み、またドアを閉めた。これでベルトの固定は完了というわけだ。このときまだ名越は生きていたが、男に両足を持たれ、自重がすべて首に掛かるとまもなく絶命した。

なかなか手際のいい仕事だと思った。見ると、男は名越と同じ形のスリッパを履《は》いている。あとで警察が室内の足痕《そっこん》を採取しても、第三者が存在したようには疑われないという寸法だ。思った以上に、この手の仕事に慣れている。警察の捜査手法にも明るい。

何者だ、この男――。

事前にセキュリティシステムを無効化していたらしく、男は堂々と塀《へい》を乗り越えて敷地の外に出た。手抜かりがあったとすれば、それはミサキにあとを尾《つ》けられ、犯行のすべてを目撃されたことだ。

男は、屋敷から少し離れたところに停めてある乗用車に乗り込もうとした。そこで初めて、ミサキは声をかけた。

「……ちょっとあんた、そこで止まりな」

いいながら、ミヤジが用意したワルサーP99を向ける。ドイツ警察やポーランド軍が採用している自動拳銃だ。

命令通り、男はピタリと動きを止めた。

「キーを捨てて、両手を挙げて……ゆっくり、こっちを向け」

ミサキとの距離は四メートル半。一挙動で形勢をどうこうできる間合いではない。

男はこの命令にも従い、両手を挙げてミサキに向き直った。

がっしりと頑丈そうな顎、太い首。肩から胸にかけての盛り上がり具合もよく、四肢にも過不足なく筋肉がついている。ひと目でよく鍛えているのが分かる肉体だった。真っ直ぐミサキを捉《とら》えて放さない視線もいい。だいぶこの世の地獄を見てきたのだろう。暗い海のように澄みきり、ただそこに、静かにあろうとしている。並の人間では、この状態にあっても彼を撃つことすらできないだろう。撃っても、到底当たる気がしないからだ。

だが、ミサキは違う。

「全部、見せてもらったよ。あんた、いい仕事するじゃないか」

男もそれが分かっているのだろう。無駄な抵抗はせず、ミサキの出方を窺っている。ただ、こういった状況で勿体《もったい》ぶるのはミサキも好きではない。

「……って、褒《ほ》めてからいうのもなんだけどさ、あれは、あたしの獲物でもあったんだ。それを目の前でさらわれたとあっちゃ、さすがに黙って帰すわけにはいかない。せめてあんたが正体を明かすか、あたしが……あんたをコテンパンに伸して、洗いざらい吐かせるか。それくらいしないと、あたしの面子《メンツ》が立たない」

まだ男は動かない。むろん、ミサキも銃口を逸《そ》らさない。

「あんた、何者？」

するとようやく、男は両手を挙げたまま口を開いた。

「……乗れ」

「は？」

「車に、乗れ」

腹に響く、見た目通りの野太い声だ。

「ずいぶん呑気だね。ドライブに誘ってるわけ」

「……分かるだろ。早くここを離れたい。俺を伸したいなら別の場所にしろ。抵抗はしない」

なるほど、悪くない――と思ってしまう自分を、ミサキはつくづく物好きだと思う。

「分かった、乗るよ。ただし、あたしは後部座席だ」

「そのつもりだ……キー、拾うぞ」

男はその場に膝を折り、片手でキーを拾ってロックを解除。後部座席、運転席の順番でドアを開けた。ミサキは、再び向けられた背中に照準を合わせながら距離を詰めた。男はなんの抵抗も見せず、ミサキが後部座席に乗るまで微動だにしなかった。

「……いいよ。あんたも乗って」

両手を挙げたまま男は運転席に着き、ドアを閉め、ミサキに許可を求めてからエンジンを掛け、ハンドルを握った。ミサキは銃口を男の後頭部に軽く当てている。走行中に撃てば男は即死、車はドライバーを失うことになるが、後ろからハンドルを操作すればある程度のコントロールはできる。ガードレールか壁にこすりつけて停車させるくらいは可能だ。

「出すぞ」

「どうぞ」

男はまず第一京浜《けいひん》に出て車を南に走らせた。青物横丁《あおものよこちょう》の交差点まできたら左折、大井《おおい》埠頭《ふとう》の方に進んだ。

「なに、海浜公園にでもいくの」

「あんたはどこならいいんだ」

「埠頭側にもう一つ公園があるだろう。そっちにいって」

「……分かった」

これといって目的があったわけではない。ただ男がミサキの言葉に従うかどうか、その間にどういう行動をとるかを確かめたかった。

男は、ミサキが反撃を疑うような挙動は一切見せなかった。かといって死を覚悟している様子もない。ハンドル捌きは冷静そのもの、呼吸や声にも緊張や萎縮は感じられなかった。強いていえば、ミサキが引き鉄《がね》を引かないことを確信している。そういう態度に見えた。舐《な》めている、わけでもないのだろう。こっちは撃とうと思えばいつでも撃てる。だが、それをしないミサキの考えをなんとかして読もうとしている。そういう沈黙であろうと、ミサキは解釈した。

みなとが丘ふ頭公園沿いの路肩で、男はいったん車を停めた。

「……駐車場、閉まってるぞ」

後ろから銃口を突きつけられている状況で、この冷静さ。むしろ笑いたい気分にすらなってくる。だからといって、ミサキは銃口を逸らしたりはしない。

「いいよ。とりあえず、エンジン切って話をしよう」

これにも、男は大人しく従った。

「あんた、何者なの」

この質問だけは別らしい。男は、簡単には答えない。

「あれだけの設備がある屋敷に忍び込んで、ボディガードとは一切事を構えず、淡々と名越だけを自殺に見せかけて殺害した」

「いや、違う」

ミサキは訊き返さず、あえて男が続けるのを待った。

「……ボディガードは一人、眠らせた。ただし目を覚ましても、自分に何が起こったのかは理解できないだろう」

ミサキの予想以上に、見事な仕事だったというわけだ。

「そう……見た感じ、この手の仕事にはずいぶん慣れてるみたいだね。最初は軽く頸部を圧迫して気絶させるだけ。あれなら圧痕《あっこん》は残らないし、鬱血も起こらない。首は吊るされて初めて本格的に絞まるわけだから、索条痕《さくじょうこん》も一本しか生じない。スリッパをわざわざ履くってのは、あんまり実戦的じゃないし恰好のいいもんでもなかったけど、でもあれも、まあ……上手いな、と思ったよ」

フウと、鼻と口からいっぺんに溜め息を吐くのが聞こえた。

「……あんたそれ、どこで見てた」

「クローゼットの中」

「……だろうな。甘かったよ」

今度は小さめに吐き出し、わずかにうな垂れる。ある意味、分かりやすい奴だ。

「落ち込むなよ。別にあんたが下手だったわけじゃない。あたしの方が一枚上手だったってだけさ」

ミサキは銃口で、軽く男の首をつついた。

「おい、だからさ、あんたは何者なんだって訊いてんだよ。答えなきゃ死ぬだけだ。自己紹介くらい勿体ぶんなよ」

男はその姿勢のまま、漏らすように呟いた。

「……ツハラ、エイタ」

「ご職業は？」

すぐに答えなかったので、勿体ぶんなって、ともう一度つついた。

「……警察官だ。元、だが」

「警視庁？」

「そうだ」

「所属は」

男が、少しだけ顔を上げる。

「そこまで訊いてどうする」

「個人的な興味だよ。あんたみたいな人殺しが、警察の一体どこら辺にいたんだろうか、ってね」

ルームミラー越しに、男と目が合う。

「……捜査一課だ」

「殺人班？」

男の目が訝《いぶか》るように細められる。

「まさか、あんたもか」

ようやく分かったか。

「奇遇だね。あたしもいっとき捜査一課にいたよ。あたしは特殊班だったけど。ひょっとしたら、廊下ですれ違うくらいはしてたかもしれないね」

あるいは柔剣道場、食堂で。

「……で、なんでまた、元捜査一課のあんたが、名越和馬を殺そうとなんて思ったの。天下りと利権で私腹を肥やすOBを退治して、警察組織の浄化でも図るつもりだった？」

男はクスリとも笑わない。

「……恨みだ。個人的な」

「へえ。どんな恨みなら、元警察庁長官を首吊り自殺に見せかけて殺そうとなんて思うんだろうね」

男の体温が、グッと上がるのが分かった。

「これ以上喋るつもりはない。殺したければ殺せ。俺は名越を始末して、終わった。もう、何も思い残すことはない」

ようやくそれで、ミサキにも納得がいった。

この男の魂は、すでに一度死んでいる。だから迷わない。怯《ひる》みもしないし、焦ることもない。

つまり自分と同類、というわけだ。

「そう。じゃあ、最期にあたしとステゴロで勝負しよう。別に、ぶっ殺されたってかまわないんだろう？」

ルームミラーの中。男の目に、赤黒い炎が揺らめくのを、ミサキは確かに見た。

「……本気か？」

「獲物を横取りされた分は、取り返させてもらうよ」

「本気で、素手で俺と戦うのかと、訊いてるんだ」

「本気か冗談かは、あんたが体で確かめたらいい」

ミサキはシートに拳銃を残し、先に車を降りた。男も続き、二人連れ立って公園に入り、殴り合った。胴が取れれば投げ、首が取れれば絞め、腕や脚が取れれば逆関節を極《き》めて捻り上げた。

勝負は一向につかなかった。技術ではミサキが上だったが、やはり力では男に分があり、体も頑丈だった。やがてミサキの前蹴りと男のボディブローが相打ちになり、そのまま二人して、芝生の地面に倒れ込んだ。

しばらく寝転んで息を整えていたが、先に起き上がったのは男の方だった。ここで腹に膝を落とされたら負けるな、上手く捌いて膝関節が取れたら勝てるのにな、などと考えていたが、意外にも、男はミサキに手を差し伸べてきた。

「……参った。もう、終わりにしよう。なんか……お前に殺されるの、馬鹿らしくなった」

ミサキはその手を蹴って払い、だが、直後に可笑《おか》しくなって噴き出してしまった。拘置所を出て以来、初めて声を出して笑った。

こうなってみると、大井埠頭に置き去りにされて困るのはミサキの方だった。

「……乗れよ」

「だいぶ痛めつけちまったのに、すまないね」

「お互いさまだ」

車中でまた、少し話をした。名前を訊かれ、だが無意識のうちに本名を明かすことを躊躇《ちゅうちょ》したのだろう。一応「イザキ」と口には出したのだが、語頭がくぐもってしまった。

すると、

「えっ、ミサキ？」

相手が勝手に聞き間違えてくれた。それも、よりによってあの門倉と同じ名前にだ。

「え、あ……ああ」

「見かけによらず、可愛い名前だな」

「……おい、口の利き方に気をつけろよ。今のあたしは、もう丸腰じゃないんだぞ」

胸に収めたワルサーを示すと、男は鼻でひと吹きし、その話題を流した。

確かに、二人には共通点が多かった。しかし男は、ミサキほどの一匹狼ではないようだった。すでに四代目関根組組長である市村と繋がりがあり、ある種の裏仕事をこなすことで居場所や報酬を得ているといった。

「なに、結局ヤクザ者ってこと？」

「いや、盃《さかずき》はもらってない。組とも直接は関係ない。たまに個人的な頼まれ事をして、手を貸すだけだ。……ただ俺は、組長には『ジロウ』って呼ばれてる。本名は教えてない。世話になった人に、迷惑をかけたくない。……だからあんたも、俺のことは、そう呼んでくれ」

後日、ミサキも市村に紹介された。場所は歌舞伎町だったが、関根組の事務所ではなく、市村が趣味で経営しているという郷土料理の店でだった。

「へえ。ジロウが俺に女を紹介しにくるとは、思わなかったなァ」

暴力団組長のわりにはふざけた野郎だな、というのがミサキの第一印象だった。やたらと味の濃い煮物を下手糞な箸遣いで口に運び、ニタニタと二人を見比べながら冷酒を勢いよく呷《あお》る。

ジロウは小さくかぶりを振った。

「……そういうんじゃない。勘違いするな」

今もそうだが、ジロウは市村や、その他裏社会の人間と対すると急に無口になる。いや、ひょっとすると普通に喋るのは、ミサキに対してだけなのかもしれない。その理由は、ミサキにもよく分からない。

黙っていても仕方ないので、ミサキから説明した。

「こいつとは、同業者だと思ってくれ。あんたなら、それで分かるんだろう」

「ほお、同業者ねぇ。するってえと、こっちの方には、だいぶ覚えがあるわけだな？」

いいながら、市村は自分の左肘《ひじ》を叩いてみせた。

こういうことは、自薦より他薦の方がいいに決まっている。

「……どうなんだよ、ジロウ」

隣で、ジロウが小さく頷く。

「こいつ、俺より強い……本当だ」

すると市村は、ガッハッハと大声で笑った。周りの客が驚いてこっちを見たが、そんなことにかまう男ではないようだった。

「面白え。俺の知る限りジロウも相当な凄腕だが、それよりも、女のあんたの方が強えってのか。そりゃ面白えや、傑作だ。もしそれが本当なら、あんたはもう、なんの心配もする必要ねえぜ。……これからは、俺が食わせてやる。何も不自由はさせねえ。なに、仕事ったって、あんたには屁でもねえ雑事だ。あとはメシ食って、酒でもかっ食らって寝てりゃいい」

だが、それは嘘だった。

ミサキは「歌舞伎町セブン」に関しては、この頃はまだ聞かされていなかった。

あれは、ミサキにとってはけっこう面倒な仕事の部類に入る。

3

手塚正樹の自殺を知らされた瞬間、東は何か、冷たい痺《しび》れのようなものが体内に伝播《でんぱ》するのを感じた。

焦りとよく似た感覚だ。取調べ中、手塚の態度にはやや不可解な部分があった。だが、あれが自殺の兆候だったとは思えない。いや、そうと気づかなかった自分が鈍いのか。被疑者を死亡させた場合、警察官は大きな失点を負うことになる。ただ今回のケースは押送《おうそう》後、地検のトイレでの自殺なので東自身が責任を問われることはまずない。だが問題はそこではない。手塚の自殺を事前に察知することができなかった、喰い止めることができなかったという、道義的責任は東にもある。またそれができなかった自分を、東自身、赦すことができない。

怒りもあった。東京地検ともあろう機関が、なぜ易々《やすやす》と被疑者に自殺を許したのか。被疑者は朝警察署を出て地検にいき、調べを受けて夕方また署に戻ってくる。ただし検察官取調べは基本的に、警察のそれほど長時間には及ばない。短ければ数分で終わる場合もある。それ以外はずっと待ち時間であり、被疑者はそれを同行室という待合室で過ごすことになる。調べを受けるときだけ同行室から連れ出され、調べが終わったらまた戻されてくるということだ。

同行室には、同じように調べを受ける者が十名ほど一緒に入れられる。左右の壁には長い木のベンチ、奥にはトイレがある。広めの留置室と考えたら分かりやすい。手塚が待ち時間に自殺したのだとしたらその同行室でということになるが、それは非常に考えづらい。周りには常に人の目があり、奥のトイレにも下半身が隠れる程度の衝立《ついたて》しかない。鉄格子の外では本部留置管理課の警察官も見張っている。しかも、被疑者の手錠は食事と大便のときに片方はずされるだけ。それ以外はずっと両手錠。そんな状況で自殺を図るのは、まず不可能だろう。

ということは、検察官調室に移動してから手塚がトイレにいくことを希望し、自殺したことになる。しかし、検事調べにも警察官が腰縄を持って同行し、たとえ用便を希望したとしても警察署内と同等の警戒はしていたはずである。これはこれで容易に自殺できる状況ではない。

では一体、手塚はどこのトイレで、どうやって自殺を図ったのか。地検のどこに、被疑者に自殺を許すような死角があったというのか。それは施設の構造上の問題なのか、あるいは人為的ミスなのか――。

ただし、東がそれを知る機会はなかった。新宿署員である東が、東京地検内部で発生した案件を調べることはできない。また東には、刑事課強行犯担当係長としての職務もある。謎の自殺を遂げた被疑者に拘《こだわ》ってばかりもいられなかった。

手塚が死んだ翌日も、取調べや捜査に追われるいつもと変わらない一日だった。

「……刑事さん。あんたは善良な一般市民より、ヤクザ者の肩を持つっていうんですか」

いま取調べをしているのは、五日前に暴力団構成員と小競り合いを起こしたサラリーマンだ。橋本勇一《はしもとゆういち》、三十二歳。事件現場は「思い出横丁」。俗に「しょんべん横丁」と呼ばれる新宿駅西口近くの飲み屋街だが、さすがに聞こえが悪いからだろう。西口商店会は「思い出横丁」を正式名称とし、看板も掲げている。

東は橋本にかぶりを振ってみせた。

「橋本さん。相手がヤクザだろうがテロリストだろうが、殴りつければ暴行罪だし、怪我をさせれば傷害罪なんですよ。確かに宮森《みやもり》は古澤《ふるさわ》組の組員です。現場で粗暴な言動があったのも事実でしょう。しかし、店員やその他の客の証言によれば、宮森が自分を古澤組の人間だといったような発言も、暴力団員であることを利用した威嚇《いかく》もなかったように解釈できる。またあなたに暴力を振るった事実もなければ、法律に反するような銃器や刃物を所持していたわけでもない。むろん違法薬物の摂取、所持もない。その宮森に対して、せまい店内で威張っていたという理由だけで、暴力を振るっていいことにはならないんですよ」

それでも橋本は納得した顔をしない。

「馬鹿いわないでよ。あれが威嚇じゃないっていうんだったら、暴対法なんてあったって意味ないでしょう。ヤクザだっていわなくたって、奴は、そういう雰囲気をプンプンさせてましたよ。周りの客だってみんな、迷惑そうな目で見てた。俺はね、ああいう連中が大嫌いなんですよ」

現在の橋本はごく真っ当なサラリーマンのようではある。ただ十代の頃には補導歴があり、今も血の気の多さは窺える。

橋本は続けた。

「あれじゃないの、店側はあとで組と揉めるのが嫌で、奴に不利になるようなことはいわないようにしてるだけじゃないの」

そうだとしても、だ。

「だったら、他のお客さんはどうなんだろう。確かに宮森が大声で喋っていたのは事実でしょう。それを迷惑に思った人もいたかもしれない。でも、飲み屋で大声で喋って他人に迷惑をかけるのは、一般の人だってしてしまうことでしょう。仮にそれが普通のサラリーマン風の男性であっても、あなたは殴ったんですか。そこのところ、よく考えてみてください」

橋本は結局、以後も当初からの主張を曲げなかった。宮森は事件当夜、自身が暴力団員であることを笠に着て周囲の客を威嚇した。橋本はそれが我慢ならず、いい加減にしろと注意をしたら小競り合いになり、その流れの中でたまたま拳が当たってしまった。これが橋本の言い分だが、周りの証言とは大きく喰い違う。彼らによると、橋本がしつこく睨みつけていることに宮森が気づき、「なんだい兄さん」といった途端橋本が殴り掛かった、となる。一方、宮森の言い分は周囲の証言に近い。ただ一つ喰い違うのは、宮森は店内で大声を出した覚えすらない、といっている点だ。

取調べ終了後、橋本は「新宿署はヤクザの味方ばっかりだな」と捨て台詞を吐き、留置場に戻っていった。

東は留置管理課からデカ部屋に戻る途中、自動販売機で缶コーヒーを一本買った。

階段口でフタを開け、ひと口飲んで息をつく。

「ヤクザの味方、か……」

とは、実に不名誉な言われ方だが、一般市民からしたらそのように見える場面もあるだろう。東も承知している。

ヤクザは社会の癌細胞。確かにその通りだろう。だがそうなのだとしたら、なおさら闇《やみ》雲《くも》に切除して済む問題ではない。ヤクザは表社会と密接に関わりを持ちながら増殖する。体のあちこちにはびこった末期の癌を完全に切除するのが不可能なように、片っ端からヤクザを検挙して一掃すれば、健康な細胞や器官――善良な一般市民にまで被害が及ぶ危険性がある。たとえば、現代の暴力団の多くは合法的な事業も数多く手掛けている。関係業者の中には、そうとは知らずに取引をしている会社も少なくない。それでもかまわず、実体が暴力団、あるいは背後にそういった組織があるという理由だけで取締りを強行すれば、その関係業者まで連鎖倒産する恐れがある、といったようなケースがそれに当たる。

まさに歌舞伎町がいい例だ。都や区が音頭を取り、警察が先頭に立ち、これまで幾度となく歌舞伎町から暴力団を締め出そうという試みがなされてきた。だがそうすると、あとで必ず皺寄《しわよ》せがくる。商売に勢いがなくなり、収益が上がらなくなり、結果として税収まで減り、あれはやり過ぎだった、警察は横暴だ、という声が民間から上がってくる。特に歌舞伎町には、合法非合法の境界線が曖昧な、ある種の危険な雰囲気を売り物にしている面がある。他の街にはない特殊なサービス、危険と隣り合わせのスリル、いかがわしさ、過剰なエロス。そういったものを求める気持ちが人間にある以上、暴力団を根絶やしにするのは無理だと東は思う。要は暴力団を容認しているのは他でもない、一般市民なのだ。

　また癌細胞が転移するのと同じように、一つ法律を作って締め付けると、暴力団はいったん地下にもぐり、別の形に変異し、違うところに姿を現わす。これではモグラ叩きと同じできりがない。ならば現在の目に見える形を維持させ、監視、管理をしていく対症療法的取締りの方が有効であろうという考え方が、悲しいかな警察にはある。

　さらにいえば、海外マフィアに対する防波堤の役割を期待している部分もある。今ある警察の組織形態は、大雑把《おおざっぱ》な言い方をすれば、日本国内において日本人が起こす犯罪への対処を主眼に置いたものだ。むろん暴力団はその守備範囲に入るが、海外マフィアまでは正直、対処しきれているとは言い難い。そういった観点に立つと、自分たちの縄張りを守りたい日本の暴力団と、外国人による犯罪を減らしたい警察は利害が一致することになる。それでなくとも暴力団と警察は付き合いが古い。顔も分かっていれば、対話のチャンネルもある。ヤクザがあちこちに蜘蛛《くも》の巣を張るのは明らかに問題だが、彼らが海外マフィアというダニを少しでも食べてくれるのであれば、単なる害虫として駆除するのは得策ではない、という発想だ。

　一方には、暴力団組織がすべて壊滅した場合、その六万人を超える構成人員を一般社会で受け入れることができるのか、という問題もある。ひょっとすると、この問題が一番根深いのかもしれない。そもそも暴力団構成員にはマイノリティが多い。そのマイノリティの受け皿として機能してきたのがヤクザ社会なのだとしたら、一般社会はそれに代わる何かしらの仕組みを用意する必要がある。そこまでの覚悟が一般社会にあるのかというと、それはないといわざるを得ない。

とはいえ、こういった考え方は警察内部に漠然とあるだけであって、警察白書に載ることもなければ、本部から下命《かめい》伝達されることもない。警察はあくまでも治安維持に尽力し、社会から暴力団を排除し、実際その効果は数字にも表われている、というのが表向きのスタンスだ。

しかし、東個人の考えはそのどれとも違う。

東自身は、相手がヤクザだろうが一般人だろうが、犯罪を認知したら検挙する、それがなければ何もしない。ただそれだけだ。風体がヤクザ風だからといって職質することもなければ、追い回し尾け回して締め付けることもしない。気持ちとしては、ガリ勉タイプも不良も分け隔てしない学校教諭に近いかもしれない。

真に憎むべき巨悪は、もっと他にいる。

ひと言でいうと、そういうことになる。

昼過ぎ。デカ部屋の自分の机で書類を作成していると、三日前の立て籠もり現場を仕切っていた瀬川係長が声をかけてきた。

「東さん。手塚、死んだらしいね」

「ああ、ご苦労さまです。……どうも、そのようですね」

瀬川が隣の椅子を引いて腰掛ける。

「調べのとき、そういう感じ、あったの」

これに関しては、署長にも刑事課長にもすでに話をしてある。

「いえ、それがなかったんですよ。さっぱり」

「そう。でも、現場が地検じゃね、さすがに触るに触れないよね、こっちは」

「まあ……そうなんですが」

こくっ、と瀬川が小首を傾げ、東の顔を覗き込む。

「が、ってなに」

「いえ、別に」

「まさか、つっつくつもりじゃないよね」

東が黙っていると、瀬川は「よしなよ」と手を横に振った。

「そりゃ、自分のホシに死なれたのは面白くないだろうけど、下手に追及したら、あとで面倒なことになるだろう」

そんなことは分かっている。基本的に警察は事件の捜査と逮捕が仕事。実際に公訴を提起し、公判を維持し、有罪判決を引き出すまで持っていくのは検察官の仕事だ。それだけに検察官は、無罪判決が出るような案件は担当したがらない。いくら警察が身を粉にし足を棒にして証拠集めをしても、検察官がそれに納得しなければ不起訴になる。警察は検察の下請けでもなんでもないが、事実上、警察の仕事を潰す権限が検察にはある。反目は警察のためにならない。

東は瀬川の目を見返した。

「しかし、ホシを見殺しにされて泣き寝入りなんてできませんよ」

「説明はあるさ、いずれ」

「嘘で塗り固められた、ご都合主義の弁解でしょう」

「東さんさぁ」

瀬川が、少し辺りを気にするように見回す。

「……ガチもいいけど、ときには引くことも必要だろう。騒ぎ立てたところで手塚はケチな立て籠もり犯だ。状況からしたら執行猶予が妥当なところだ。大人になろうぜ」

東は意識して溜め息をつき、頷いてみせた。

「まあ……そうですね。検察と事を構えるのは、得策ではありませんね。すみませんでした」

そういうと瀬川も安堵したように頷き、東の肩をぽんと叩いて立ち上がった。

向けられた背中を、東は黙って見送る。

どうも瀬川とは、「大人」の定義に若干の差異があるようだ。

東が考える「大人」とは、圧力に屈して押し黙る腑抜けのことではない。ときには屈したと見せかけて、それでもあらゆる手を使って当初の目的を達成する。そういう自立した力を持つ者こそが「大人」なのだと、東は思う。つまり、今日のところは負けておいてやる。そういう柔軟性も必要だ、ということだ。

そのまま立ち去るかに見えた瀬川は、五、六歩いって、くるりとこっちを振り返った。

「……そりゃそうと、東さん。知ってる？」

「何を、ですか」

「生安の天貝部長も、自殺したらしいよ」

「えっ……」

生安の天貝といったら、あれか。ちょっと太った、前髪もだいぶ後退した、見るからにやる気のなさそうな、というより仕事ができなそうな、保安係の、あの天貝巡査部長か。

「自殺って、どういう」

「分からないけど。自宅で、ってことなんじゃないの。ついさっき小耳にはさんだだけだから、詳しくは知らないけど」

手塚に続いて、天貝までも、自殺か。

この二件に、何かしら関連はあるのか。

その夜、東は大塚《おおつか》にある監察医務院に出向いた。管内で変死体があがれば刑事はその検死に立ち会う。東がここを訪れることは決して珍しくも不自然でもない。

警備員に身分証を提示し、玄関ホールを抜けて階段に進む。今日の夜勤担当が誰かは知らないが、十一人いる常勤監察医の顔と名前は全員知っている。よほどの大事故が起こって多数の遺体がいっぺんに運び込まれでもしない限り、誰かしら話くらいは聞いてくれるだろう。

東は二階、廊下の右側に並んだ常勤監察医の控え室を一つずつ覗いていった。二つ目までは留守だったが、三番目の部屋に大越《おおごし》という若い監察医がいた。若いといっても、三十代半ばくらいだ。

「あれ、東さん」

大越は黒縁のメガネをはずしながら椅子から立った。

東は会釈《えしゃく》をして中に入った。

「お疲れさまです。今日は夜勤ですか」

「ええ。國奥《くにおく》先生がここんとこ、ちょっと体調を崩されてまして。お陰で勤務シフトはガタガタですよ。みんな、検案で移動してる車中が一番よく眠れるっていってます」

「はは……それは気の毒だ」

東は、駅近くのコンビニで買ってきた缶コーヒーを袋から出し、一本差し出した。

「ちょっと、いいですか」

「ええ、かまいませんよ……すみません、いただきます」

大越が隣のキャスター椅子を勧めてくれたので、東はそれに腰を下ろした。何か書類を作っていたのだろう。大越は開いていたパソコンのファイルをいったん保存してから、こっちに向き直った。

「ひょっとして、あれですか。おたくの署の、天貝さんという方」

そうではなかったが、それも一応、とぼけて聞いておこうか。

「ああ、はい。あれももちろん、こちらで検死していただいたんですよね」

「ええ。私は、担当ではありませんが」

「何か、聞いてますか」

「私も、ちょっと驚いたんで、担当した鍋島《なべしま》さんに、どういうことって、訊いてみたんですが……東さんは、何も？」

「ええ。自宅で、ということくらいしか。何しろ、現場はうちの管区じゃないんで」

警視庁の警察官は、原則として自宅のある管区を含む方面には配属されない。天貝の自宅がどこかは知らないが、彼が新宿署員である以上、新宿署がある第四方面以外に住んでいたものと考えられる。つまり新宿区、中野《なかの》区、杉並《すぎなみ》区以外のどこか、ということだ。

そうですか、と大越が頷く。

「いや、別に、何ってわけじゃないらしいですけどね。ごく普通の首吊りだったたって、鍋島さんはいってましたし」

「何を使ったとかは」

「電気コード、っていってたかな。あれじゃないですか、タップコードとか、延長コードとか、そういった類の。それをドアに引っ掛けてとか。なんか、そんなふうにいってましたけど」

身の回りにある日用品での自殺。魔が差した、ということだろうか。ただこれに関しては、天貝の自宅がある地区を所管する署の報告を待つべきだろう。

「そうですか……いや、私が伺《うかが》いたかったのは、実は、天貝部長のことではないんです」

「あ、そうでしたか。それは失礼いたしました。他にも何か」

「はい。昨日のことなんですが、東京地検の施設内で一人、自殺者が出てますよね」

ん、と大越が口を尖らせる。

「地検で自殺……ですか」

「はい、ご存じなかったですか」

「職員がですか」

「いえ、被疑者です。新宿署から押送した」

　唸りながら、大越は首を傾げた。

「いや、私は知らないですね。……ちょっと、待っててください」

　持っていた缶コーヒーをデスクに置き、大越が部屋を出ていく。どこの誰に確かめてきたのかは分からないが、戻ってきたときも大越の表情は曇ったままだった。

「東さん。それって、昨日の何時頃の話ですか」

「詳しいことは、私にも分からないんですが」

「亡くなった方のお名前は」

「手塚正樹といいます」

　また大越が首を捻る。

「そういったご遺体は、昨日から今日にかけて、うちでは扱ってないようなんですけどね」

「そんな……」

　監察医務院とは、医師による加療中の死亡と、明らかな他殺以外の、あらゆる不自然死を扱う機関だ。病死や自然死であっても、医師の診療を受けることなく死亡した場合は監察医の検死を必要とする。また医師の診療を受けた場合でも、死因が判然としない場合や、死因が診療中の疾患とは異なる場合、発症時や死亡時の状況に不審な点がある場合もこれに含まれる。むろん事故死、墜落死、溺死《できし》、焼死、窒息死、中毒死、爆死、凍死、感電死も監察医の扱いになる。当然、自殺の場合も監察医務院が死体の検案をする。だから天貝の遺体もここで検死を受けた。

そして東京都監察医務院は、東京二十三区全域を管区としている。東京地検の所在地は千代田区霞《かすみ》が関《せき》一丁目。通常であれば、手塚の遺体は間違いなくここ、東京都監察医務院が検案を担当する。

だが、それがなかったというのか。

大越が東の目を覗き込む。

「地検って、所轄はどこになりますか」

「丸の内です」

「お知り合いの方に訊いてみる、というわけにはいきませんか」

普段なら東もそうするところだが、この件は、どうも臭う。最初の一手を間違えると、あとで取り返しのつかない事態に陥るような気がしてならない。

東も、無意識のうちに首を捻っていた。

「……しかし、ここで検死をしていないのだとしたら、どこかの大学の法医学教室がやったことになる。でもそれだと、丸の内署は他殺の線を疑っていることになる。地検内部で、しかも取調べ中の被疑者が殺害されたとなったら、これは大事ですよ」

地検はむろんのこと、警視庁も大いに責任を問われる。何しろ、手塚は警視庁本部の巡回護送ルートで地検に押送されたのだ。往路も地検内部に入ってからも、本部の留置管理課係員が被疑者を監視、監督することになっている。それでもなお殺害されたのだとしたら、むしろ警視庁の落ち度ということにもなりかねない。

空気を和《やわ》らげようとしたのか、大越は缶コーヒーを手にとり、パシリとプルタブを引いた。

「まあ、私も、分かる範囲で訊いてみますよ。ひょっとしたら、何かの手違いかもしれませんし……ああ、お名前、なんと仰るんでしたっけ」

手塚正樹、と繰り返し、漢字の説明をした。だがそこまで喋って、この大越が誰かに漏らす危険性に思い至った。

「……大越さん。このことは、何卒《なにとぞ》ご内密にお願いします」

「ええ、分かってます」

「私がここにきたことも、手塚について問い合わせたことも」

「もちろんです。大丈夫ですよ」

そこで内線電話が鳴り、新たに遺体が搬送されてくるというので、東も話を切り上げた。

しかし、手塚の遺体を監察医務院が扱っていないとは。

この一件、ますます臭う。

4

陣内自身、なぜ呼び出されるまま新橋《しんばし》まできてしまったのだろうと思う。しかも場所は、JRの高架下にある小さな映画館。デジタル上映が急速に普及する現代にあって、古き良き時代のフィルム上映を売りにする、拘りの小屋。新橋文化劇場。

呼び出したのは、新宿署の小川だ。

「……なあ。なんでここなんだ」

「意外ですか」

「ああ。意外過ぎる」

「ならよかった。その、意外性がいいんです。僕も陣内さんも、絶対にきそうにない場所を考えてたら、ここになっちゃったんです」

すでに入場券を購入し、二人は最後列右端のシートを確保している。

「しかも……よりによって『独裁者』か」

いわずと知れたチャップリンの代表作だ。もう一本の同時上映は『カサブランカ』となっている。

「あれ、観たこと、ありましたか」

「遠い昔にな。これでも、けっこう映画好きなんだ」

「面白かったですか」

「ところが、まったく記憶にない」

「でも、隣のロマン劇場よりはいいでしょう？」

「当たり前だ」

殺しの裏稼業《かぎょう》を共にする身内と一緒にロマンポルノを観る趣味は、少なくとも陣内にはない。

月曜の昼間だからか、観客の入りは一割にも満たない。だが小川がそれを狙ったのだろうことは分かっていた。

「ちょっと……陣内さんと、話がしたくて」

周りの客とは適度に距離がある。これなら上映中に話をしたとしても、さして迷惑にはならないだろう。

「人生相談か」

小川が、ふっと笑いを漏らす。

「まあ、いってみたら、そうかもしれませんね」

警察官にしては華奢《きゃしゃ》な、雰囲気もどちらかというと気弱そうな小川が人生相談とは。あまり深刻な内容でないことを願う。

「陣内さん、何か飲みますか」

「いいよ。早く用件を話せって」

小川は「はい」と短く頷いた。

「相談、というか……あの、やっぱり僕は、警察官ですし」

「分かってるよ。だから引き入れたんだ」

セブンの活動において、警察の動きが把握できるのとできないのとでは雲泥《うんでい》の差がある。

「まあ、そうだとは、思うんですが……でも、やっぱりそれって、異常なことだと思うんですよ」

「そりゃそうだろう。俺たちの存在自体が非合法なんだから。異常といわれれば異常だし、間違っているといわれても、狂っているといわれても言い訳するつもりはない」

「だったら……」

いいかけて、小川は口をつぐんだ。

だったら、なんだ。抜けさせてほしいのか。セブンに解散してほしいのか。そうだとしたら、答えは両方とも「ノー」だ。

「……小川くん。そのまま言葉を返すようで悪いが、だったら警察は異常じゃないのかって話だ。天貝がやっていたことはまともだったか。裏で警察の内部情報を金に換え、事件の訴えを握り潰し、殺人にすら手を貸した。俺たちがやらなくても、いずれ警察が天貝を処分したか。俺は、そうは思わない。そこまで俺たちは、警察という組織を信用してはいないんだよ」

小川は苦しげに、眉間に力を込めた。

「それでも、僕は、苦しいんです……陣内さんには分からないかもしれないけど、警察というのは、組織に対する絶対的な忠誠を求められるところなんです。……陣内さんたちが、無慈悲な悪人だとは、僕も思いません。そんなことをいってるんじゃないんです。でもやっぱり……セブンは、犯罪者集団です。僕の役割が『手』ではなく、あくまで『目』に留まるとしても、警察に身を置きながら、セブンの一員であろうとすることには、どうしても矛盾を感じるんです。苦しくて、仕方がないんです」

無理もない、と思う一方で、陣内は今の告白を意外にも感じた。そもそも、小川の父親を殺したのはセブンであり、陣内だ。小川とセブンの関わりはそこが出発点だ。なのに、今そのことは持ち出さないのか。やはり、父親を殺したセブンを赦すことはできない。そういう恨み言をいうつもりはないということか。

とはいえ、その話をわざわざ陣内から蒸し返す理由もない。

「……だったら、君が俺たちに、手錠を掛ければいいだろう」

そういうと小川は、今にも泣き出しそうなくらい顔を歪《ゆが》ませた。

「だから、僕は……そういうことを、いいたいんじゃないんです」

「分かってるよ。警察とセブン、相反する二つの価値観、その両方と同時に折り合いをつけるのは無理だっていうんだろ。でも、だったらそれでいいんじゃないのかな。たった一つの価値観を妄信するほど、危険なことはない。俺たちが誰かを的に掛けるとして、でもそれに疑問があるんだったら、君はそういえばいい。それはきちんと警察がやると君がいうなら、俺たちはそれを信じるよ。俺たちは、警察官としての君を否定してるんじゃない。むしろ、警察官である君を必要としてるんだ。……答えになってないかもしれないが、俺は、そう考えている」

新しく入ってきた客が、陣内たちの二つ前の席に座った。もう、あまり「警察」や「セブン」といった言葉は使わない方がいいかもしれない。

しばらくして、小川が「それと」と再び切り出した。

「なんだ。まだあるのか」

「ええ……あの、杏奈さんのこと、なんですが」

今度は個人攻撃か。

「うん。杏奈が、なに」

「いえ、あの……あれから、お二人はどうなのかな、と」

そう。陣内が杏奈の実の父親だと発覚した場面に、この小川も居合わせたのだ。

陣内は軽くかぶりを振ってみせた。

「それも、同じなのかもな。親子でありながら、親子ではない……そういう矛盾した関係が、俺たちには相応《ふさわ》しいのかもしれない」

映画はまもなく始まった。

いきなりスタッフロールから、という最近はすっかり見かけなくなった導入部分に続き、第一次大戦の戦場の場面。こんな映画だったかな、と奇妙な感覚に囚《とら》われながら、それでも陣内はけっこう楽しんで観てしまった。

飛行機が逆さまになったまま飛び続ける場面で、なぜか天貝のことを思い出した。

「そういえば、天貝の件。どうなってるか、まだ分からないのか」

「ああ、あれは、うちの扱いじゃないんで、なんともいえないんですが……事件化は、してないみたいです。捜査本部が設置されたという話も聞きませんし。たぶんこのまま、自殺で処理されるんだと思います」

「そうか……なら、よかった」

矛盾を抱えているのは何も小川だけではない。それは陣内も杏奈も、市村や上岡だって同じだ。自分たちの行いは無意味ではないと信じたいが、だからといって罪の意識から逃れられるものではない。気持ちは正義だが、行いは悪そのもの。血塗《ちまみ》れもいいところだ。

今はただ、その血の色に目を向けないようにしているだけだ。

ただし、あの二人。ジロウとミサキはどうだろう。それは、陣内にもよく分からない。

小川は『カサブランカ』も観ていくといったが、陣内は一本で充分だったので帰ることにした。別れ際、小川は「もう少し一人で考えてみます」といった。あえてそれには答えず、陣内は小川の肩を軽く叩いて席を立った。この男の生真面目さ。嫌いではないと、陣内は改めて思った。

新宿に戻ってきたのが午後三時半。月曜は週の中で最も歌舞伎町が暇な日。実際、月曜を定休日にするキャバクラやホストクラブは少なくない。「エポ」に定休日は特にないが、休むとしたらやはり月曜になる。今日はどうしようか。

セントラルロード入り口まできて、今朝、穴の開きそうな靴下を二足捨てたことを思い出した。そういえばパンツも全体的にくたびれている。ちょうどいいので、両方ともドン・キホーテで買っていくことにした。

雑多に商品が展示された店内。陣内もそうしょっちゅうくるわけではないので、下着や靴下がどこにあるかは歩いて探してみなければ分からない。今いるのは、目がチカチカしそうなパーティグッズのコーナーだ。最近、歌舞伎町内でも全身タイツや着ぐるみを着て歩いている人を見かける。連中はこういうところで買って、それを着てひと晩騒いだらどうするのだろう。家に持って帰るのか、それとも捨ててしまうのか。

そんなことを考えていたら、声をかけられた。

「おや、陣内さんじゃないですか」

聞き覚えのある声だった。だとしたら、あまり街中で出くわしたくはない相手だ。

振り返ると、やはりそうだった。

「ああ……どうも。ご無沙汰してます」

新宿署の刑事、東。どうしてこの男は、陣内がセブンで動くたびに姿を現わすのだろう。

見たところ東は手ぶら。仕事できたのか買い物にきたのかも判然としない。だがきちんとスーツは着ているから、一応勤務中なのだろう。

陣内はわざと周囲を見回した。

「刑事さんも、こういうところで買い物をするんですか」

意外にも東は、それに微笑を浮かべて答えた。

「そういうことも、ありますけどね。でも今日は仕事です」

「万引きか何かですか」

「そうではありませんが……まあ、似たようなもんです」

同じ警察官であっても、小川と東では何から何まで違う。東は決して太ってはいないが、見るからに頑丈そうな、骨太な体をしている。さらに、オーラというのだろうか。他人を容易には寄せつけない、防弾ガラスのようなバリアが張り巡らされているのを感じる。声もそうだ。硬く、太く、強い。小声で喋っていても、やけに声の通りがいい。

極めつけは、相手を捉えて放さない、目。陣内はすぐにでもこの場を離れたいのだが、どうにもそのきっかけが摑めない。

東も点検するように陣内の両手を見る。

「陣内さんは、お買い物ですか」

この店を訪れるたいていの人間は買い物客だろう。

「ええ。靴下を何足か、買おうと思いまして」

「少しお話、よろしいですか」

会話の流れを完全に無視したこれは、挑発なのか。あるいは普段からこういう物言いをする男なのか。そう思わされた時点で、すでに自分は東の術中に嵌まっているということなのか。

「買い物をしてからでも、かまいませんか」

「靴下だけですか」

「パンツも」

「ご一緒してよろしいですか」

陣内が一瞬黙ると、東はさっきとは明らかに違う笑みを浮かべた。冗談だよと、その吊り上がった頰が語る。

「……そこの表で待ってます。私の方は時間がありますんで、ごゆっくりどうぞ」

そう簡単には逃がしてくれない、ということか。


なんと奇妙な月曜日だろう。

「エポ」の営業時間以外はほとんど一人で過ごす陣内が、立て続けに二人の男に誘われた。それも、両方ともが警察官だ。挙句、東が選んだのは色気もけれんみもまるでない談話室スタイルの喫茶店だ。

壁際の席に座らされ、正面を東に塞がれると、まるでこれから取調べを受けるような気分になる。幸い陣内は、これまで本物の取調べというものを受けずに生きてこられた。それが今、吉と出るのか凶と出るのか。それは実際に話してみなければ分からない。

「私はアイスコーヒーで。陣内さんは」

「じゃあ、私はホットで」

陣内が喫煙席を希望したので、手元にはアルミ製の灰皿がある。自由にタバコが吸えるだけ、取調室よりはマシか。

東がひと口水を飲み、ゆっくりとコップを置く。

「……お店は忙しいですか」

なんとも平板な口調。軽いジャブ。訊いた東自身、興味がないことは明らかだった。

陣内も軽く返す。

「あの程度の店ですんで。忙しいといっても高が知れてますし、暇になっても……まあ、こんなもんかなと、いった按配《あんばい》ですよ」

「失礼を承知でお訊きしますが、お仕事は、あのお店だけ？」

この男、セブンについてどこまで疑いを持って訊いているのだろう。だがここは、まったく知らないで訊いているという前提で答えなければマズい。

「あんな店だけで食えてるのか、という意味ですか」

「ですから、失礼を承知の上で、とお断りしたのですが、気を悪くされたのなら謝ります」

「いや、そう、思われるでしょうね、一般の方は」

刑事が一般人に分類されるか否かは、この際さて置く。

陣内は続けた。

「実は私、あの店のオーナーではなくて、ただの、雇われマスターなんですよ。オーナーは別にいまして、一応、その方から給料はもらっています。なので、食いっぱぐれることは」

「ほお。そういうこともあるんですか」

「別に珍しくないですよ。うちの隣はガールズバーですが、オーナーは元カリスマホストですしね。彼はなかなかの遣《や》り手です。あちこちに店を持って、先月も高円寺《こうえんじ》にワインバーを出したとかいってました。とはいっても、流行《はや》ってる店はそのうち、一つか二つらしいですが」

「なるほど。まあ、そう考えれば別に、珍しいことではないかもしれないですね」

　飲み物がきた。陣内はブラックのままだが、東はミルクもガムシロップも入れ、丁寧に掻き回してからひと口含んだ。

　ストローから口を離し、その先で氷を弄ぶ。

「あ、そうだ……前にお話しした、元区長の件」

そう。この男は以前、陣内が手に掛けた新宿区長の遺体を詳しく調べるといっていた。浴室で心不全を起こし、それで溺死したように陣内は偽装したのだが、それには疑問があると、わざわざ「エポ」の近くまでいいにきたのだ。

「はい、そんなことを仰ってましたね。どうでしたか」

　この返答は、上手く返せたと思う。

　東が小さく頷く。

「結果からいうと、他殺と断定することもできない、微妙な線でした。なので、以後の捜査もなしです。当初の見立て通り、心臓死で処理されました。死亡する直前に水を飲んでしまってはいるが、溺死というよりは、やはり心臓発作で亡くなったと見るのが妥当だろうと」

よかった――。

だがここで、安堵の息を吐くような愚かな真似はするまい。

「はあ、そうですか……それは、なんにせよ、お気の毒でした」

「あまり、興味はおありでない？」

「いや……興味、といわれて、ない、というのは、新宿区民としてどうかとは思いますが……ただ、ねえ……特に、面識もありませんでしたし、正直、ゴールデン街のバーの、雇われマスターの立場からすると……すみません。あまり、直接は関係ない、かなと」

芝居をしていて、陣内は可笑しくて仕方がなかった。頬が浮き上がりそうになるのを、気持ちで必死に抑え込む。

一方、東の表情にこれといった変化はない。

「まあ、それはいいでしょう。終わったことですし……ただね、陣内さん」

東の両目に、何か鉛玉のように重く、硬いものが宿るのを陣内は見た気がした。

「……はい、なんでしょう」

その目は陣内を見ているようでいて、実のところ見てはいなかった。ここではないどこか。ひょっとしたら、今ではない過去。もはや存在すらしない何か。そんなものを東は見ているのではないかと、陣内は想像した。

「私はね……歌舞伎町という街が、どうもよく分からない。メディアがいうほど、突出して危険な街であるようには感じない。確かに新宿署は大所帯だし、それだけの取り扱い案件が歌舞伎町で起こっているのは事実だが、それは店舗と、人と金が密集しているからであって、あれを倍の面積に広げて薄めたら、どうってことない、よくある繁華街に過ぎなくなる……そう、頭では、分かってるんですがね」

刑事の勘が、それを否定するというわけか。

「なんというか、歌舞伎町という街には、いつまでも晴れない、薄暗い靄《もや》のような……そんな何かがかかっているように、私には思えてならない。ご記憶だとは思いますが、七年前の、例の封鎖事件。あれはそういう、目には見えない黒い靄が、ギュッといっとき、結集して起こったんじゃないかと……まあ、単なるイメージですがね。妄想、かもしれない。でも、そんなふうに感じます。その、黒い靄の正体を知りたいような……知ったら、取り返しのつかないことになるような」

もうひと口、東がアイスコーヒーを口に含む。

「……陣内さんは、どうですか。歌舞伎町で商売をされていて、何か感じるものはありませんか」

黒い靄の正体が「歌舞伎町セブン」――そういうストーリーではなさそうだ。

「いや、それこそ私は、ただの飲み屋の、雇われマスターですから。ゴールデン街は、街の真ん中の方とは、だいぶ雰囲気も違いますし。感じるもの、といっても……最近、また若い人がゴールデン街にくるようになったな、これで活気が戻ったらいいな、とか……まあせいぜい、そんな程度ですよ」

するといきなりだ。ガツンと、東が頭突きのように視線を合わせてきた。さっきまでの遠くを見るようなあれは、こっちを油断させるための振りだったのか。

「陣内さん……そんな、上《うわ》っ面《つら》だけの三文《さんもん》芝居はよしましょうよ。あなた、そんな人じゃないでしょう」

迂闊《うかつ》だった。初対面のときから分かっていたはずだ。こいつは、危険な男だと――。

「……どういう、意味ですか」

「それを、私があなたに伺っているんです。あなたは一体、何者なんですか」

三文芝居だろうが茶番劇だろうが、幕が下りるまでは演じ続けるほかない。

「ですから……ただの飲み屋の、雇われマスターですよ」

「あなた、整形手術を受けたことがあるでしょう」

この野郎――。

「なんで、そんな……」

「鼻のプロテーゼが、少し変形してきてますよ」

そういわれて、鼻に手をやるわけにもいかない。

東がテーブルに身を乗り出し、顔を寄せてくる。

「あなたは昔、一体どんな顔を、していたんでしょうね」

それだけいって、また背もたれに体を預ける。

「……どうも私は、あなたのことをよく知っているように思えてならない。過去に会っているとか、そういうこととは違うのかもしれない。でも、よく知っている……そう思えてならないのに、どんなに考えても、私はあなたのことを何一つ知らない。だからこそ、強く興味を惹《ひ》かれる。……不思議ですね、陣内さん。あなたという人は」

どうやら陣内は、警察官の中でも、最も厄介な手合に目をつけられてしまったようだ。

店を出て、東と別れて歩き始めてすぐ、後ろから誰かに肩を叩かれた。陣内も気が立っていたのだろう。振り返り、反射的に相手を睨みつけてしまった。

「……あ、ごめんなさい」

怯えるように、さっと手を引っ込めた女。すぐには誰だか思い出せなかった。人違いされたのかとも思った。だがそうではなかった。細いフレームのメガネがなければ、もっと簡単に思い出せていただろう。

一度だけ「エポ」にきたことがある女だ。

陣内は小さく頭を下げた。

「ああ、こちらこそ、すみません。ちょっと、急にで、びっくりしたもんで……先日は、ありがとうございました」

名前は——土屋だ。土屋昭子。

彼女は取り繕《つくろ》うような笑みを浮かべ、背後を指差した。

「ずっと一緒のお店にいたの、お気づきになりませんでした?」

「そこの喫茶店に、ですか」

うん、と子供のように土屋が頷く。後ろで括った髪が、くるんと肩口で弧を描く。

「私は、仕事の打ち合わせだったんですけど……陣内さんと一緒にいらしたの、確か、新宿署の刑事さんですよね」

そういえば、この女もフリーライターだといっていた。

土屋は首を伸ばすようにして、東の姿を雑踏の中に探している。

喉元の肌の白さが、西日を浴びてさらに浮き立つ。

「陣内さんって……ひょっとして、悪い人なんですか?」

「は?」

また三文芝居をしなければならない煩《わずら》わしさと、土屋の声を聞く甘やかな心地好さに、しばし思考が定まらなくなる。

「いや……普通に、いい人だと、思いますけどね」

土屋が、半分笑いながら目を細める。

「うそ。陣内さんは、たぶん、ちょっと悪い人」

「どうして、そう思うんですか」

土屋が小首を傾げる。また肩口で、黒髪がくるんと揺れる。

「なんとなく。その方が、私は嬉しいから」

分からない。まったく理解できない。

土屋が自分を、どう思っているのか。

自分が彼女を、どう思おうとしているのか。

5

あの日、ミヤジがいったことに嘘はなかった。

以来、ミサキは確かに自由の身となった。

約束の仕事をしたのはミサキではなく、実際はジロウだったのだが、それでも名越和馬が死んだことに違いはない。先方もそれで不都合はなかったのだろう。あるいは、その違いに気づいてすらいないのかもしれない。特にあとからミヤジに文句をいわれることも、拘置所に逆戻りさせられることもなかった。

しかし、急に娑婆に放り出されるのも、ある意味困りものだった。

もう「伊崎基子」という身元は事実上使えないのだから、まったくの別人として生きていくほかない。だからといって、他人の戸籍を買う金はないし、そもそもそんな手段も知らない。要するに、表社会で真っ当な人間として暮らすことは端《はな》から不可能というわけだ。

そうなったらもう、方法は一つしかない。ジロウに紹介された関根組四代目、市村組長の下働きをして日銭を稼ぐぐらいしか生きる道はない。

たいていの仕事は、ジロウがミサキの分も一緒に引き受けてくる。

「……だからってよ、もうちっとマシな仕事はないのかよ。これ、いくらなんだって貧乏クサ過ぎるぜ」

「文句いうな。手を動かせ」

密輸拳銃のメンテナンス。それも、出所《でどころ》も分からない怪しい代物ばかり、五十丁。作業は一階の元在庫置き場で行う。

拳銃のメンテナンスは、未使用と使用後とではやるべきことがまるで異なる。未使用の拳銃は、表面を綺麗に拭いてオイルを塗布し、「クリーニング・ロッド」という棒にオイルを含ませた専用の布を巻き付けて、銃身内部をゴシゴシ掃除、最後に乾いた専用布で余分なオイルを拭き取ってやればいい。

だが、一度でも使用した拳銃はそれでは済まない。いったん分解、銃口や薬室、スライドに付着した火薬カスを徹底的に除去、清掃してからオイルを塗布、組み立て直してからさらに表面を磨《みが》いて、仕上げのオイルを塗らなければならない。しかも使用後のメンテナンスというのは、基本的には使ったその日のうちにするものである。しかしミサキたちが預かる密輸拳銃の中には、使用からすでに数年が経っているものも少なくない。

「クッソ……落ちねえよ、こんなにガリガリに固まっちまってたらよッ」

聞こえてはいるのだろうが、作業中のジロウは滅多に返事をしない。

「おい、こんな無理だって。いくらやったってまともに撃てるようになんかなりゃしないよ」

椅子代わりにしている木箱を蹴飛ばすと、ようやくジロウがこっちを向く。

「……大声出すな」

「だったら一回で返事しろよ」

「いいから手を動かせ」

「無理だって」

「とにかくやれ」

あの日、ミヤジはミサキに「殺人サイボーグ」になれといったが、それはジロウにこそ相応しい異名だとミサキは思う。ジロウはこういう作業を、本当に黙々とこなす。百回こすって落ちなくても、千回やれば落ちるだろう。千回で駄目なら二千回、一万回。ジロウは目的を達成するまで、延々とその作業を繰り返す。そういった意味では「殺人サイボーグ」というより、むしろ「産業用ロボット」か。

とはいえ、ジロウも本当に機械でできているわけではない。腹も減れば性欲も湧く――はずだと、ミサキは思う。

「ほら、ジロウ、セックスしようぜ」

シャワーを浴びてきたジロウを、「カモン」と手招きしてみる。

「……もうちょっと、マシな誘い方はないのか」

「どうせ全部脱いで股開くんだ。この方が手っ取り早いだろ」

「早けりゃいいってもんじゃない」

「その通りだ。たまにゃいいこというじゃないか」

毎度、若干の抵抗はあるものの、結局ジロウもやることはやるのだ。この点においては普通の男と変わらないと、ミサキは思っている。

「案外、淡白なのね」

「……すまん」

しかし、これはこれ、それはそれ。体を重ねたからといって、ミサキがジロウに対して何かしらの情を抱く、というようなことは決してない。ミサキにとってのジロウは、市村からの仕事を持ち帰ってくる仲介人であり、ほんのいっときの同居人であり、性欲処理のパートナーでしかない。愛だの恋だのと、自分の弱みになるようなマイナス感情を向ける対象ではあり得ない。

ただ一つ、これに関してだけはありがたいと思っている。

「シュッ」

「ハッ」

日々のトレーニング。拘置所では一人で筋トレをするのがせいぜいだったが、パートナーが一人いれば、そのバリエーションは飛躍的に増える。打撃のみ、組技のみ、あるいはそれらをミックスしたスパーリング。一方が武器を持つ、双方が武器を持つというパターンもある。武器はナイフ、棍棒《こんぼう》、刀、鉄パイプ等を想定し、それぞれダミーを自作して使用している。場所は一階の元在庫置き場。声や打突音が近所に聞こえては具合が悪いので、窓は遮音材で徹底的に塞ぎ、壁にも吸音材を張り巡らしてある。

「シャッ」

「……クッ」

ナイフ対素手。ミサキの持つナイフの刃先が今、ジロウの顎下を切り裂いた。むろんダミーなので実際に切れてはいないが、刃部に塗った赤インクが、ジロウの右頸動脈を確実に断ち割っていた。

ようやくだ。三十分やって、ようやくミサキが一本とった。

「……あたしの、三勝二敗……だな」

「嘘、つくな……三勝、三敗だ」

「馬鹿……最初のは……ウォーミングアップだって、いったろ」

「……お前、汚いぞ」

馬鹿野郎。殺し合いに汚いもズルいもあるものか。


そうはいっても、四六時中ジロウと一緒にいるわけではない。市村に呼び出されて出かけていく回数は、ジロウの方が圧倒的に多い。

「……フザケんなよ。なんであたしだけ、いっつも居残りでチャカ掃除なんだよ」

「文句いうな」

Tシャツの上にライダースジャケットを羽織り、ジロウが出ていく。すると途端、内職仕事をするのが馬鹿らしくなる。ジロウと一緒なら楽しい、というわけではむろんないが、一人でこの作業を続けるのはあまりにも虚し過ぎる。

「……こんなもん、三ツ星の料理人に、場末の定食屋で皿洗いさせるようなもんだろうが」

任されればどんな危険な仕事でもやってのける自信はある。だがそれだけの需要が、悲しいかなこの世の中にはない。あったとしても、少なくとも市村経由の仕事はジロウに先取りされてしまう。取引現場でのボディガードでも、敵対組織に対する威嚇行為でもいい。肚の底からヒリヒリするような、危険な戦いの場にこの身を置きたい。あんな棒切れと布で作ったダミーではなく、本物の武器で命と命のやり取りをする、そんなリアルな現場に――。

だが、その手の欲望にストッパーが働くようになったのも、一方にある事実だった。自分は罪のない人の命をいくつも奪い、死刑囚として収監され、しかし今、また反社会勢力の企てによって娑婆に舞い戻ってきた。

悔いたはずだった。拘置所の独房で自身の体を虐《いじ》め抜いたのは、間違いなく改悛の情からだった。そこに嘘はない。名越抹殺を引き受けたのも、息子の命を守るためには致し方ない選択だった。そう、自分は変わったのだ。もう、ただ危険な戦いに身を投じたがっていた、善悪など関係ない、いけるところまで突っ走ろうとしていた、あの頃の自分ではない――。

ところが、意識してそう思い込もうとすればするほど、肚の底では別の何かが疼《うず》く。違うだろう。お前はそんな人間ではないだろう。思い出せ、あの興奮を。あの、魂が解き放たれる瞬間を。強さだけが証明し得る自由を。勝者のみが立つことを許される、あの頂《いただき》を。生者だけが味わうことのできる、あの優越感を――。

「……クソッ」

クリーニング・ロッドを壁に投げつけ、ミサキは頭を抱えた。

分からない。自分という人間が、信じきれない。

殺戮を求め、そのために必要なら肉体的苦痛も厭《いと》わない自分。

命懸けで救おうとしてくれた人たちを、もう裏切りたくないと思う自分。

「……やってらんねえっつんだよッ」

二階に上がり、壁に掛けてあったデニムのブルゾンを引っ摑み、すぐに階段を下りた。鍵と携帯電話はポケットに入っている。いくらかは金も持っている。置き場の掛け時計を見るとまだ四時だったが、早い居酒屋なら開いているところもあるだろう。なければラーメン屋でもいい。とにかく一杯やりたかった。

建物を出て、左に百メートルほどいった十字路にあるのが新宿六丁目交番。あの、小川幸彦が勤務しているハコだ。こんな目と鼻の先だというのに、奴はミサキとジロウがあの廃ビルにいることにいまだ気づいていない。まったく、地域課員の巡回連絡なんていい加減なものだと、つくづく思う。とはいえ、わざわざ冷やかしにいって住処を教える必要もない。そこまでミサキは小川のことを信用してはいない。奴は現役の警察官、こっちは死刑囚の上に今は脱走犯。挙句の果てに、脱走後も殺人を重ねている。いつ足をすくわれるか分からない。それくらいの警戒は怠《おこた》るべきではない。

しばらく道なりに歩いて明治《めいじ》通りを渡り、少しいったところでラーメン屋を見つけた。

とりあえずここで、チャーシューでもつまみながら生ビールを一杯――そう、思ったときだった。

カーゴパンツの、腿のポケットで携帯が震えていることに気づいた。誰だろう。ジロウか市村なら、何か手伝えということかもしれない。陣内や杏奈、小川からかかってくることはまずない。あとこの番号にかけてくるとしたら、上岡くらいか。奴は小ネタ欲しさに、たまに電話をしてくることがある。初めて奴からの電話を受けたあとで、ミサキは市村を怒鳴りつけた。あんなペンゴロに勝手に番号を教えるな、と。

しかし、取り出した携帯のディスプレイには【非通知】と出ている。誰だろう。

「……はい、もしもし」

『もしもし。お久しぶりです、伊崎さん』

聞いた途端、ぞっとした。

奴だ。ミヤジだ。だが動揺を気取られてはならない。

「……ああ、ご無沙汰。よくこの番号が分かったね」

これは市村からもらった携帯だ。奴がミヤジに番号を教えるとは思えない。一体、どういう手を使って調べたのだろう。

『はい。私は、伊崎さんのことであれば、なんでも存じ上げております』

そう。ミヤジという人種は、よく平然とこういうことをいう。じゃあ、今朝した大便が硬かったか緩かったか当ててみろ、という冗談を思いついたが、さすがに口には出さない。

「あっそう。それもあんまり、気持ちのいいもんじゃないね」

『少し、お話でもしませんか。お茶でも飲みながら』

文脈を無視した会話も相変わらずだ。

「……話って、なんの」

『近況など、いろいろお伺いしたいこともございますので』

「あたしは元気だよ」

『はい、それは存じております。まあ、その辺も含め……最近仲良くされている、お仲間のお話なども、お伺いしたく存じます』

市村やジロウのことか。それとも、セブンのことをいっているのか。

「断るといったら？」

『でも最後には、ちゃんと私のいうことを聞いてくださる。そういう、頭のいい方です……伊崎基子さんという方は』

「その名前も、あんまり呼んでほしくないけどね。もう」

『では、なんとお呼びしましょう……ミサキさん、の方が、よろしいですか』

駄目だ。全部バレている。

「……分かったよ。どうすりゃいいんだよ」

ミヤジが、低く笑いを漏らす。

『あなたのそういう、割り切りの早いところが、私は大好きです。ではそのまま、しばらく真っ直ぐ歩いていただけますか。薬局の前に一台、黒いワゴン車が停まっております。それにお乗りください。あとは運転手がご案内いたします』

つまり、今ミサキがどこを、どっちに向かって歩いているかも承知しているわけだ。

「ナンバーは」

『申し訳ございません。ナンバーまでは控えておりませんでした。ですが、すぐにお分かりになると思いますよ。その近くに黒いワゴン車は、その一台しか停まっていないはずですから』

百数十メートルいってみると、確かに一台だけ停まっていた。それも、変に背の高い不恰好なボックス車だ。でも一応、ベンツのマークが付いている。それなりに高級車ではあるのだろう。

「……あったよ」

『お乗りください』

どういう伝達方法を用いているのかは知らないが、ミサキが横に立つとスライドドアが自動的に開き、車内が見えた。

いかにもミヤジが好みそうな成金趣味の内装だ。イメージ的には、アメリカの要人が乗るようなプライベートジェットのそれに近い。アームレスト付きの大きなシートが二対二で向かい合うように四つ、ゆったりとスペースを空けて配置されている。運転席とは完全に別室。仕切り壁に楕円形の窓が開いてはいるものの、客室スペースから前方はほとんど見えない造りになっている。今のところ、その客室スペースは無人の空っぽだ。

乗れといわれているのだから、従うしかあるまい。

ミサキは進行方向向きの、右側のシートに座った。

「……座り心地は、まあまあかな」

『気に入っていただけて嬉しゅうございます』

すぐにドアが閉まり、車は走り出した。

『……では、お待ちしております』

そうミヤジがいい、通話は途切れた。

行き先にさほど興味はなかったが、一応、窓から見える風景に目は向けていた。いったん明治通りに戻って、代々木方面へ。しばらく南下したら、首都高渋谷線に沿って左折。たどり着いたのは六本木。それも、非常に有名なホテルの地下駐車場だった。

運転手が小窓からこっちを覗く。

「……伊崎さま。到着いたしました」

「ああ。そのようだね」

すでにドアの向こうには、ダークスーツを着た男が迎えに出てきている。見た目は四十代の、そこそこ品のある紳士だ。ミヤジの関係者と知らなければ、特に危険も感じないタイプだ。

再びスライドドアが開き、深々と頭を下げた紳士に迎えられる。

「……お待ちしておりました。伊崎さま」

「その呼び方はよせって、オヤジにいわれなかったか」

紳士は「失礼いたしました」と頭を下げ直したものの、顔に張り付いた笑みはいささかも崩していない。

「ご案内いたします」

「よろしくな」

それが通常のルートなのかは知らないが、比較的質素なエレベーターに乗せられ、五十三階まで連れていかれた。ただ、廊下に出たらさすがは高級ホテル。それもたぶん最上階。毛足の長い絨毯《じゅうたん》が敷かれた廊下。その左右には、間遠に客室ドアが並んでいる。

紳士はその一つをノックし、しかし返事を待つでもなくカードキーを通し、ドアを開けた。

「どうぞ、お入りください」

「はいよ」

紳士の案内はドア口まで。中にはミサキ一人が入った。

短い通路を抜けると、広いリビングのようなスペースに出た。ベッドなどは別室にあるのだろう。見えるのは、これまた高級そうな革張りのソファセットと執務机、右手にはバーカウンター、その向かい側は全面窓になっている。

夕暮れ前の東京を映し出すその窓際に、奴はいた。あの、拘置所から出された日に会った、ミヤジだ。あの日もそうだったが、今日も普通にスーツを着ている。

「……お待ちしておりました、ミサキさん。こんなところまでご足労をお掛けしまして、申し訳ございません」

「本気でそう思うなら、次は歌舞伎町のお好み焼き屋にしてくれ」

フッ、とミヤジが笑みを漏らす。むろん、本気で笑っているわけではない。

「相変わらず、面白い方ですね」

「あんたよりはね。ちょっとは気の利いたジョークも、いえるつもりだよ」

立っているのもなんなので、勝手にソファに座り、脚を組んだ。まだ時刻は夕方五時前。もう少ししたら、さぞかし美しい夜景がその窓から見られるに違いない。

「……で、なんの話が聞きたいの」

「せっかちなところも、お変わりないですな。まあ、そう慌てることもないでしょう。どうですか、ワインでも一つ」

「ワインなんざ自慢げに飲んでると、早死にするぜ……どっかの、誰かさんみたいにさ」

名越和馬。奴は、自宅にワインセラーを置くほどのワイン好きだった。

つまらなそうな顔をし、ミヤジが浅く頷く。

「……どうも、世間話にお付き合いいただくお時間は、なさそうですな」

「あいにくね。あんたの孫の自慢話を聞かされても、適当な相槌《あいづち》を打つくらいしかできないと思う」

「なるほど。けっこうです」

ミヤジはゆっくりとソファを迂回し、ミサキの正面に座った。

「……まあ、名越の件につきましては、今さらとやかくいうつもりはありません。たまたま同じ日に、偶然にも同じことをしようとした人間がいた。ほんのひと足違いで、あなたの方が先を越されてしまった……ただ、それだけのことです。我々にとっても、なんら不都合はない」

「そうだろうね。でも、少しは後悔してるんだろう？」

「何を、ですか」

「放っといても、名越はいずれあの男が始末した。わざわざあたしみたいな死刑囚を拘置所から出して、整形手術までして娑婆に戻して、人質云々を匂わせてまでやらせることはなかったわけだ」

ミヤジはそれに、ゆっくりとかぶりを振ってから答えた。

「いいえ。私はいささかも、後悔などしてはおりません」

「そう？　使ってるのが手下ばっかりだとしても、多少は経費だってかかっただろう」

「それだけの価値が、あなたにはありますから」

「ねえよ」

「いえ、あるんです」

またか。

「あのさぁ、あたしの話聞いてた？　あたしが殺《や》らなくたって、結局名越は殺されただろう？　だからいいんだって、あたしじゃなくたって。あんた金持ちなんだからさ、それなりの金払ってプロを雇いなよ。あたしみたいな特殊部隊崩れなんて、大して役に立ちゃしないって」

「私のお願いは聞いていただけないのに、歌舞伎町のチンピラのイザコザには首を突っ込むわけですか」

やはり、バレていたのか。

「好きでやってるわけじゃないよ。生きるために致し方なくさ」

「とてもそのようにはお見受けしませんでしたが。むしろ、いつもよりお洒落《しゃれ》をして、お仕事に向かわれることが多いのではありませんか？」

変装が似合わない、とでもいいたいのか。というか、そんなところまで見張っていたのか。

要するに、お前に自由などありはしない、諦めろ、そういいたいのだろう。

「……もういいよ。無駄な抵抗をしたあたしが悪かった。なんなりと、お申し付けくださいませ」

「そう。そういう物分かりのいいところも、私は大好きですよ。それに、今回は名越ほど難しい相手ではありません。一般人に、ちょっと毛が生えたくらいの手合です」

「ヤクザ？　半グレ？」

「いえいえ。さすがに、そこまでの三下ではありません。社会的には、もう少し意味のある相手です。といっても、本当に、ほんの少しですが」

「分かんないよ。さっさといえよ。勿体ぶられるのは嫌いなんだ」

「そう仰らずに、もう少しクイズを楽しみましょう」

ミヤジが、ニヤリと頬を吊り上げる。

「……あなたも、よくご存じの方ですよ」

「は？　なに、あたしに知り合いを殺せっていうの？」

「知り合い、というのとは、少し違うかもしれませんが」

セブンのメンバー、ということではないのか。

「誰だよ。分かんないって」

致し方ない、とでもいいたげにミヤジが頷く。

「今回、あなたにお願いするのは……元警視庁捜査一課、現在は新宿署の刑事課に所属している」

まさか。

「東弘樹警部補。彼を、あなたに処分していただきたい」

なぜ、東が――。

第三章

1

公衆電話でシンちゃんを呼び出した。
悪いが、急ぎで一件頼む。
『急ぎって、今すぐ、ですか』
公園の便所に置きっ放しなので、できるだけ早く処理したい。
『なんでまた、公園の便所なんかで……』
経緯はどうでもいい。とにかく頼む。
『……分かりました。できるだけ、早くいきます』
シンちゃんがきたのは、それから四十分か、一時間くらいした頃だった。

個室便所の戸を開けて見せた途端、シンちゃんは大げさに眉をひそめた。

「いやぁ……なんですか、これは」

和式便器と壁との間に、土下座の姿勢でうずくまっているトムさん。その頭部は、便器の横幅にぴったりと嵌まり込んでいる。血はほとんど便器の中に流れているので、さほど周囲は汚していない。いつもの俺の現場に比べたら、むしろ綺麗な方だろう。

それでもシンちゃんは、少し面倒臭そうな顔をした。さらに俺が、できるだけ安上がりな方法で、と頼むと、シンちゃんは腕を組み、しばし考え込んだ。無理は承知の上だが、それでもやってもらわなければ困る。

俺はその間、最大限に気を利かせて、トイレの前に清掃中の看板を出しにいった。これで、ふいに誰かが入ってくるようなことはないはずだ。

戻ってくると、シンちゃんは緑色をした、薄いゴム製の手袋をはめていた。

「そういうことなら……まあ、一番低予算で済む方法で、やってみます」

まずシンちゃんは、死んだトムさんを丸裸にした。死んでもまだ強烈にワキガ臭いし、包茎だし、背中の彫り物は途中までだから、ひどく恰好悪い。無様《ぶざま》といってもいい。

「ちなみに、どういう方なんですか、この方は」

それには、俺もよく知らない、と答えておいた。

丸裸にしたら、次は血抜きだ。

再び顔を便器に突っ込み、そこで右耳から左耳まで、ザックリと顎の下に切れ込みを入れる。途端、ドボドボと血が流れ出始めるが、それでは不充分らしい。

「すみません、ちょっと手伝ってもらえますか。脚を、そっち側に持ち上げてください」

こうか。

「もっと上まで」

これくらいか。

「もっと」

ほとんど逆立ち状態まで脚を抱え上げる。プロレスでいうところの「逆エビ固め」みたいな形だ。

「つらいですか」

まあ、決して楽ではない。

「十五分くらい」

フザケるな、と放り出したかったが、安く済ませるためなのだから致し方ない。十五分、俺は必死で逆エビ固めの形を維持し続けた。

なんとか血抜きを終えたら、いよいよ解体だ。ここはプロでなければできない工程なので、シンちゃんに任せる。

それにしても、プロの手際は素晴らしい。ほとんど料理人の域といっていい。

「どう、なんでしょうね……美味しく作らなくていいだけ、死体解体の方が簡単なんじゃないですかね。センスとか関係ありませんし」

いや、センスも必要だろう。包丁一本で、よくもそこまで簡単に人体を切り分けられるものだ。

「まあ……慣れですかね」

切断した頭部はいったんビニール袋に。胴体側の切断面は食品用ラップとガムテープで止血。他の部分も、基本的には便器を流し台代わりにして切断。頭、二の腕、肘から先、腿、膝下、胴体。ほんの小一時間で、トムさんは十個のパーツにバラバラにされてしまった。

このあとはどうする。

「今回は安く上げるために、焼却場は使いません。あれ、頼むのに意外とお金が要《い》るんで。その代わり、ちょっと時間はかかりますけど、ミンチにして川に流しちゃいます。肉の柔らかいところは、早いうちなら焼いて食べちゃいます」

それは初耳だ。

シンちゃんは、人肉を食べるのか。

「はい、寒い季節だったら内臓も食べられますよ。心臓とか、シコシコしてて美味しいですよ」

いわば人間のハツだ。味はどうなのだろう。

「臭みがね、若干強いですけど、味は豚肉みたいなもんですよ。ボクは、ラム肉よりむしろ好きですけど。どうですか、ご一緒に」

いや、俺はいい。他の人間ならともかく、トムさんの肉や内臓は、たぶん不味《まず》いと思う。


あれ以降、トムさんという荷物番がいなくなって、俺は少し不自由をするようになった。気軽に出かけられなくなったし、使い走りもいなくなった。

むろん、ホームレスは他にもいるので荷物番はそいつらに頼んでもいいのだが、あまり信用できないし、逆に「俺も」「俺も」みたいになるのも嫌だった。俺は不公平や、依怙《えこ》贔屓《ひいき》といったことが大嫌いだ。なので、この公園で最初に知り合ったトムさんとは、ある意味付き合いやすかった。つくづく、軽はずみなことをしたものだと後悔する。

しかし、このままでは仕事の交渉にも出かけられない。

やはり、誰かに荷物番を頼むしかない。

俺は少し離れた、明治神宮側の緑地に棲み付いているロンちゃんを訪ねていった。ロンちゃんはテントを設営するタイプの定住型ホームレスだ。家財道具も多く、いろんな意味できちんとした人だ。

おい、いるか――。

俺がひと声かけると、すぐテントの出入り口にアナグマのような顔が覗いた。

「はい……ああ、先輩。どうしたんですか」

荷物番を探している。あんた、一日千円でどうだ。

「トムさんはどうしたんすか」

知らない。捜したが見当たらなかった。

「そっすか。じゃあ、いいっすよ。俺、やります」

何か汚したり、失くしたりしたら、そのときは殺すが、それでもいいか。

「んもぉ、先輩ってば、冗談キツいんだから」

よろしく頼むといい、俺は彼に荷物を預けて公園を出た。

自腹でシンちゃんを呼んだお陰で、俺の懐はだいぶ寂しくなっていた。これでは「エヌ」を買うことも酒を飲むことも、ソープにいって垢を流すこともできない。

夕方四時。何をしているのかは知らないが、とりあえず上田に電話してみることにした。

原宿駅近くの電話ボックスに入る。

テレカは、どこだ——。

今どき、こんなものをありがたがって使っているのは俺くらいのものだろう。手帳のページにはさまっていたそれをスリットに挿入し、一つひとつ丁寧に番号ボタンを押していく。「エヌ」が切れてきたからか、指先に少し痺れがある。油断すると違うボタンを押してしまいそうだ。

なんとか、間違いなく押し終わった。

またあの野郎、十回鳴らしても二十回鳴らしても出ないんじゃないだろうな、などと思っていたら、意外にも今日は二回目で出た。

『はい、もしもし』

さらに意外なことに、俺だ、というと、

『おおっ、あんたか』

妙に弾《はず》んだ声が返ってきた。明らかに様子がおかしい。少し注意した方がいいかもしれない。

俺は、そろそろ次の仕事をしようと思っている、と告げた。

『うんうん、ちょうどよかったよ。こっちもあんたに、仕事を頼みたいと思ってたところさ。連絡、待ってたんだ』

殊勝《しゅしょう》な心掛けだが、でもやはり怪しい。

とりあえず、今からそっちにいく。

『そうか、きてくれるか。場所は、いつもの事務所でいいかな。組事務所じゃない方で』

分かった。

『待ってるから……あ、でも入るときに、大声で「組長」とか「親分」とか、呼ばないように頼むね』
さあ、それはどうかな。

ブラブラ歩いて、富久町の事務所にたどり着いたのは五時半を過ぎた頃だった。呼び鈴を鳴らすまでもなく、上田は入り口のすぐ向こうで俺を待っていた。やけに嬉しそうな顔で迎えに出てくる。

「どうも、いらっしゃい。待ってたよ」

途中で腹が痛くなって、野グソをしていたら遅くなった。

「そう、そりゃ大変だ。正露丸《せいろがん》でもあげようか」

いい。もう治った。

いつもの如く、仕切りの向こうの応接スペースに案内された。

「じゃあ、飲み物は温かい方がいいね」

いらない。それより用件だ。さっさと仕事の話を聞かせろ。

「そう？　うん。じゃあ早速、そうしようか」

上田はニヤニヤしながら俺の正面に陣取った。そんなに俺の仕事を用意できたことが嬉しいのか。人間、余裕ができるとこうまで態度が変わるものか。あるいは他に、何か企んでいるのか。

俺はポケットからタバコを出して銜《くわ》えた。

ニヤついたまま、上田がライターを差し出してくる。銀色の、いかにも高級そうなガスライターだ。

それで、今回はどんな相手だ。

「うん、今回はちょっと、今までとは違う筋の相手なんだけどね」

ほう、違う筋か。というと、いよいよ大和《やまと》会の五代目でもハジく気になったか。上田が三代目組長を務める平岡《ひらおか》組は白川会系。日本最大の広域指定暴力団である大和会とは敵対関係にある。

「やめてよそんな、物騒なこというの。大和会の五代目なんかハジいたら、取り返しのつかない大戦争になっちゃうでしょう」

それくらい思いきってやれ。むしろこのままじゃ、白川会もジリ貧のどん底に落ちていくだけだぞ。

「そんなことないって。白川会だって、そこそこ上手くやってるんだって……いやいや、そういう話じゃなくってさ。今回の相手は、こっち業界の人間じゃないんだ」

つまりヤクザではない。とすると、表の商売敵の社長とかか。

「んー、それとも、ちょっと違うんだな」

どこかの社長をブチ殺して、その会社ごと乗っ取ろうという話ではないのか。

「いや、そういうのとは、違うかな……だいぶ、違うな」

じゃあ、邪魔な海外マフィアを、俺に一掃しろということか。

「できるなら、それもいいんだけど、それとは……」

急にイラッときたので、

「ブゴッ」

つい手が出てしまった。真正面から、鼻《はな》っ柱《ぱしら》に一発ブチかましてしまった。これについては素直に謝った。

すまん。お前の腑抜けた顔を見ていたら、殺意が抑えきれなくなった——。

上田の鼻はひん曲がっていた。明らかに鼻骨が折れているのだが、さすがは組長だ。たらたらと鼻血が出ているにも拘わらず、「大丈夫、大丈夫」と手で押さえて、なんとか体裁を取り繕おうとする。思っていたより多少は根性もあるようだ。少し見直した。

俺は、さっき歩いていてもらったティッシュペーパーを出してやった。

「いや、いい……ハンカチ、あるから」

テメェ、他人の親切をよ、とまた苛《いら》つきかけたが、ここはぐっと堪えた。仕事の話を聞く前に殺してしまったら、困るのはむしろ俺の方だ。

少し痛みが治まってきたのか、四、五分すると上田の方から話し始めた。

「あの……今回の、相手っていうのは、その……実は、警察官、なんだよね」

確かに、今までにないパターンだ。

「うん、そう……初めて、だよね。こういうのは」

しかし、警官殺しに意味なんてあるのか。東京だけで何万人もいる警官の一人をバラしたところで、代わりが補充されてくるだけの話ではないのか。

「ん、まあ……それは、たぶん、そうなんだけど」

どうでもいいが、ネクタイに鼻血が垂れたぞ。

「あ……もういいや、これは」

上田が片手で器用にネクタイをはずす。ちなみに俺は、これまでネクタイなんぞ一度も締めたことがない。

俺は、そのバラしてほしい警官の名前を訊いた。

「アズマっていう、新宿署の、刑事なんだけどね」

なぜ、そいつを消したい。

「いや、それは、まあ……いろいろ、あってさ」

なぜだ。なぜそこで言葉を濁す。ひょっとして、今日の上田の怪しさは、その辺に理由があるのか。

お前、ひょっとしてそれ、誰かに頼まれたんじゃないのか。

「えっ……」

どうやら図星らしい。上田の顔が、にわかにギシギシと引き攣り始める。

「なんで、そんな……」

馬鹿にしてるのか。そんな半端な説明で、俺が納得するとでも思ってるのか。実のところ、お前はただ誰かから頼まれただけで、なぜそのアズマというデカを消さなければならないのか、その理由を知らないんだろう。

「あ、いや……それは、その」

上田は仰《の》け反《ぞ》り、精一杯俺から距離をとろうとした。そう、これがいつものスタンスだ。そうやって俺に怯えてるくらいの方が、上田らしくていい。

いくらだ。

「へ？」

そのアズマを殺《や》るギャラは、いくらだと訊いている。

「え、あの、えっと……さ、三百」

破格に張り込んだな、とは思ったが、今日はここでは終わらせない。

ということは、お前が請けた額は五百万だろう。

「えっ……なんで、分かったの？」

馬鹿野郎。こんな仕事に相場なんてものはありはしないが、誰かから請けた仕事を他に回すとしたら、その上前を撥ねるのが世間の常識だ。ただし、最初の額の半分以上をせしめる度胸は、少なくともこいつにはない。だとしたら元値は六百万以下。五百五十万なんて半端な話はないだろうから、だったら五百万だろうと。これくらいの暗算は小学生でもできる。

元値は五百万。うっかり認めてしまって余計に怖くなったのか、上田の顔が限界を超えて引き攣る。もう少しで顔面の皮膚が頭蓋骨から剝がれそうだ。

「……じ、じゃあ、四百、出すよ。……駄目？　四百、五十？　八十？」

やっぱりこいつ、分かってないな。

俺の取り分は、二百五十万でいい。

「……え？」

半々の山分け、二百五十はお前が取れ。そうしても、俺の取り分はいつもの十倍以上だ。俺はそれで充分だ。

「え……い、いいの？」

実に分かりやすい男だ。全額ぶん取られる、下手したら殺される、少なくとも二、三発は殴られる、くらいの覚悟はしていたのだろう。しかし、俺の意向はまるで逆だった。上田はよほど安堵したのだろう。今度は顔面の皮膚が、垂れ下がるくらいゆるんでいく。

「ほ、ほんと……半分で、請けて、くれるの」

その額できっちり始末してやる。その、アズマの写真は用意してあるか。

「うん、あるある。写真、ちゃんと、預かってる」

上田が内ポケットから封筒を取り出し、こっちに差し出してくる。それにも一滴鼻血が付いていたが、それは勘弁してやる。

中には全部で三枚入っていた。

なかなか、いい面構えをした男だ。

「そ、そうね……遣り手、らしいんだ」

新宿署のデカというのは、間違いないんだな。

「うん、それは、間違いない。中にメモ、入ってない？」

確認すると、写真の他に手書きのメモも一枚入っていた。

新宿警察署刑事課強行犯捜査第一係、担当係長、警部補、東弘樹。

こいつの首に五百万、か。

2

不可解、玉虫色、陰影、表裏——。

東なりに陣内陽一という男を表現しようとすると、そんな言葉が浮かんでくる。要するに、よく分からないのだ。ただのバーのマスターでないことは確かだと思う。歌舞伎町の暗部と何かしらで繋がっている。そういう臭いはある。しかし、確証は何一つない。「歌舞伎町セブン」という都市伝説がある。ディテールは様々あるようだが、ひと言でいうと「プロの殺し屋」が一番近いのだろうと、東は解釈している。またそれに付随するキーワードとして「欠伸のリュウ」というのがある。この二つが同義語なのか、あるいはまったく無関係のものなのか、それは分からない。ただいっとき、去年の暮れから今年の初めにかけての話だが、歌舞伎町ではこれらの言葉をよく耳にした。耳にしたというか、東のアンテナに引っかかってきた。

これか、と思った。

「歌舞伎町封鎖事件」、あるいはそれを主導した「新世界秩序」。それに代わるものが「歌舞伎町セブン」であり「欠伸のリュウ」なのだとしたら、と危惧した。直接「新世界秩序」との関わりがないとしても、似たような動きの萌芽《ほうが》だとしたら要注意だ。事実、その噂が囁《ささや》かれていた頃に歌舞伎町一丁目町会長が変死体で発見され、直後には歌舞伎町商店会長が失踪し、続いて新宿区長も不可解な死を遂げている。

それらに関しても、結局のところはよく分からなかった。仮に商店会長も死亡しているとして、では三人の死に何かしら関連性はあるのか。その後も歌舞伎町で不可解なことは起こっているのか。

何もなかった。少なくとも新しい一丁目町会長、商店会長、区長は今のところ、平常通りに業務をこなしている。東もたまに訪ねて「いかがですか」とご機嫌伺いをしてはみるが、特にどうということはなさそうだった。外国人の行儀が悪くて困っている、六本木から流れてきた半グレに手を焼いている、去年より税収が上がらない――それぞれの立場での困り事はむろんあろうが、どれも表向きの話であり、また東にどうこうできる事柄でもなかった。

「歌舞伎町セブン」も「欠伸のリュウ」も、このところあまり耳にしなくなった。なんだったのだろう。ほんのいっときの流行りだったのか。何かの言葉遊びだったのか。

ただ一つ、一連の噂話と共に消え去らなかったものがある。東の中に、鈍く疼くしこりとなって残ったもの――それが、陣内陽一という男のイメージだった。

出会いはちょっとした偶然からだった。事件関係者のアリバイを確認するため、ゴールデン街のバー「エポ」を訪ねたのが最初だった。そのとき東は、彼の背後から声をかけた。

今でもよく覚えている。あのときの奴の背中を。振り返ったときの表情を。容易には他人を寄せつけない、いや、強い敵意すら感じさせる横顔だった。ひょっとすると、あれは彼なりの防御の姿勢だったのかもしれない。俺を甘く見るな、そっちがやる気なら受けて立つ。そんな気構えであったようにも思い起こされる。

何者だ、この男。どんな人生を歩んできたら、そんな目つきをするようになる――。

さらに妙なのは、奴がすぐにその敵意を引っ込めたことだ。後ろ暗い過去があるならば、東が警察官だと名乗ったのちも警戒心を解かなかったはず。だがあのとき、奴は明らかに安堵した。東の質疑にバーのマスターの顔で答え、微かに笑みまで浮かべてみせた。その変貌振りが、妙に東の興味を惹いた。

陣内陽一は、黒だ。間違いなく過去に何かやっている。しかし、いま奴が怖れているのは警察ではない。もっと他の何かだ。それがなんなのかは見当もつかない。お前のような人間が、逮捕より怖れるものとはなんだ。どんな暗黒だ。どんな暗闇だ。それはどこにある。やはり、歌舞伎町か――。

二度目に訪ねたのは区長の死後。あえてそのとき、東は声をかけずに後ろから肩を叩こうとした。だがそこで、予想外のことが起こった。振り返った陣内は、それが誰かも確かめずに手首を搦《から》め取った。逆関節を極《き》めるまでしなかったのは、相手が東だと瞬時に気づいたからだろう。別の誰かだったら、陣内は腕を折るまでしていたかもしれない。それくらい勢いのある、力の入った、実戦的な動きだった。明らかに初回とは違う反応。さらに研ぎ澄まされた、といっても過言でなかった。実際、東はそれについて言及し、区長の変死についても触れた。結果はグレー。陣内は、そのときは上手くはぐらかした。

だから先日、偶然ドン・キホーテで見かけたとき、思わず声をかけてしまった。やりかけの仕事もないではなかったが、陣内と話をすることを優先してしまった。

それまでの二回と比べると、陣内も落ち着いているように見えた。東に慣れたのかもしれないし、まだ明るいうちだったというのもあるかもしれない。お陰で東も、ゆっくりと陣内を観察することができた。鼻のプロテーゼ云々は、ただの当てずっぽうだ。だが当たらずといえども遠からず、といった按配だったのではないか。陣内は整形を否定しはしなかった。

やはり、不思議な男だ。

悪の魅力、というのは間違いなくあると思う。人々が歌舞伎町に求めるものも、いってしまえばその類だ。社会規範、常識、良識、良心、あるいは法律。そういうものから解き放たれたいという欲求。悪こそが自由、という幻想。誰もが内に抱える、欲望という名の魔物。だからこそ魔物には強烈な色香がある。

同じものが、陣内にはある。

男性である東から見ても、陣内は色っぽいと思う。女性にモテるであろうことは想像に難くない。だが今のところ、奴はその色香の正体を明かしていない。にも拘わらず滲み出てきてしまうのだ。悪の魅力が。苦くて甘い、二律背反的な色気が。

一方、年末年始の三件ほどではないが、最近また不可解な事象が東の周辺で起こっている。

一つは、いうまでもなく手塚正樹の死だ。彼はなぜ自殺などしたのだろう。それも、新宿署管内で立て籠もり事件を起こした被疑者でありながら、丸の内署の扱いになる東京地検内で。

もう一つは、天貝秀夫巡査部長の自殺。これは首吊りだという。どうやら天貝の自宅は江東区《こうとう》だったようで、扱いは深川《ふかがわ》署になっている。

新宿署に関係のある人間が二人、新宿署の管区外で立て続けに自殺を図った。これらもまた、双方に関連があるようには見えない。確かに、今のところはそうだ。しかし、これらが実は裏で繫がっているとしたらどうだ。なんの根拠もない空想だが、もしその二件が自殺ではなく、他殺だったとしたらどうだ。

今になって、東は後悔している。

ドン・キホーテで声をかけたあの日、どういう切り出し方をするにせよ、陣内にこの話をしてみるべきだった。何も返ってこないだろう、とは思う。もし奴が何か知っているとしたら、あるいは実際に関わっているのだとしたら、なおさら奴は「エポ」のマスターの顔でやり過ごそうとするだろう。

でも、それでもいい。

いま東は、無性に陣内の顔が見たくて堪《たま》らなくなっている。

手塚の自殺から一週間が経った。だが地検からの報告は一切なし。少なくとも、東のところにまで情報は下りてきていなかった。しかし、それではさすがに納得がいかない。

「……課長、ちょっといいですか」

通常勤務終了間際、東は直接デスクまでいき、飯坂刑事課長に声をかけた。老眼鏡だろうか、飯坂はメガネをはずし、さも疲れたように目を細めながら視線を上げた。

「ああ、なんだ」

「少し、お話が……よろしいですか」

それとなく出入り口を示す。

「別に、かまわんが」

「よろしくお願いします」

いったん廊下に出て、飯坂を奥にいざなう。ちょうど小さめの会議室が空いていた。

「すみません。ここで」

「ああ」

会議テーブルを四角く並べただけでいっぱいの部屋。東は飯坂に奥を勧め、自分はその手前に座った。

「すみません。お疲れのところ」

「かまうな。どうせ帰ったところで粗大ゴミ扱いだ。むしろ会社にいる方が肩身のせまい思いをしなくて済む……お茶も、淹《い》れてもらえるしな」

飯坂の長男長女はすでに結婚して独立。今は妻と末娘との三人暮らしと聞いている。確か長男夫婦は、仕事の関係でアメリカにいるのではなかったか。

「あ、気がつきませんで。コーヒーか何か」

「そういう意味じゃない。気を遣うな。用件を話せ」

「……はい」

東はいったん浮かせた尻を椅子に戻した。

「実は……例の、立て籠もりのマル被の件ですが」

「だと思ったよ。だが、残念だな。俺もあれに関しては、何も知らされていない」

「問い合わせることはできませんか」

「むろん、できなくはない。ただ、向こうが正直に口を割るとは思えない。俺と個人的に付き合いのある検事も、もう地検にはいないしな」

「丸の内署には」

「同じことだ」

「そもそも、手塚が自殺というのは事実なんでしょうか」

飯坂が眉をひそめる。

「お前、まさか……殺しを疑ってるのか」

「自殺でないとしたら、という仮説を述べたまでです」

「同じことだ」

「かもしれません」

仮に手塚がなんらかの疾患を持っていて突然死したのなら、地検にはなんら責任はない。ならば突然死と、その通り報告すれば済む話だ。死因を自殺と偽《いつわ》る理由はない。同じ理屈で、事実に反して自殺と報告したのだとしたら、可能性としては他殺を疑うほかない。

飯坂が首を傾げる。

「あの男の職業は、フリージャーナリストだったか」

「はい」

「書き手としては、どの程度だ」

それに関しては、何日か前に調べてあった。

「街ネタ、というんでしょうか。週刊誌に記事を書いたりしていたようです。主に繁華街に関する内容の……中でも、歌舞伎町は得意ネタだったようです。本も一冊出してます。私はまだ読んでいませんが、『新宿裏社会の真実』というタイトルです」

「本を出してるんなら、まあ立派なもんだな」

そうはいっても、出版元は見たことも聞いたこともない会社だった。下手をすると自費出版かもしれない。紀伊國屋《きのくにや》本店にも在庫はなかったし、ネット書店でも入手は不可になっていた。

まあ、と飯坂が指先で軽くテーブルを叩く。

「どの道、扱いは丸の内だ。何かあれば向こうからいってくるさ。取調べのときの様子はどうだったか、立て籠もりの状況は、動機は……それがないってことは、あっちも自殺で処理する肚なんだろう。お前だって、自分のヤマに他所《よそ》からとやかくいわれたくはないだろう？　下手につついて揉め事を起こすような真似はするな……ただでさえ敵が多いんだから、お前は」

だとしても、だ。

「……手塚は、うちから地検に預けた身柄です。その死因がなんであれ、報告はあってしかるべきでしょう」

「まだ一週間だ。もう何日かしたら報告はある」

「自殺の検証に一週間も必要ありません」

半日でも充分過ぎるくらいだ。

「向こうだって責任問題になってるんだ。整理する時間くらい必要だろう」

「何をですか。落ち度がなければ整理など必要ないはずです」

「マル被が死んでるんだ。何かしらの落ち度はあったさ」

「だったらそれを報告しろといってください」

飯坂が小さく舌打ちする。

「無茶をいうなよ。そんなこと、こっちからいえるわけないだろう」

「地検に睨まれたら面倒だからですか」

飯坂の目つきが険しくなる。だが、口調はむしろそれまでより落ち着いて聞こえた。

「……その通りだ。起訴したところでどの道、実刑はなかった。所詮《しょせん》、潰すも潰されるもないケチなヤマだ。お前もあまりムキになるな。この件で揉めても何もいいことはないぞ」

「忘れろ、ということですか」

「そう、受け取ってもらってかまわん」

刑事課長からしてこうなのだ。副署長、署長と話を上げていったところで、東が望むような対応は期待できまい。

ということは、自力でなんとかするしかないわけだ。


十八時五分。

東は署を出て駅方面に歩きながら、丸の内署に誰か知り合いはいなかったか考えてみた。高輪《たかなわ》署時代の先輩が一時期丸の内にいたが、それももう十年も前の話だから、とっくに異動になっているだろう。八王子《はちおうじ》署、浅草《あさくさ》署、成城《せいじょう》署、あるいは捜査一課時代に組んだ相手のことなども思い返してみるが、どうもピンとくるものがない。

どうせなら直接、丸の内に乗り込んでみるか。いけば誰かしら顔見知りもいるかもしれない。とはいえ東自身、明日は本署当番に入ってしまうので動けない。明後日《あさって》の当番明けは土曜だから、結局は週が明けてからということになるか。

　そんなことを考えていたら、ポケットで携帯が震え始めた。

　取り出してみると、ディスプレイにあるのはメモリーにはない携帯番号だった。最初が【080】。誰だろう。

「……もしもし」

『あっ、東さんですか』

　若い女の声。これだけで思い当たる顔はない。

「はい、東ですが」

『私、前に引ったくりで捜査をしてもらった、スナガです。スナガ、マリコです』

　引ったくりの、スナガマリコ。ひょっとして、あれか。去年の秋頃、大久保《おおくぼ》一丁目で引ったくり被害に遭って届け出てきた、あの須永真理子か。奪われたバッグは三日後、新宿三丁目駅構内の男性用トイレで発見され、財布から現金は抜き取られていたものの、身分証その他の貴重品は返ってくるという、変に親切な手口の事案だった。それもあり、東の印象にも残っていた。

「ああ、須永さん。はい……その後、いかがですか」

『それが、あの……最近ちょっと、誰かに、付きまとわれているような気がしてて……で、今、マンションの前まで帰ってきたんですけど、なんか、部屋の明かりが、点いてるんです……私の、消し忘れなのかもしれないですけど、なんか、怖くて……』

なんか怖くて、は女性被害者には付き物の心理だ。だから東も、何かあったら連絡していいと携帯番号を教えてあった。そもそも東のプライベートなどあってないようなものだから、この携帯番号は仕事専用も同然なのだ。

しかし今この状況で、なんか怖くて、といわれても困る。

「ご自宅に固定電話は」

『あります』

「かけてみましたか」

『はい。でも、誰も出ません』

「そのとき、窓に誰かの影が映ったりは」

『いえ、そこまでは……ちょっと、分かりませんでした』

「近所に交番はありませんか」

『いえ、引っ越したばかりなので、よく分からないです』

「引っ越しされたんですか」

だったら、その地域の所轄署に相談すべきだろう、と思ったが、そこは先にいわれてしまった。

『私いま、他に頼れる人がいないんです。東さんしかいないんです。お願いします。ドアを開けて中を確かめるまででいいですから、ちょっとだけ、きてもらえませんか……あ、もしかして今、新宿にはいらっしゃらないんですか？』

もう五反田《ごたんだ》の自宅です、と平気で嘘をつける性分ならどんなに楽だろう。

「……いえ。まだ署の近くにおります」

『だったらすみません、ほんとにお忙しいとは思うんですけど、なんとかきていただけませんか。無言電話とかもあったんです。部屋のドアをノックされて、出てみたけど誰もいなかったとか、そういうこともあったんです。それに……』

下着の紛失、電車内での痴漢。

東は、携帯にかからないよう溜め息をついてから、彼女に住所を尋ねた。


十八時二十分。東はいわれた通りの場所に到着した。

北新宿二丁目。番地からすると、青梅《おうめ》街道から小道に入って百メートルほどの地点だが、もうここまでくると駅周辺の繁華街とはまったく趣が異なる。都内ならどこにでもあるような、二階家と低層マンションが混在する、ごく普通の住宅街だ。むしろ、この風景だけを切り取ったら新宿には見えないかもしれない。足立《あだち》区や練馬区といわれた方が違和感はない。

さて、須永真理子はどこにいるのだろう。電話では、部屋の窓が見える月極駐車場で待っているとのことだったが。

控えた住所と「ＬＧハイツ」という名前からして、この三階建てのマンションで間違いないはずだ。ここの窓が見える月極駐車場といったら、一方通行の道をはさんで向かい、十台分くらいの枠がある、そこしかない。

今現在、停まっている車両は六台。どこか車の陰にでも隠れているのだろうか。

「……須永さん？」

一台一台、車の間を覗いていく。

「須永さん、東です。須永さん」

シルバーグレーのライトバンが一台、セダンが三台、ステーションワゴンが一台と、軽トラックが一台。駐車場の一番奥までいき、車両の裏側まで丁寧に覗いてみたが、須永真理子の姿はどこにもなかった。

どうしたのだろう。何かのきっかけで、部屋の明かりが変質者によるものではないと気づき、一人で帰ったのだろうか。それならそれでかまわないが、わざわざ他人を呼びつけているのだ。勘違いなら勘違いと、電話の一本くらいよこしてもよさそうなものだ。

いや、その逆だったらマズい。駐車場で待っているときに変質者と出くわし、部屋に連れ込まれたのだとしたら。あるいは車で連れ去られでもしていたら。

とりあえずさっきの番号にかけ直してみよう。もし出なかったら——それは、そのときに考えればいい。

東は携帯を取り出し、通話履歴のトップにある番号を押した。

まもなくコール音が始まり、しかし、それと呼応するように、すぐ近くで呼び出し音も鳴り始めた。

プルルルル——。

その瞬間、東は安堵し、気を抜いた。やはり須永真理子は駐車場内にいたのだ。そう思い、出入り口を振り返った。

だが、そこに立っていたのは、

「なッ……」

拳銃を構えた人影だった。

立て続けに三発、乾いた破裂音がしたのと、東が横っ跳びでセダンの陰に転がり込んだのが同時だった。さらに二発。直接当たったのか跳弾《ちょうだん》かは分からないが、車のボディに当たる金属音も聞こえた。

東は、拳銃はむろんのこと、特殊警棒すら携帯していない、今は完全なる丸腰。この状況で、一体どうしたら銃を持った相手に対抗できる——。

しかし、助けは意外な形で入った。

「キャァァーッ」

突如、甲高い女性の悲鳴が夕暮れの街に響き渡り、すぐに「なにッ」「なんの音だ」「銃声か」「おい、一一〇番しろ」と、近隣住民と思《おぼ》しき男性の声が続いた。

心底ありがたかったが、悲鳴の女性、その他の住民を巻き込むような事態になったら本末転倒だ。東は車体の下、タイヤの間から出入り口の方を見、足の影がないことを確認したのち、助手席側の窓越しに出入り口の様子を窺った。

そこにはもう、誰もいなかった。

ただ、東のスラックスの右腿、膝の十センチくらい上のところが大きく裂け、血が滲んでいた。

3

上岡が「エポ」を訪れたのは夜の十一時過ぎだった。客は他に、ジャズシンガーの凛子《りんこ》が親友の美容師を連れてきていたが、上岡もセブン絡《がら》みの話があるわけではなさそうだった。

「もう、参っちゃったよ。泣きたいよ……原稿、お蔵入りにされちゃった」

泣き顔をしながら、陣内の正面に座る。

「なんでまた」

「なんでって……まあ、それがいえるくらいなら、お蔵入りにはならなかったわけでさ」

「はは。そりゃそうだ」

上岡はポケットからタバコの箱を出したが、あいにく中身は一本もなかった。

「……ジンさん。ここってタバコ、何があるんだっけ」

「マルボロが何種類かと、他にはセブンスター、ラッキーストライク……あと、忘れ物のバージニア・エス」

「じゃ、マルボロのゴールドちょうだい」

いわれた銘柄をカウンター下の引き出しから出し、上岡に手渡す。

「はい、どうぞ……飲み物は」

「芋を、ロックで」

「了解」

最近気に入っているツヴィーゼルのロックグラスに、鹿児島の芋焼酎を注いで出す。クリスタルに施された、樹氷のようなカットが美しい。こういうグラスは、一人で静かに飲んでいく客にしか出したくない。

今夜のお通しは、インゲンの胡麻《ごまあ》和え柚子胡椒《ゆずこしょう》風味。

「んっ……ジンさん、これ美味いなァ」

「だろう。試してみたら、案外上手くいったんだ」

「いいよなぁ、ジンさんは。料理も上手いし、男前だしさ……モテる要素満載だよな」

人殺しもできるしな、とも思ったが、むろん口には出さない。

「そんなことないって。寂しいもんだよ、俺なんか」

「またまた……あ」

何か思い出した顔をしながら、それでも上岡はグッと芋焼酎をひと口呷《あお》った。

「なに。なんかあったの」

「……うん、あったあった。さっきさ、北新宿で発砲事件があったの、知ってる？」

「いや、知らない。さっきっていつ」

「七時頃らしいんだけど。撃たれたの、警官だって噂なんだよな」

「そりゃまた物騒だな」

するとと、聞き耳を立てていたわけではないのだろうが、奥の席にいた凜子が割って入ってきた。

「それ、あたしも知ってる。たまたま近く通りかかって、なんか騒ぎになってたから、野次馬のオジサンに、どうしたんですかって訊いたの。そしたら、発砲があったっていってた。でもそれ、撃たれたの警官だったんだ」

こわ、と隣の美容師が眉をひそめる。

物知り顔をした上岡がそれに答える。

「警察官ったって、いろいろいるからね。制服警官だったのか、私服の刑事だったのか……私服だったら、もしかしたら撃った方は、相手が警官だなんて知らなかったのかもよ」

「あ、なるほどぉ。あたしなんとなく、制服の人をイメージしてた。そうだよね、私服だったら分かんないよね」

だが話はそこまでで、陣内もまさか、その撃たれたのが自分の知っている警官だなどとは思ってもみなかった。

それが分かったのは二日後、土曜日の夜。とうに深夜零《れい》時を回っていたので、正確にいえば日曜未明ということになる。

歌舞伎町周辺にビルをいくつも持つ不動産オーナーと、その愛人。この二人が帰ったら今日は終いにしようと思っていたのだが、そこにもう一人入ってきた。

「い……いらっしゃいませ」

「こんばんは」

東だった。戸口に顔を覗かせ、愛想笑いを浮かべてはいるが、陣内はその立ち姿に微かな違和感を覚えた。

「どうぞ……こちらに」

先客から少し離れた席を勧める。比較的出入り口に近い場所だが、心なしか、そこに座るまでの動作もぎこちなく見えた。どこか悪くしたのだろうか。だとしたら腰か。いや、脚かもしれない。

まだ新しそうな革のブリーフケースを隣の椅子に置き、東が店内を見回す。

「思った通りのお店だ。実に、陣内さんらしい」

「そう、ですか……ありがとうございます」

東が、チラリと不動産オーナーの方を盗み見る。ひょっとすると、顔くらいは知っているのかもしれない。

陣内は、布のコースターを東の前に置いた。

「お飲み物は、なんになさいますか」

「ワインは、ありますか」

「あまり種類はありませんが、赤ならダルデュイの……」

「それでいいです。それを、グラスで」

「かしこまりました」

不動産オーナーと東は、本当に顔見知りだったのかもしれない。それも、どちらかというと、あまり好ましくはない間柄の、だ。

オーナーは、愛人との話を無理やり中断するようにして財布を取り出した。

「……マスター、ここに置くよ」

一万円札が二枚。いくらなんでも多過ぎる。

「あ、はい、ありがとうございます。ただいまお会計を」

「いや、かまわんでいい」

一緒に立った愛人が、ロフトに上がる階段口に掛けてあったハーフコートを取りにいく。彼女はそれを彼に着せながら「どうしたの」と小声で訊いたが、オーナーは応えず、そのまま戸口に向かった。東の後ろを通るときも無言だったが、東の方はそれとなく会釈をした。

「ありがとうございました」

ゴトゴトと、二人分の足音が階下に下りていく。

陣内はワイングラスが並んでいる棚に向き直った。

「……今の方、東さんとお知り合いだったんですか」

東は、片頰だけを浮かせて答えた。

「いえ、知り合いというほどではありません。以前に一度だけ、出過ぎた忠告をしたことがあるだけです。……商売は、もう少し綺麗になさった方がいいですよ、って」

なるほど。そんな相手と飲み屋で顔を合わせてしまうとは、オーナーも今日は運が悪い。

リーデルのグラスを用意し、ダルデュイの赤を注ぐ。

「……お待たせいたしました」

「ありがとう」

「チーズか何か、お出ししましょうか」

「お願いします」

しかし、この男――。

わざわざ店まで、しかもこんな深い時間を狙ってくるのだから、何かしら魂胆《こんたん》があってのことなのだろう。またセブンに関することか。それとももっと別のことか。

用意したクラッカーにクリームチーズを載せていると、東の方から切り出してきた。

「……先日、恥ずかしながら、怪我をしてしまいましてね」

なんの話だ。また不用意に答えて、墓穴を掘ることになりはしないか。

「お怪我……ですか。どうされたんですか」

「脚をね。ちょっと」

やはり、悪くしていたのは脚か。

「それはいけませんね。お仕事で、ですか？」

東が微かに眉をひそめる。

「……厳密にいうと、勤務時間外でしたが、まあ、どう考えても仕事と無関係ではないでしょうね」

「どうされたんですか。捻挫《ねんざ》とかですか」

「いいえ。もうちょっと重傷です」

「じゃあ……靭帯《じんたい》、とか？」

「いえ、撃たれたんです。拳銃で」

は？　と思わず訊き返し、だがすぐに思い出した。

「あ……何日か前に、北新宿かどこかで、確か発砲事件が」

「ご存じでしたか。……そう。その被害者が、私です」

物凄い偶然のようにも思えるが、そういった事件が起こって、陣内の耳に入ってくること自体は決して珍しいことではない。

「いや、たまたまお客さんが、発砲事件があったらしいって、教えてくれたもので。撃たれたのが警察の方らしい、というところまでは、そのとき聞いたんですが、まさか……それが東さんだったなんて」

「そうですか。マスコミにも詳しいことは伏せてあるんですが、さすがですね。もうご存じとは」

「いえ、本当に、たまたまです」

危なかったが、この話題ならセーフだ。陣内は正真正銘、この件には何一つ関わっていない。

「脚を、撃たれたんですか」

「大したことはありません。ちょっとしたかすり傷です」

「なんでまた」

「撃たれた理由、ですか？　それは、私にも分かりません」

　ふと、東の手にあるワイングラスが気になった。

「……東さん。アルコール、大丈夫なんですか」

「これくらいなら問題ありません。飲み過ぎなければ、むしろ消毒になっていいでしょう」

　この男は顔に似合わず、たまに変な冗談を口にする癖があるようだ。しかし、これがまったく、陣内には面白く思えない。むしろ面白くなさ過ぎて、冷え込んだ場の空気をどうやり過ごすか、そのことの方に神経を遣う。今は、とりあえず聞こえなかった体で作業を続ける。

　ブルーチーズまで載せ終わったので一応は出すが、怪我人に酒のツマミを勧めること自体、陣内は抵抗を覚えた。

「あの、よろしかったら、ハーブティーか何かに替えましょうか」

「大丈夫です。ワインの一杯くらい……それより、よかったら陣内さんも一緒にどうですか。店は、何時まで開けとくんですか」

「まあ、こんな夜ですから。客足が途切れたら、それが閉店時間です」

「だったら、私が最後の客だ。いいじゃないですか。ちょっと一杯、付き合ってください」

この男は、会うたびに何かしら意外なことを仕掛けてくるが、今日はこれか。まさか、飲みに誘われるとは思ってもみなかった。

「じゃあ、一杯だけ……」

東の軽口が言霊《ことだま》となったか、実際、その後に入ってくる客はいなかった。だからといって、この男と朝まで飲み明かす気には到底なれない。そもそも共通の話題もない。皿のチーズがちょうど片づくように、ワインを二杯ずつ飲んで終いにした。

「東さん、お帰りはタクシーですか」

「ええ。明日は休みなので、さすがに家に帰ります」

「じゃあ、タクシーの拾えるところまでお送りします。ちょっと待っててください」

陣内はグラスと皿を下げ、すぐにカウンターから出た。

階段口に掛けてあった上着を取り、そのポケットに携帯と財布を捻《ね》じ込む。いつもなら料理を運んだタッパーなどを洗って持ち帰るのだが、それは明日でいい。

東が怪訝そうに陣内を見る。

「……心配、してくださるんですか」

「そりゃ、お怪我をされているのに、わざわざいらしてくださったお客様ですから。ありがとうございました、またのお越しを……というわけにには、いきません……すみません、先に出ていていただけますか」

明かりを消してから陣内も戸口を出、施錠をし、二人で階段を下り始めた。やはり、東の足運びは普通ではない。極力右膝を曲げないようにしながら、一段一段慎重に下りていく。カバンを持ってやろうかと思ったが、警察官が他人に持ち物を預けるだろうかと考え、それは口にしなかった。

下りきって路地に出たら、陣内がシャッターを閉める。そういえば、初めて東と会ったのはここだった。あのときは今と逆で、店に入ろうとしたときだった——。

そんなことを思った瞬間だった。

バタバタッと足音がし、振り返ると、黒い人影が二つ、いや三つ、こっちに向かってくるのが見えた。普通、人はゴールデン街の路地をあんなふうには走らない。走るとしたら、たいていは追われて逃げ込んできた人間か、それを追っている人間のどちらかだ。

そうでなければ、誰かを襲おうとしているかだ。

「危ないッ」

思わず陣内は怒鳴ったが、東もすでに臨戦態勢に入っていた。低めに腰を落とし、カバンを裏返して構えている。さすがは警察官、肚は申し分なく据《す》わっている。しかし相手は三人。見れば全員、目出し帽で顔を隠している。

「ウレアッ」

先頭の一人が何か突き出してきた。ナイフだ。

「シュッ」

東はそれをカバンで受けながら、同時に右肘を相手の側頭部に叩き込んだ。だがもう、次の相手が間近に迫っている。しかも東は怪我人だ。

クソッ――。

陣内自身、その行動をあとから上手く説明する自信はなかった。

だが仕方なかった。

陣内は二人目の構えたナイフに向けて、思いきり体重を乗せた前蹴りを放った。最悪でもナイフは靴底が弾いてくれる。上手くすれば、

「ンゴェッ……」

みぞおちを真正面から蹴り抜くことになる。狙い通りだった。

その流れのまま踏み替え、反対の回し蹴りを三人目の脛《すね》に。

「アガッ」

だがこれはクリーンヒットしなかった。出足を止めることはできたが、倒すには至らなかった。

見ると、東はすでに特殊警棒を構えていた。

肘打ちを喰らった一人目は、体勢を立て直して様子を窺っていた。陣内の前蹴りを喰らった二人目は、少し離れたところに尻餅をついている。三人目は片足を浮かせながら後退《あとずさ》りしている。

するとと、

「……逃げろッ」

一人目が踵《きびす》を返して路地を逆に走り始めた。尻餅をついていた二人目も、最後までナイフを構えていた三人目もすぐに続いた。

追えば、陣内の足でも追いつけたとは思う。だが向こうは三人とも刃物を持っている。一人捕らえている間に囲まれたら、陣内とて無事では済まない。ここは追い払えただけよしとすべきか。

振り返ると、東は向かいの店の看板に肘をつき、三人が逃げた方を睨んでいた。

「東さん」

すぐに駆け寄り、手を貸した。東は「大丈夫」と低くいい、警棒を縮めて懐に収めた。

「……助かりました。この借りは、いずれ」

「何をいってるんですか」

見れば右膝が黒く濡れている。

「東さん、傷が」

「ちょっと……踏ん張ったのが、よくなかったみたいです」

とりあえず肩を貸し、陣内はタクシーの拾えるところまで東を連れていった。


早朝、市村から連絡があった。急遽《きゅうきょ》話し合いがしたい、ついては今夜「エポ」に集合ということだったが、未明にあんなことがあったばかりなのに、夜にまた「エポ」というのは気が進まなかった。

陣内は「エポ」ではなく、別の場所にしたいと伝えた。すると市村は、歌舞伎町二丁目にある改装中のラブホテルでいいかと提案してきた。それでいいと答え、陣内は電話を切った。

夜中の一時。指定されたホテル前に着いた。明かりの消えたイルミネーションが、死体を飾ったアクセサリーのようで虚しい。アプローチを塞いだカラーコーンとバーを跨《また》いで進むと、自動ドアの前で杏奈が待っていた。

「……ジンさん、ビリ」

「悪い。通りを一本間違えた」

自動ドアの電源はオンになっていたが、閉まるとすぐ、杏奈がドアにロックを掛けた。

エントランスホールに明かりは一つもない。頼りはドアガラスから射し込む外光と、通路の先に見える非常口誘導灯の緑のみ。だが、そもそも暗闇での仕事には慣れている。不自由はない。

エレベーターで六階まで上がり、一番近い六〇一号室に入った。

「すまん。遅くなった」

奥に長い、わりと広めの部屋だ。ベッドも大きい。市村と上岡はソファ、ミサキと小川は床に胡坐《あぐら》を掻いて座り、ジロウは洗面台に腰掛けていた。

杏奈がベッドに座ったので、陣内もなんとなくそれに倣った。

市村が背もたれから体を浮かせ、両肘を膝に載せる。

「じゃ、始めるぞ……今日集まってもらったのは、いつもとはちょいと、違う筋の話なんだが」

他の五人は市村の方を向いたが、杏奈だけはそうしない。あらかじめ内容を聞いているのかもしれない。

「実はな……みんな、何かしらで知ってるとは思うが、新宿署に、東弘樹という刑事がいる」

えっ、と小川が反応したが、市村は即座にそれを制した。

「慌てるな。何も、東を俺たちの的に掛けようって話じゃない」

「あ、ああ……そうですか。よかったです」

やはり内容を知っているのか、杏奈も小さく頷いてみせた。

市村が続ける。

「むしろ、話の向きとしては逆だ。まだ、はっきりと裏が取れた話じゃないんだが……どうも誰かが、あのデカの首に賞金を懸けたらしい。三日前、北新宿で発砲事件があったが、あれもおそらく同じ筋だ。今、東は完全に狙われている。しかも複数の人間にだ。ヤクザ、外国人マフィア、半グレ、チンピラ、プロの殺し屋……あちこちからその手の話が耳に入ってくる」

なるほど。そういうことか――。

陣内が顔を向けると、すぐに市村が気づいた。

「なんだ、ジンさん」

「俺、その場に居合わせた」

は？　と市村が訊き返す。他の五人の目も陣内に向く。

「そりゃ、どういうこった」

「きたんだ。東が、うちの店に。その時点ですでに右脚を怪我していた。銃で撃たれたといってた。まさに北新宿の一件だそうだ。それで、昨日は奴が最後の客だったんで、店を閉めて一緒に出たんだ。そうしたら、そこでも襲われた……うちの店の真ん前でだ。刃物を持った、目出し帽の三人組だった。そのときは俺も手を貸して、上手く追っ払ったが……それもあったんで、今日うちの店というのは、どうも気が進まなかった」

「おい、ちょっと待て」

市村が体ごとこっちに向き直る。

「お前、あの東とどういう関係なんだ」

陣内は首を傾げてみせた。

「正直、俺にもよく分からない。区長の一件から……いや、町会長が殺された辺りから、どうも奴には、目を付けられてるようだ」

ようだじゃねえだろ、と市村が声を荒らげる。

「オメェ、フザケんなよ。サツにマークされてて、それを今まで俺たちに黙ってたのか」

どうしてこいつは、こうも単細胞なのだろう。

「マークかどうかは分からないよ。奴がセブンについてどの程度知ってるかも、今のところは不明だ。ただ、東が俺に目を付けていると、分かってるのはそれだけだ。ついこの前も、ドンキで声をかけられた。……感触としては、俺個人を臭いと思っている節はあるが、セブンについては興味があるという程度だと思う。むろん、メンバー構成も知らないはずだ」

市村が短く舌打ちする。

隣にいる杏奈が、陣内の方に膝を向けた。

「それで……ジンさんは東刑事に対して、率直にいうと、どういう印象を持ってるの？」

難しい質問だ。

「印象って……だから、目を付けられてるな、と」

「そうじゃなくて、どういう人だと思う？」

「いや、そんなに深く知ってるわけじゃない。会ったのも、三回とか、四回くらいだ」

「単純に、いい人だと思う？　悪い人だと思う？」

「そう、訊かれると……悪い奴だとは思わないが、俺たちからしてみたら、危険な存在だとは思う。頭も切れそうだしな」

そこなんだよ、と市村が割り込んできた。

「あれは、警察官にしちゃあ、ちょいと変わったところがあってな。そうはいっても、この前始末した天貝とか、ああいう小銭稼ぎの小悪党とはまったくの別物で……決して悪党じゃないんだが、じゃあなんでもかんでも引っ張るのか、テメェの成績上げるのに血眼《ちまなこ》になってるのかってぇと、それとも違うんだな」

うん、と杏奈が頷く。

「あたしも、あの刑事は悪い人じゃないと思う」

どういうこと、と陣内が訊くと、また頷く。

「前にね、オーバーステイの女の子を何人も使ってた店に、ガサが入ったことがあったの。

天貝だったら、事前にそういう情報をケツ持ちの組に流して、小銭をせびったんだろうけど、でもあの人は……裏口で張ってたのに、そこから逃げようとした女の子三人を、見逃してくれたっていうの」

ふいに小川が杏奈を見る。

「そんなこと……なんで、杏奈さんが知ってるんですか」

「その逃げた娘《こ》から、あとになって聞いたの。あの刑事は裏口で、腕を組んだまま見てたって。待てとも、逃げるなともいわないで、ただじっと見てるだけだったって」

それに頷いたのは、上岡だった。

「そうなんですよ……新宿署内で一番デキる刑事、といわれてるのは本当です。実際、強行犯事件を何件も挙げたり、手柄はいろいろ立ててるんですが、でも、なんでもかんでも、というのとは違うようなんです。私が聞いた話では、連続強盗犯が管内に潜伏してるという情報があって、それを公安が利用しようとしたとき……具体的にいうと、公安が強盗犯の捜索を口実に、管内でローラー作戦を計画したらしいんですが、それを潰したのが東刑事だった、という噂があるんです。公安は強盗犯なんて興味ないですからね。本当の狙いは、左翼のアジト探しだったらしくて……でもそういう口実とか、裏取引みたいなものを、あの刑事は一切受け付けないらしいんです。なので、署内ではちょっと、煙たがられてもいるようです」

市村がポケットからタバコを出し、一本銜える。

「……なるほどな。やっぱりそうか」

気になる言い方だった。

「市村。やっぱりって、どういう意味だ」

「ん……まあ、俺も、似たような話を知ってるんだよ。知ってるっていうか……身近に、あったわけさ」

悪趣味な、金ピカのガスライターで火を点け、ひと口大きく吐き出す。

「……もう、三年も前になるかな。ミノルっていう、うちの若い衆が一人、百人町のガード下で、血だらけになって見つかった。幸い命に別状はなかったが、脊髄《せきずい》をひどくやられててな。そいつは今も、半身不随だ……確かにそいつは、シャブをやってた。シノギも碌にできねえ三下よ。マルボウにしてみりゃ、殺されたところで捜査する価値もねえチンピラだろう。他のデカには、歩道橋の階段から落ちたんだろうって笑われた。誰も、そいつがなぜ瀕死《ひんし》の重傷を負ったのかなんて、調べようともしなかった。だが、奴は違った……あの東ってデカだけは、調べてくれたんだ。ミノルに何があったのか、誰がミノルをあんなふうにしたのか、ちゃんと捜査してくれた」

市村の指先にあるタバコが、線香のように細く煙を上げている。

「どうやって調べたのかは知らねえが、半年くらいして、家族のところに報告にきたっていうんだ。……犯人は、有名私大の学生だった。キックボクシングをやってて、腕に覚えのある奴だったらしい。大久保駅の近くで絡まれて……っていったって、ミノルに自分から絡むような度胸はねえから、その学生がテメェの都合でいってるだけだろうけどよ。なんだかんだでガード下まで流れてきて、そこでミノルをボコボコにしたって話だ。そのとき、東はこういったらしい。暴力団員だろうが、覚醒剤を使用していようが、人は人。謂れのない暴力を振るっていいことにはならない。その学生には、必ず然《しか》るべき罰を受けさせる、ってな……」

自分でいって、自分で納得したように市村が頷く。

「……恩に着てる、ってほどでもねえんだけどよ。でも俺なりに、感謝はしてんだ。誰も見向きもしなかったミノルを、東だけは、一人前の人間として扱ってくれた。そういう、筋っていうかな。そんなもんを、あの東ってデカには感じてた。俺みてえな人間がいったら笑われるかもしれねえが、ああいうデカならいてもいいんじゃねえかって、そう思ってた……」

短くなっていたタバコを、ガラスの灰皿に押し潰す。

「ま、それっぱかりでもねえんだけどよ。とにかく俺には、東を消そうとする人間の魂胆が読めねえ。警察官として、なんだとしたら、そりゃあまりにも頭の悪い話だろ。東を殺したところで、その仕事は次に赴任してくる誰かに引き継がれるだけだ。さして意味はねえ。だったらなんだ。個人的な恨みか。それも、長年デカをやってりゃあるのかもしれねえが、それならそういう話も、俺の耳に入ってきていいはずだ。だが少なくとも、組関係で東個人を恨んでるって話は聞いたことがねえ。むしろ、組対《そたい》のデカはご免だが、東となら話をしてもいいって人間がいるくらいだ」

東の顔が、そこまで裏社会の人間に売れているとは知らなかった。

市村が続ける。

「なんにせよ、いま歌舞伎町周辺に出回ってる東抹殺指令の執拗《しつよう》さは、はっきりいって異常だ。金も、相当な額が動いてると見ていい。そもそも東に非のある話なら致し方ねえ。でももし、そうじゃねえんだとしたら……何者かが、あるいはどこかの組織が、金に物をいわせて東を始末しようとしているんだとしたら。そんな、得体の知れねえ連中がだ、金で、この歌舞伎町を、腐れ仕事の道具にしようとしているんだとしたら、それは、見過ごすわけにはいかねえ……そこでだ」

市村は、尻の辺りから何やら取り出した。小さな紙包みだ。

「今回は、俺からの依頼だ。とりあえず三百万用意した。セブンで、この話の裏を取ってほしい。その筋次第で、始末をつける必要があるとなったら、もう三百万出す。そうはいっても、これは俺の自腹じゃねえ。俺と話の通じてる連中から集めた金だ。……どうか、受けてほしい」

珍しく、市村が全員に頭を下げてみせる。

陣内自身は、この話なら受けてもいいと思った。セブンにとって東が危険な存在であることに変わりはないが、それでも「いっそ死んでくれた方が都合がいい」とまでは思わない。その気持ちは、市村のいう「話の通じてる連中」のそれと近いように思う。見れば杏奈も上岡も、ジロウはよく分からないが、小川も納得顔をしている。

ただし、明らかに不満そうな顔をしているのが一人いる。

ミサキだ。

「……そりゃ、あんたらのいうところの、『目』の仕事だろう。あたしにゃ関係ないね」

それだけいって立ち上がり、出ていこうとする。

それを「おい」と市村が呼び止める。

「待てよ。セブンは全員の意見一致が原則だ。反対するのはかまわねえが、だったらそれなりの理由を聞かせろよ」

「反対はしてない。ただ、あたしの仕事じゃないだろって、そういってるだけ。あんたらはあんたらで、好きにやればいい」

ミサキに対して「らしい」とか「らしくない」とか、そんなことを思うほど、陣内は彼女のことを知らない。

ただ、一人出ていくミサキにジロウが続かなかった。そのことには、微かな違和感を覚えた。

4

あのホテルの一室で、ミサキはミヤジに訊いた。

「なんで、東を……」

ミヤジはそれに、薄笑いを浮かべながら答えた。

「おやおや。名越和馬のときは、理由なんて少しもお尋ねにならなかったのに」

「なんにも知らないから、訊きようもなかっただけだよ。実際あとから自分で調べて、それなりに事情は把握したさ。名越は裏でいろいろやってた。あんたらにはそれが目障りだった。そういうことなんだろう？　でも、東は違うじゃないか。ただのサツカンじゃないか。しかも警部補だ。奴一人消したところで、警視庁はビクともしやしないよ」

「ほう。古巣に肩入れなさるのですか」

「するか、そんなもん」

「でしたら、お引き受けいただいてもかまわないのでは？」

「あんたこそ人の話は最後まで聞けよ。警部補一人消したところで、大して意味なんてないっていってんだよ」

「あなたにとってはそうでも、我々にとっては大きな意味をなすことも、あるのです」

おそらく、そうなのだろうが――。

あまりはっきり覚えているわけではないのだが、ミサキはたぶん、東に一度命を助けられている。あの「歌舞伎町封鎖事件」の終幕、爆発炎上するビルの中から、ミサキを担いで外に運び出したのは彼だったはずだ。東にしてみれば、ミサキは直属の部下を射殺した憎き相手。警視庁警備部に身を置きながら「新世界秩序」に加担した裏切り者。それでも東は、ミサキを助けた。自らの身の危険も顧みず、爆音轟《とどろ》くビル内から門倉美咲とミサキを救い出した。

あの東を殺さなければならない理由なんて、本当にあるのか。

ミサキの躊躇を見透かしたように、ミヤジは付け加えた。

「相手が誰であれ、あなたがすべきことは同じです。それに必要なものがあれば、なんなりとご用命ください。私がご用意いたします。拳銃、ライフル、サブマシンガン。武器もお好みのものをお届けいたします」

武器なら売るほど住処にあるが、むろんいいはしない。

「それと、サポートのスタッフが必要というのであれば、そういった人材もご用意できますが、あなたのお知り合いに頼んでいただいても、私は一向にかまいません。そのためにお金が必要なのであれば、それも私の方でご用意いたします」

この野郎。

「……どういう意味だよ」

「近頃あなたが仲良くされている、歌舞伎町のお友達のことですよ。あの連中を使ってみてはいかがですかと、ご提案申し上げているのです」

「奴らを、引き入れろっていうのか」

ミヤジが小首を傾げる。

「その方が仕事がしやすい、というのであれば、そうされた方がよろしいのではないですか？」

冗談じゃない。

「あの連中は関係ない」

「そうでしょうか。失礼ながら、あなたは下調べの方は、あまりお得意ではないようにお見受けいたしました。それもあって、名越の件ではあの男に先を越されてしまったと、そう結論付けることもできるわけです。しかし今のお仲間を使えば、下調べも見張りも、作戦の実行そのものも、お一人でやるよりスムーズにいくのではないですか？　何より、あの男の協力も得られる。名越を吊るした、あの男……鬼に金棒ではないですか」

ここまで知っていて、セブンのルールだけ知らないということはあるまい。この男はおそらく、それを分かった上でこの提案をしている。

歌舞伎町を守るためなら手を汚すことも厭わない。そういう性格のセブンを、単なる殺し屋集団として利用しようとしている——。

「……ちょっと、考えさせてくれ」

「そのような時間的余裕はございません。今すぐにでも取り掛かっていただきます」

「それにしたって、東の行動確認くらい」

「ですから、お仲間を使ってはと申し上げているのです」

こいつこそ今すぐ撃ち殺したい相手ではあるが、それが無駄な殺生《せっしょう》であることもよく分かっていた。死んだミヤジの代わりがこうしているくらいだ。こいつの代わりも、まだまだ他にいるのだろう。

結局、選択の余地はないということか。

「……分かったよ。そのうちやるよ」

ミサキはソファから立ち上がった。

「武器やお金は、必要ございませんか」

「いらない。武器なら売るほどある」

最後は、つい口がすべった。

セブンをミヤジの仕事に引き込むつもりなんて、これっぽっちもなかった。だがまさか、セブンが東の擁護《ようご》に回るとは、まさしく想定外だった。

どうする。どうしたらいい。早くしなければセブンが東の周囲を固めることになる。そうなってからでは遅い。下手をしたら東をはさんで、セブンと自分が直に殺《や》り合うことにだってなりかねない。

急がなければ。でも何から、どこから始めたらいい――。

一人住処に戻って、とりあえず預かっている拳銃の点検を始めた。使用したまま放置されていたものはまず候補からはずした。いくら丁寧にメンテナンスしたところで、目に見えない部分に錆《さび》や腐食、金属疲労がある可能性は捨てきれないからだ。この中ではグロック18と、ベレッタM98Fの二丁がまったくの新品だったが、あいにくミサキはこれらを使ったことがない。そういった不安は少なからずある。やはり、セブンの仕事で何度か使ったベレッタM92Fにしておくか。一丁だけあるP9Sが新品だったら、これが一番手に馴染んでいいのだが――。

そんなことを迷っていたら、ジロウが帰ってきてしまった。

「おい、どういうことだ」

さすがに今夜は「ただいま」もなしか。

ミサキは木箱に座ったまま、顔も向けなかった。

「どうって……別に」

「何も東を殺そうって話じゃない。守ろうっていってるんだ。あんなふうに流さなくたっていいだろう」

「だから、流してないって。勝手にしろって、そういっただけだろ」

確かに、明確に反対の姿勢を示して話を流すという手もあるにはあった。だがどのみち理由は説明できない。とっさには上手い嘘も思いつきそうになかった。

ジロウが真後ろで溜め息をつく。

「あれじゃ、流したも同然だろう」

「あっそ。じゃあそれもご勝手に」

説明なしで流れてくれるなら、それに越したことはない。

ジロウが正面に回ってくる。

「……お前、何やってんだよ」

「何って、内職だよ。メンテの続き」

ベレッタを油紙で包み直す。

「それは一度終わったやつだろう」

「ちゃんとできてるか点検してるだけ」

「そんなことお前、今まで一度もしたことなかったじゃないか」

面倒臭い奴だ。体格に似合わず、ジロウは案外物事に細かい。

しかも、手にしていたグロックを取り上げられた。

「ミサキ……お前ひょっとして、東と面識があるのか」

答えずにいると、ジロウも向かいの木箱に座り、顔を覗き込んできた。

「答えろよ。俺だって元捜査一課だ。東弘樹の名前くらいは知ってる。特殊班にいたお前ならなおさらだ。一度くらい、一緒の現場になったこともあったんじゃないのか」

ミサキは、元警察官とつるんだことを後悔した。こういう状況になると、下手に事情通で面倒臭い。

「……知ってたら、なんだってんだよ」

「知り合いなら流す必要はないはずだ」

「だから、流してないって」

「じゃあやれよ。お前だって今まで、市村には散々世話になってきただろう。なんで今回だけ駄目なんだ」

本当に面倒臭い。

「世話になんかなってない。ギヴ・アンド・テイク……あたしらの関係は水平のはずだよ」

「強がるな。お前は口ほど冷淡な人間じゃない。殺しをよしとも思ってないし、市村みたいな人間も本心では好きじゃない。でも世話になったから手を貸してきたし、セブンにも参加してきた。的になるのは街の害虫だから、殺しもやむを得ない。そう自分に言い訳してきた」

カチンときた。

「それはお前だろ。あたしまで一緒にすんな」

「同じだ。俺には分かる。お前は……」

瞬間的に、血管がこめかみでショートした。

「うるせえッ」

だが、繰り出した拳は掌で受け止められた。蹴りも出そうとしたが、動き出す前に膝頭を押さえられた。そもそも木箱に座った状態なので、双方とも大した動きはできない。

「誤魔化《ごまか》すな……何があったか話してみろ。東と何があった。なぜ今回の話に限って乗れない」

いえるか、そんなこと。

「ミサキ。俺とお前は似てる。元警察官で、名越を同時期に殺そうとし、今はセブンに手を貸している。だが似てるようでいて、大きく違う部分もある。それは……俺は感情で相手を殺すが、お前は殺しに感情を込めない。そこが違う。セブンの仕事でもそうだ。俺は赦せない相手ならと肚を括る。でもお前は、自分とは関係ない相手だから、だからこそ殺せる……違うか」

下らない。

「全然、いってる意味が分かんないよ」

「誰かにいわれて殺すのはかまわないのに、自分の判断で殺すのはできないんだろう。自分で決断するのが怖いのか。言い訳がほしいのか。なあ、それって、誰に対する言い訳なんだよ。殺しは殺しだ。俺たちの罪は何をしたって赦されない。軽くも薄くもならない。だったら自分で判断しろよ。自分の罪は自分で背負えよ」

「テメェ、黙って聞いてりゃ……」

だが、殴れなかった。

ジロウが、一切反応しなかったからだ。

「……ミサキ。お前の過去についてとやかくいう資格は、俺にはない。でも、一つだけ気になってることがある。……お前、子供を産んだことがあるだろう」

クソ、なぜ今それを持ち出す。

「腹の傷、帝王切開だよな。名越の一件が四年前だから、少なくとも、もう四歳にはなってるはずだ。……その子、今どうしてる」

やめろ、それ以上訊くな。

「施設か。男の子か、女の子か」

よせ、やめてくれ。

「男の子だとしたら、ひょっとして……名前、タカユキっていうんじゃないのか」

胸の、奥深くにある白いものを、ギュッと、鷲摑みにされていた。

タカユキ、たかゆき、崇之。

「お前、なんで……」

「寝言でいってたよ。崇之、ごめんね、って」

駄目だ。ずるずると余計なものまで、腹の底から引きずり出される。赦してくれ。それを取り上げられたら、自分は、自分ではなくなってしまう――。

「お前……フザケるな、なんで今……それ、関係ないだろう」

「すまない。今までは訊く機会がなかった。でも気にはなってた。お前が何ヶ月かにいっぺんでも子供と会ってるなら、それでいいと思ってた。でも、どうもそういうわけではなさそうだった。会いたくなくて会わないのなら、それはお前の自由だ。それもとやかくいうつもりはなかった。でもお前は……泣いてた。本当は会いたいんだろう。崇之くんに会いたい。でも、会えない。そういうことじゃないのか」

自分の意思とは関係なく、震えがくる。乳房の内側に、あるはずのない圧が高まり、張り詰め、今にも弾けそうになる。

崇之――。

拘置所では不可能と諦めていたことも、娑婆に出れば決して不可能ではなくなる。だが実際には、やはり不可能なのだ。

自分は、自分は——。

「……無理だよ。子供には、会えない」

「なんで」

「どこにいるか、知らない」

「調べればいいじゃないか」

「調べる方法がない」

「なんとかするさ。話せば、上岡や小川だって協力してくれる」

ミサキはかぶりを振った。

「……できない。無理だよ」

「調べてみなけりゃ分からないじゃないか」

「そうじゃない……あたしが、会いに、いかれない……」

「なんでだよ。人殺しだからか。セブンのメンバーだからか。そんなはずあるかよ。陣内と杏奈は会ってるじゃないか。奴らは親子だ。人殺しだって親は親、子は子だ。子供に会う資格くらい、お前にだってある」

「違う……違うんだ……あたしは……」

安っぽい同情はされたくなかった。自分は人殺し。殺人サイボーグ。壊れるなら早く壊れてしまえばいい。自分さえいなくなってしまえば、崇之の身に危険が及ぶことはなくなる。でも、だからといって自分から死を選ぶことはできなかった。こんな自分にも、生きろと、いってくれた人たちがいた。まさに命を懸けて、生きる意味を教えようとしてくれた人たちがいた。

もう、どうしていいのか分からない。死んでも駄目、生きたところで所詮は人殺し。せめて意味のある殺しならと、自分に言い訳をしてきた部分は確かにある。だがそれすらも、もはや許されない。自分は、あの束を――。

ジロウの右手が、ミサキの左肩を摑み、引き寄せる。

吸い込まれていく――。

「……俺は、大切な人を失った。何人もの仲間を失った。その復讐のために、俺はそれまでの人生を捨て、名前を捨てた。俺にはもう、守るべきものは何もない。でもミサキ、お前はまだ間に合う。お前には守るべきものがある。……話してみろ。俺が、力になる」

ジロウの体温を感じた。ジロウの心拍を感じた。遠い昔、こんなふうに自分を抱きしめてくれた人がいた。自分は何度も裏切り、傷つけたのに、それでも彼女は赦してくれた。門倉。お前は、今のこのあたしでも、あのときと同じように、赦してくれるか――。

ミサキは自ら体を離し、ジロウの目を見た。

「……お前、『歌舞伎町封鎖事件』に関与したとして、死刑判決を受けた、元ＳＡＴ隊員の名前、覚えてるか」

　ジロウは、微かに眉をひそめて頷いた。

「ああ、伊崎基子だろう。忘れるはずがない。でも、それがどうかしたか」

　何もいわずにいると、見る見るうちに、ジロウの顔が強張《こわば》っていく。

「おい、伊崎基子が、なんなんだよ」

　本当に分からないのか。なら、教えてやる。

「……あたしだよ。あたしがその、伊崎基子なんだよ」

　二人の、長い長い夜が始まった。


　その名前こそが、ミサキにとって最大の秘密だった。

　それを認めてしまったら、もう他を隠しておく理由もない。

　どうやって拘置所を出たのか。なぜ名越和馬を殺そうとしたのか。子供の父親は誰なのか。そして今、子供はどういう状態にあるのか。すべてをジロウに話して聞かせた。

「……あたしはミヤジだと思ったけど、むろんそいつはミヤジなんかじゃない。名前も知らないし、正体も分からない。奴の後ろ盾《だて》になってるのが、あたしの知ってる『新世界秩序』なのかどうかも分からない。でも、少なくともあたしを拘置所から出して、のちのち別人を仕立てて、死刑を執行したように見せかけるくらい、わけなくできる組織だってのは間違いないと思う」

ジロウは何度も「信じられない」と漏らし、かぶりを振った。

「……確かに『新世界秩序』という名前はニュースでも見たし、他にも現役の警察官が事件に関与したことは知ってたが、そんな、法務省にまで影響力を持ってたなんて……知らなかった」

「法務省だけじゃない。おそらくまだ警察にもいると思うし、ひょっとしたら外務省にも財務省にも、マスコミにだって大企業にだって入り込んでる可能性はある」

「奴らの目的はなんだ」

「分からない。規模も、トップがどの辺なのかも分からない。ただ、あたしがえらく気に入られてることだけは、確かだろうね。何せ、わざわざ拘置所から出してまで、名越殺しを命じてきたくらいだから」

一層、ジロウの顔つきが険しくなる。

「その殺しを引き受けさせるのに、崇之くんを引き合いに出してきた、というわけか」

「どうでもいいけどさ、その、いちいち名前で呼ぶの、やめてくれないか。馴れ馴れしくて気持ち悪い」

「ああ……すまない」

むろん、話はここで終わりではない。

　ミサキは続けた。

「結局……あたしは名越を仕損じた。お前に先を越されたからね。でも、それ以後向こうからの接触はなくて、あたしも、このまま時間が過ぎてくれたらいい、このままあたしのことは放っておいてくれたらいいと思ってた。でも、そんな甘っちょろい相手じゃないだろうことも分かってた。そしたら、案の定だ。また、殺しのご依頼が舞い込んできた……それが、東だった。東弘樹」

　ジロウが溜め息混じりに「そういうことか」と呟く。

「しかし……子供を人質に殺しの依頼とは、下衆にもほどがあるな」

「まあ、それをいったら目糞鼻糞なんだろうけど。でも結局、あたしは連中の言いなりになるほかないんだよ。要するにあたしは、連中お抱えの暗殺請負人ってわけ」

「ところが、セブンは逆に動いた。東の擁護に回った」

「だからさ、今回だけ、見逃してくんないか」

　ジロウが眉を段違いにする。

「俺たちの前で、東を殺《や》るっていうのか」

「別にいいだろう。聞けば大した人情話でもないじゃないか。ブケホの一人くらい消えたって、大して誰も困りゃしないさ」

「心にもないことをいって、強がるのはよせ」

「強がってなんてない。こっちは人質をとられてんだ。サツカンくらい、何人だってバラしてやるさ」

「無理すんな。お前にそんなことはできない。たとえ本気で殺るといっても、俺がさせない。お前に東殺しなんて、絶対にさせない」

「じゃあどうすんだよ。あたしの子供はどうなるんだよ」

自分でも馬鹿をいっていることは分かっていた。包み隠さず話したことによって、ジロウに頼ろう、甘えようとしている自分がいることも自覚していた。でも、分かっていてそれが、止められない。

それほど、ミサキには今、ジロウが大きく見えていた。

「……どうにかするよ。お前の子供も守る。東も守る。そうすることによって、俺は……お前を、守りたい」

何か軽口を叩いて茶化したかったが、できなかった。

喉に何かが詰まって、言葉が、出てこなかった。

5

東は北新宿の発砲事件に関して、瀬川係長に事情を訊かれた。

　事件当夜の扱いは強行犯二係の矢嶋《やじま》というデカ長だったが、警部補が狙われたということで新宿署も事態を重く見、翌日には署長をトップとする捜査本部を設置。その中で東の周辺捜査を担当することになったのが、二係の担当係長である瀬川だった。

「もう他に、狙われるような心当たりはないの」

　デカ部屋の自分のデスクでだが、これもれっきとした事情聴取だ。

「他に、ですよね……」

　過去に扱ったホシですでに出所してきている奴、トラブルの仲裁結果に不満を持っていそうな奴、取調べでかなり厳しく絞《しぼ》り上げた奴。挙げ始めたらキリがないが、しかしそういった手合が拳銃を用意してまで東を付け狙うかというと、正直疑問ではある。

「今のところは、それくらいですかね。また思い出したらご報告します」

「その後、不審人物にあとを尾けられるとか、そういうことは」

　陣内の店の前で襲われたことは、話がややこしくなるといけないので報告しなかった。陣内にも、あのことは他言しないよう頼んである。

「いえ、特にありません」

「撃ったのが男か女かも、よく分からないんだよね」

「普通に考えれば男なのでしょうが、女ではないと断定できるほどの根拠はない、ということです」

「そうか。とにかく、気をつけてくれよ。……ま、そうはいっても、東さん個人が狙われたのか、警察官だったら誰でもよかったのか、それとも新宿署員ということで狙われたのか、現状では分からないわけだから、気をつけなきゃいけないのは我々も同じなんだが」

何を寝惚《ねぼ》けたことを。

「ホシは私の携帯番号を知っていましたし、過去に扱った引ったくり事案の、実在する女の名前を騙《かた》ってもいます。かなり計画的に、私を狙ったとしか思えません」

「本筋は、確かにそうだけどさ。現状、可能性としては他の線も捨てきれんでしょう……それとその、名前を使われた須永真理子ね。確かに引っ越してたけど、現住所は足立区だったよ。犯行時刻にはまだ葛飾《かつしか》区内の会社にいたことも確認できたし、むろん携帯番号も違ってた。完全にシロだな」

甘い。

「しかし、須永が引ったくり被害に遭ったこと、扱いが私だったこと、それと私の携帯番号。そのすべてを知る人間はそう多くはいないはずです。彼女は必ず誰かに喋っています。それを吐かせてください」

瀬川は眉をひそめ、首を捻った。

「もちろん訊いたよ、それくらいは。でも分からないっていうんだ。彼女も、そういう事件に遭うこと自体初めてだったし、警察署でね、むろん事情聴取なんだけども、取調べみたいにされていろいろ訊かれたことが珍しくて、あちこちで面白可笑しく喋ったらしいんだ」

「私の名前もですか」

「そうらしい。携帯番号も聞いたんだ、ほら、と見せたこともあったって。むろんちらっと見せただけで、誰彼かまわず教えたわけではないっていってたけどね」

だとしたらなおさらだ。

「あちこちで喋ったことを覚えているなら、そこで誰が聞いていたのかも思い出せるはずです。徹底的に吐かせてください。他の人間では難しいというんなら、私が……」

瀬川が慌てたように掌を向ける。

「いやいや、本人はマズいって。分かった、ちゃんとやる。須永真理子、もう一回ちゃんと会ってくるから、あんたはちょっと大人しくしてなさい。あれだろう、また傷口が開いちゃったんだろう？　大事にしなさいよ。お互い若かないんだから」

瀬川の年は東の一つ上だったか。いや、早生まれで学年だと上になるが、生まれた年は同じと聞いたのだったか。

「傷の方は大したことありません。ご心配なく」

ゴールデン街で襲われた日に、早速病院で縫い直してもらった。

「なら、いいけどさ……」

瀬川がメガネをはずし、手の甲で目をこする。瀬川の手首にはピンポン玉大の、ケロイド状の引き攣れがある。交番勤務の頃、お好み焼き屋で喧嘩の仲裁に入ったとき、誤って鉄板に手首をついてしまったのだと聞いた。長年警察官をやっていれば、誰しも一つや二つ、そんな傷を体に持っている。むしろ、その程度の傷で済んだことを幸運に思うべきなのだろう。東の銃創《じゅうそう》も含め。

ふいに瀬川が、内緒話のように顔を寄せてくる。

「……それとさ」

「はい、なんですか」

「例の、手塚の件だけどね」

「何か、ありましたか」

「うん……」

いったん周囲を気にするような素振りをし、また顔を寄せてくる。

「……どうも、公安が動いてるみたいなんだよな」

そう聞いただけで、腹の底に煮え立つものがある。東は昔から公安が大嫌いなのだ。

「それは、ここのですか。それとも本部のですか」

新宿署なら警備課公安係、警視庁本部なら公安部ということになる。その上なら警察庁警備局公安課だ。

「公安は公安だよ。ここが動くってことは、むろん上とも通じてる。……そういうアレも、あるわけだからさ。手塚の件は、もう東さんは触らない方がいいよ。少しじっとしてなさいよ。せめて抜糸が済むまでは」

それができる性分なら、いわれなくてもそうしている。

東は定時の十七時十五分で仕事を切り上げ、十八時前には新宿署を出た。

瀬川にいわれるまでもなく、外を歩くときは細心の注意を払っている。尾行の有無を常に確認し、正面からくる人間についても、いつ危害を加えられても対応できるよう最低限の構えを崩さない。

それでも、危機対応以外に思考が囚われることは避け難かった。どうしても、一人になると考えてしまう。

自分が二度にわたって命を狙われたことについて。

自殺した手塚について。

なぜ公安が手塚正樹について調べているのかに至っては、まるで見当もつかない。左翼、右翼、共産党、カルト集団、テロ組織。公安の守備範囲のどこに手塚が引っかかっていたというのだろう。手塚正樹名義の出版物は『新宿裏社会の真実』一冊のみ。なんとか古本を取り寄せて読んではみたが、公安が興味を示すような記述は一行もなかった。内容はタイトル通り、ごく普通の新宿及び歌舞伎町のルポだ。わざわざ「裏社会」を謳うほどのものではない。写真がかなり使われているので、ひょっとしたらその中にヒントがあるのかもしれないが、だとしたら分析は極めて困難だ。歌舞伎町の雑踏をフレームに収めれば、そこには何十人、何百人という来街者が写り込む。その一人ひとりの正体を探ることなど不可能に近い。少なくとも東一人では無理だ。

他に、自分一人でできることといったらなんだ。手塚に関して東が把握している情報は、立て籠もり事件現場での様子と、たった一日の取調べ内容がすべてだ。そこに何か端緒《たんしょ》になるような事柄はなかったか。

手塚はわざわざ東を指名し、事件現場に呼び寄せ、取調べを担当するのが東であることを確認した。実際、取調べでは事件の経緯について素直に供述した。だがなぜ東を指名したのか、その点については明言を避けた。どういう魂胆だったのだろう。名指しして呼び寄せ、取調べ担当になることを希望したのに、なぜその理由は説明できなかったのだろう。

東に取調べをさせる。それ自体が目的だったというのか——。

やはり、考え事をし始めると注意力は落ちるようだ。

新宿駅に向かう人波の中に、自分とほぼ変わらない歩調で歩く人間が何人かいることは、路面店の窓ガラスや鏡面になった壁を利用して確認していた。三メートルほど後ろを、グレーのスーツ姿の女が歩いているのも見て分かっていた。だがその女が、ほぼ真後ろまで接近してきているのには気づかなかった。

「あの……」

急に横に並ばれ、危うく東は、女の喉元を手刀で薙《な》ぎ払いそうになった。三十歳前後、身長百六十センチ台半ば、痩せ型。過去に扱った事案の関係者に似た顔はない。おそらく初対面だ。

女が訊く。

「すみません……東さん、ですよね。新宿署の」

時期が時期だけに、容易には認め難い。

「……失礼ですが、どなたですか」

「あ、こちらこそ失礼いたしました。私、ツチヤと申します。フリーでライターをやっております」

普段なら立ち止まるところだが、足を止めた途端誰かに襲われるというパターンもあり得る。彼女がそのために声をかけてきた可能性は否定できない。

東は周囲を警戒しながら歩き、女の差し出してきた名刺を片手で受け取った。【土屋昭子】と書いてある。字面を見てもピンとくるものはない。

「どういったご用件で」

「少し、東さんとお話がしたいと思いまして」

「すみません。立場上、マスコミの方から個人的な取材を受けることはできません」

「いえ、取材ではありません。むしろ、情報提供です……私から東さんに、お伝えしたいことがあるんです」

周囲に接近してくる者はいない。この女がいきなり銃か刃物を取り出さない限り、危険はないと考えていいか。

それでも東は足を止めなかった。

「どうぞ。ご用件を仰ってください」

「あの……どこかに入るわけにはいきませんか。喫茶店とか、なんでしたら、時間も時間ですから、ビールくらい飲めるようなところでもいいんですが」

初対面の女と酒を飲む趣味はない。

「歩きながらでは駄目ですか」

「いや……さすがに、歩きながらですと、ちょっと」

「どういった類の話ですか」

「まあ、簡単にいうと……今月一日に起こった、立て籠もり事件の、犯人のことなんですけど」

手塚が、なんだ――。

まんまと女、土屋昭子の口車に乗せられ、ファストフード店でよければと応じてしまった。ただしこのマクドナルドを選択したのは東自身だ。事前に罠を仕掛けられている可能性はだいぶ低くなったと思っていい。

　東はホットコーヒー、土屋はカフェラテを購入し、テーブルについた。

「……では早速、お話を伺えますか」

　ゆっくりコーヒーを味わう気も、東にはない。

　すると、なんだろう。土屋はクスリと笑いを漏らした。

「本当に……ガチガチに真面目な方なんですね」

「どういう意味ですか」

「噂通り、という意味です」

「誰かから、私のことをお聞きになった」

　長い瞬きと、短い頷き。

「はい。あちこちから、いろいろと」

「誰が、何をいいましたか」

「それはお教えできません。ジャーナリストにも、ネタ元を守る権利くらいはあるでしょう?」

「分かりました。ではその話はけっこうです。本題をお願いします」

また同じように笑う。

「参っちゃうな……なんか、自信なくしちゃう」

「なんの自信ですか」

「いいえ、なんでもありません」

土屋は一瞬だけテーブルの端に置いた携帯電話に目を向けたものの、ノートや手帳の類を広げることはなく、そのまま話し始めた。

「まず確認させていただきたいんですが……今月一日の立て籠もり事件で逮捕された犯人は、手塚正樹という男でしたよね」

「それはどうやってお知りになりましたか」

「新聞でもテレビでもやってましたし、通信社にいる友人にも確認をとりました」

「であれば、間違いないのではありませんか」

「意地悪だなぁ……ま、いいですけど。で、その手塚はどういうわけか、地検に送られたあとに自殺してしまった」

この情報は記者クラブで止められている。まだ新聞にもテレビにも流れていない。

「それも、通信社のご友人からお聞きになったのですか」

「そうですけど」

「なんという人間ですか」

「怖いなぁ……でも、他のところにも出回ってますよ、この情報は。私の友達だけが悪いんじゃありません」

「赤信号、みんなで渡れば、という理屈は警察には通用しない。単独だろうが複数だろうが同時多発だろうが、違反は違反です」

土屋が口を尖らせる。

「なんか、声かけたの、後悔しちゃうな……せっかく、東さんの役に立とうと思ってきたのに」

「そもそも、どこから私を尾行していたのですか」

「署の向かいで張り込んでました。お顔は以前にも拝見してましたので、出ていらしたのを確認して、東さんがこっち側に横断歩道を渡ってくるのを待って、ちょっとしてから声をかけました。……これで納得していただけました？」

口調も含め、とりあえず説明に不自然な点はない。

「分かりました。通信社のご友人のことはいいでしょう。話を続けてください」

土屋が小さく溜め息をつく。

「はいはい……で、警察的には、手塚正樹がなぜ自殺したのか、調べはついたんですか」

やはり、結局はそういう話か。

「これは取材ではなく、あなたから私への、情報提供の場であるはずですが」

「その情報を提供しようにも、双方の共通認識がどの点にあるのかが分からなかったら、意味ないでしょう」

「意味があるかないかは私が判断します」

「そんな無茶な……じゃあ、まあ、いいですよ。途中は端折《はしょ》って、結論だけ申し上げます。……東さんは、逮捕された手塚正樹が、本当の手塚正樹だと信じてるんですか?」

「は?」

土屋が、さも愉快そうに片頰を持ち上げる。

「……意味、あったみたいですね」

「どういうことでしょう。あの手塚は本物の手塚ではなかった、という意味ですか」

「私は、そうだと思ってますけど」

「その根拠は」

「私、フリーライターなんですよ。手塚とは、いわば同業者です。直接の面識もあるし、共通の知人だっています。そりゃ、指紋とかDNAとか、そういうレベルで証明しろっていわれても困りますけど、でも、あれは別人だと思います。ここ一、二年の間に、手塚は別人とすり替わっていた可能性があります」

ツキン、と右から左に、東の脳を通過していくものがあった。

人間のすり替え。かつて「新世界秩序」が用いた手口だ。

手塚の自殺と、「新世界秩序」は繋がっているのか。

「土屋さん。その証言をしてくれる人は、他にもいるんですか」

「さあ。証言してくれるかどうかは、交渉次第でしょうね。交渉というか、説得というか」

「それを、あなたにお願いすることはできますか」

「んん、どうしようかしら。東さん、ちょっと意地悪だしな」

こういう女の態度には虫唾《むしず》が走るが、今はそうもいっていられない。

「非礼があったことはお詫びします。ですので……」

「っていうか、東さんちょっと、せっかち過ぎません？　私の話、まだ続きがあるんですけど」

「といいますと」

「あの、逮捕された手塚って、たぶん、本名はニッタキヨシだと思うんですよ」

「ニッタキヨシ？」

「新しい田んぼの、清い志……で、新田清志」

すぐに思い当たる顔はない。

「何者ですか、その新田清志というのは」

「ここから先は、警察の方が得意なんじゃないかしら。私もあんまり、危ない橋は渡りたくないし……そしてできれば、その調べた結果だけ、こそっと教えていただけると、私としては助かります」

なるほど。そういう筋の話か。

「それは、調べた結果によります。お教えすると、この場でお約束することはできかねます」

「そう仰ると思ってました……じゃあ、もう一つオマケをつけたら、確約がいただけるかしら」

「そういう問題ではありません」

「あら、そうかしら。一概にそうとも、限らないと思うんですけど」

土屋は小首を傾げ、探るように東の目を覗き込んできた。

「東さんは、ゴールデン街で『エポ』ってお店をやってる、陣内陽一という男を、ご存じですか？」

なぜここで、陣内の名前が――。

「……ええ。顔は、知ってますが」

「ですよね。ちなみに東さんは、『歌舞伎町セブン』には、ご興味あります？」

真正面から、鈍い衝撃が胸を貫いていった。

この女、何を――。

「……あるかないかと訊かれれば、興味は、あります」

「ほらやっぱり。東さん、私とはけっこう、話が合うじゃないですか」

「いや、よく、分からないんですが。『歌舞伎町セブン』が、なんだというんですか」

「そもそも東さんは、『歌舞伎町セブン』ってなんだと思ってらっしゃいます？」

ここで「プロの殺し屋」という解釈を口にしていいものか。

「さあ……一種の都市伝説、なのかと思ってましたが」

「そういうふうにいう方、多いですよね……でも、違いますよ。『歌舞伎町セブン』というのは、実在する殺し屋の集団です。歌舞伎町を裏から牛耳《ぎゅうじ》る、闇の軍団のことです」

殺し屋、集団。闇の軍団――。

「まさか……」

「驚くのはまだ早いです。その中心メンバーで、『欠伸のリュウ』と呼ばれているのが……東さんもご存じの、陣内陽一です。間違いありません」

陣内陽一――やはり、奴は只者ではなかったか。

第四章

1

刑事を一人殺して二百五十万。前金《まえきん》が百万で、あとから百五十万。これは破格にいい仕事だ。しかも、今回の仕事専用に携帯電話まで支給されるという。

上田はハンカチで鼻を押さえながら、札束とは別に用意していた紙袋を差し出してきた。

「今回のこれは、失敗できないからさ。いろいろこれで情報提供するから。上手いことやってみてよ」

何を寝惚けたことをいっている。この俺が今まで、一度だって仕事でしくじったことがあったか。

「いや……ない、よ。ないけどさ、でもそれは、ほら、今までは相手が、素人だったじゃない。今回は警察官だしさ、これまでみたいに、あからさまな尾行とかは、できないと思うんだよ」

ほう。これまでみたいな俺の素人尾行では、下手糞過ぎて警察官には通用しないといいたいわけか。

ギクリと上田が上半身を反らし、また俺から距離をとる。

「ち、違うの、そういう意味じゃなくてさ、でもね、ほら、万全を期すっていうか、俺はさ、全然大丈夫だと思ってるんだけど、依頼主がさ……うん、そう、依頼主なんだよ。向こうにしてみたら、あんたに仕事頼むの、初めてでしょう。だから、念には念を入れて、ってこと。もう、全然、俺の意思とはまったく、関係ない話なの」

そんな言葉遊びはどうでもいい。報酬が高額な上に携帯で情報まで提供されるのであれば、こんなにボロい商売はない。

いいだろう。今日のところは、このまま帰ってやる。

相手が誰かは分からない。とにかく上田以外の誰かから、連絡がくるようになった。

『……初めまして、サトウです』

もうちょっと気の利いた偽名はないものかと思ったが、いいはしなかった。

サトウさん。あんたが依頼主、と思っていいのか。

『いや、私はただの仲介者だ。だがそれは、大した問題ではない』

俺も別に、それはどうでもいい。用はなんだ。

『これからは私が、東弘樹に関する情報を随時提供する。そのための挨拶だ』

それはそれは。ご丁寧にどうも。

『早速だが、東の自宅住所をいうので控えてくれ』

公園の芝生に寝転んでいるところだったので、よっこらしょと体を起こし、ポケットから手帳と鉛筆を出した。これが俺の、唯一の記録手段だ。この鉛筆も、もうだいぶ短くなってしまった。

サトウが告げたのは品川区西五反田の住所だった。

せいわレジデンス、六〇八号。「せいわ」というのは、あれか。あちこちにある、あの、青い瓦《かわら》の白いマンションか。

『そうだ。それから、一つ忠告をしておく』

忠告、ときたか。これが上田だったら、鼻が粉々になるまで踏みつけてやるところだ。

なんだ、と俺は訊いた。

『今、東弘樹の首を狙っている人間は複数いる。これは早い者勝ちだ。もちろん、あなたより先に誰かが東を仕留めれば、報酬はその人間に持っていかれる。あなたにはいかない』

そんな話、俺は上田からは聞いていない。

『それは私の責任ではない。気に入らなければ下りてもらってかまわないが、どうする』

なるほど。あの三下組長より、多少は骨のある相手のようだ。

サトウの口の利き方は気に喰わなかったが、下りて腰抜け呼ばわりされるのはもっと勘弁ならない。

分かった。誰よりも早く、俺が東を殺す。

それでいいな。


そもそも新宿署の刑事を殺すのに西五反田の自宅までいく必要があるのか、とも思ったが、情報の多さはチャンスの多さでもある。確認しておいて損はない。むろん、今日いきなりそのチャンスが訪れれば即刻殺《や》る。迷わず殺る。今回は早い者勝ちということだから、趣味の方はさて置き、とりあえず効率よく殺すことだけを考える。

だが一時間半ほどぶらぶら歩き、サトウから教えられた住所のマンション付近まできてみると、そう簡単にはいきそうにないことが分かった。

確かに、東弘樹という刑事はそのマンションに住んでいるようだった。夜八時頃、上田からもらった写真の男によく似た人物が、せいわレジデンスに向かって歩いてくるのを目撃した。今すぐにいけば、容易《たやす》く刺し殺せる気がした。

しかし、あろうことか俺と同じことをしようとしている、いや、俺より一歩早く行動を起こした馬鹿がいた。俺が身をひそめていた自動販売機の陰から出た途端、一つ向こうのマンションの植え込みからそいつは飛び出し、匕首《あいくち》か何かで東に斬りかかっていった。

ところが、当の東は驚くほど落ち着いていた。

くるりと振り返り、そのときすでに右手には拳銃を握っていた。東は何かいったが、若干距離があったので内容までは聞き取れなかった。

すっかり腰が引けた匕首の男は、それだけで尻尾を巻いて逃げていった。東は拳銃を懐に収め、何事もなかったようにマンションの玄関に入っていった。

なるほど。東というのは、こういう男か。


複数の人間が東の首を狙っている、という話が嘘でないことは分かった。また東が油断のならない相手、そこらのキャバクラ経営者や組のシャブを持ち逃げしたチンピラとは格が違うということも、認めざるを得ない事実のようだった。

だったらどうする。どうしたらいい。

まるで気は進まなかったが、俺はサトウに連絡を入れてみることにした。一回では出なかったが、十分もするとサトウの方から折り返してきた。

『……電話をもらったようだが』

一つ相談がある。あんた、チャヤカは用意できるか。

『ようやく、状況が呑み込めてきたようだな』

ずいぶんと舐めた口を利く奴だが、まあいい。

俺は、もう一度同じ質問を繰り返した。

『オートマチックでよければ、すぐにでも用意できる』

なんでもいい。ただ、あまりデカくて扱いづらいのは困る。逆に、小さ過ぎて当たってもなかなか死なないようなオモチャでも困る。

『分かった。ほどよい大きさで、できるだけ殺傷能力が高いものを届ける。……では夜十二時に、代々木公園の、噴水の見えるウッドデッキでどうだ』

それでいい。あんたがくるのか。

『いや。使いの者をいかせる』

分かったと答え、俺は電話を切った。

サトウの使いは確かに、その夜の十二時ピッタリに現われた。俺のによく似たミリタリーコートを着ている。ただし、俺のより少し丈が長く、生地はどこも傷んでおらず、フードは豪勢にも茶色い獣毛で縁取られていた。それをスッポリと目深《まぶか》にかぶっている。体格はいい方だ。背は俺と同じくらいだが、肩幅と体の厚みは男の方がある。それでも、殺り合って負ける気はまるでしない。

「……お待たせしました」

その声を聞いて、俺はまず思った。

お前、サトウだろう。

男はフードの中で、小さく首を横に振った。

「いいえ、違います」

嘘をつくな。その声はサトウだ。俺の聴力はコウモリ並みだ。聞き間違えるわけがない。

「それでも、違います。私はサトウの使いできました」

そうか。それならそれでかまわない。俺の勘違いということにしておいてやる。俺は約束のブツさえもらえれば、それでいい。

男はポケットから右手を出し、前のファスナーを開けて胸元に入れた。薄汚れた軍手をはめているが、それもなんだかわざとらしい。俺に合わせてホームレスっぽい恰好をしてきたのかもしれないが、だとしたらそれは失敗だ。まるで板についていない。

「……こちらで」

男が茶色い紙包みを差し出してくる。タオルか何かでグルグル巻きにしてあるのだろうが、それでも中身がL字形の塊であることは明らかだった。

ファスナーにでも引っかかったのか、手首の辺りで軍手がめくれていた。そこに覗いた肌が妙に白い。少しピンクがかった古傷の引き攣れまではっきりと見えた。普通、ホームレスの肌はもっと赤黒く汚れている。どうせ変装をするなら、そういう細かいところまで徹底してもらいたいものだ。

それも、どうでもいいといえばどうでもいい。

ところでこれは、撃った瞬間に部品がバラけるような粗悪品ではないだろうな。

「大丈夫です。テストもしてあります」

そうか。それならいい。

「他に何か必要なものはありますか」

ない。これさえあれば大丈夫だ。

「手伝いをする人間は必要ないですか。見張り、下調べ、誘《おび》き出し、陽動などを担当させる人間。あるいは、対等な関係のパートナーなどです」

もしそれを使ったら、そいつらのギャラはどうなる。

「当然、あなたの取り分から差し引かせていただきます」

じゃあいい。要らない。

「……分かりました」

男は一度頭を下げ、それで帰っていった。

やはり、あれはサトウ本人だったと思う。

顔の肉が半分爛《ただ》れたジウが、俺に喋りかけてくる。

ダムド、あの東という刑事は、俺の敵だ。絶対に仕留めてくれよ。

ああ、俺もそう聞いたよ。まさか「新世界秩序」の宿敵が、新宿署の刑事になっているとはな。まったく、驚きを通り越して呆れるしかない。

ジウが俺に頰を寄せてくる。腐汁《ふじゅう》がぬるぬると首筋を濡らす。冷たい。俺は痛いほど勃起《ぼっき》した。バキバキと股間で音がする。太い木の枝の如く捻じくれたイチモツが、ジウの腹に突き刺さって暴れ回る。

そうだ、ダムド。その調子で、東の腸《はらわた》も掻き回してやれ。あの取り澄ました顔のデカが、やめてくれ、赦してくれと泣き喚《わめ》いて、その声が徐々に細くなって聞こえなくなるまで、どれが心臓でどれが胃だか肺だか分からなくなるまで、グチャグチャに切り刻んでやれ。

ああ、そのつもりだ、ジウ。チャカも調達したが、トドメはやはりこれでないとな。殺す楽しみがない。生き物としてどっちが強いのか、それを存分に、あの偉そうなクソデカに教え込んでやるさ。

ジウの、半分歯茎《はぐき》が覗いた口から、真っ黒い血がブクブクと溢れ出てくる。その泡になった血を、ジウが俺の顔に垂らしてくる。ああ、くれ。お前のその汚れた血を、俺に味わわせてくれ——そうだ。ああ、苦いぜ。酸っぱいぜ。舌が痺れる。体中に染み渡っていく。

そのまま、ジウが俺の体内に入り込もうとする。口を強引に捻じ込んで、潰れた鼻も、目玉の抜け落ちた目も、何もかも、俺の中に押し込もうとする。

待てよ、ジウ。俺とお前は今、繋がってるんだ。お前が、俺に繋がったまま俺の中に入ってきたら、終いには、俺が俺の中に入ってきちまうじゃないか。

それでいいんだ、ダムド。お前がお前の中に入るということは、世界に包まれていたお前が引っくり返って、お前が世界を包み返すということだ。自分で自分を食うんだよ。そうすればお前は、この世界のすべてを手に入れることができるんだ。

そうか、そうだな、ジウ。まったくその通りだ。

よし、こい。俺の股座《またぐら》を道連れに、俺の中に入ってこい。

世界を、俺たちで引っくり返してやろうぜ。


またサトウから連絡があった。

『東が署を出た。すぐに尾けろ』

近くに待機していたので、問題なく東を発見することができた。今回は尾行をしても怪しまれないように、俺も少しは身綺麗にしている。最初はジャンパーを新しく買い、だが下と釣り合わない気がしたのでズボンも買い、そうなると人間とは欲深なもので、靴も、帽子も、となってくる。終いには髪形もなんだか気になってきて、久しぶりに床屋なんぞにいってしまった。どこぞの好青年にでもなったようで、自分でも鏡を見ていて気持ちが悪かった。

それはいい。東だ。

奴はそのまま大人しく帰る気はないらしく、駅方面には向かわずに歌舞伎町へと入っていった。独身のようだから、たまにはソープにでもいって一発抜くのもいいだろう。案外気に入りのキャバ嬢でもいて、その女のいる店にいく可能性だってある。実はギャンブル好きで、あちこちに借金でもしてくれていたら、それも面白い。

だが奴が入っていったのは、予想外にもイタ飯屋だった。店の間口はせまいが、雰囲気は洒落ている。それもなんだか腹立たしい。

むろん、俺は待った。同じ店に入るわけにはいかないので、向かいのカウンターバーでウォッカをちびりちびり舐めて時間を潰した。腹は減っていなかったのでツマミは何も頼まなかった。それよりも「エヌ」が切れかかっていることの方が問題だった。異様に喉が渇く。目もチカチカする。瞬きをするたびに、光る毛虫のようなものが視界の隅をうねうねと這《は》い回る。

ジウ。これは一体、なんなんだろうな。

気にするな。スパッと東を片づけて、「エヌ」をバッチリ仕込んだら、そんなものはすぐにでも消えるさ。目も、驚くほどよく見えるようになる。

ああ。それはまあ、そうなんだが——。

東が店を出てきたのは、一時間半くらいしてからだった。

意外だったのは、奴が女を連れていたことだ。小顔の、目鼻立ちのハッキリした、なかなかイイ女だった。短めのコートの裾から覗くスカートの尻が、キュッと締まっていてやけにエロい。あのスカートを捲《まく》り上げ、下着を引ん剝《む》いて、尻の肉を齧《かじ》り取る妄想が脳裏をよぎる。乳房を削《そ》ぎ取り、その丸くできた傷口に、十本の指をすべて捻じ込みたい。最後はいつものの、ナイフファックだ。内臓がミンチになるまで、何時間でも捏《こ》ね回してやる——。

いや、待て。あの女を拉致して、それで東を誘き寄せるというのは、どうだ。

2

セブンのメンバー全員で東を警護することになった。基本的には「手」と「目」がペアになり、交代で見張るのだが、陣内には「エポ」の、杏奈には信州屋の仕事がある。市村は新宿で顔が割れ過ぎているし、小川には交番勤務がある。そうなると、必然的に上岡とミサキ、ジロウの出番が多くならざるを得なかった。

その日、陣内の前に見張りに入っていたのも上岡だった。待機場所は、新宿署の斜向《はすむ》かいにあるビジネスホテルの二〇一号室。二階なので窓のすぐ下は青梅街道だが、その向こうには新宿署の玄関を直に見ることができる好位置だ。

陣内が部屋を訪ねたのは午後四時。

三回、少し間を置いて二回ノックすると、すぐに上岡がドアを開けに出てきた。

「……ジンさん、遅いよ」

「すまない。様子はどう」

「まあ、今のところは特に」

そうはいうものの、上岡に疲れた様子はない。おそらく仕事柄、こういった張り込みには慣れっこなのだろう。

中に入ると窓の手前、応接セットのテーブルに、ホテル備え付けのものとは違うテレビモニターが設置されていた。窓枠の際には小型のビデオカメラを載せた三脚がセットされている。双眼鏡で直に覗かなくても、これなら長時間、テレビで署の出入りが確認できるというわけだ。むろんカーテンは閉めてある。

「これ全部、上岡さんの自前？」

「いや、カメラと三脚は俺のだけど、モニターは組長の私物。ひょっとしたら、新しいのを買ってきたのかも」

「へえ……」

ベッドはシングル。上岡の荷物がいくつか置いてあり、寝床として使用した形跡はない。

「いま、外で待機してるのは？」

「ジロウくん。小川くんの話だと、今日の東氏は通常勤務で、終業は夕方五時十五分。あんまり同僚と飲みにいくタチでもないみたいで、それ以降のプライベートはよく分からないって。あとは、そこのメモに書いてある」

ということは、あと一時間ほどで東が動き出す可能性があるのか。

「じゃあ、俺と交代したって、ジロウに連絡しといた方がいいね」

「うん、お願い」

番号自体はずっと前に聞いていたが、陣内からジロウに直接電話をするというのはこれが初めてになる。

コールは二回半くらいで途切れた。

『……はい』

「ああ、陣内です。今ホテルで、上岡さんと交代しました」

『……分かりました』

「君は今、どこにいるの」

『……近くです』

何も、仲間にまで居場所を伏せなくてもよかろうに。

「まだしばらく、君がやるの」

『……はい』

「じゃあ、動きがあったら俺から連絡するから」

『……分かりました』

そう答えて、ジロウから電話を切った。

隣で、プッと上岡が噴き出す。陣内は、思わず「なに」と訊いてしまった。

「いや……ジロウくんって、物凄い受け応えが淡白でしょう」

「ああ。俺、いまだに彼と、まともに会話したことないよ」

「俺も。何者なんだろうね、彼。腕の筋肉なんて、いっつもバキバキじゃない。相当トレーニングしてるよね」

「それはまあ、ミサキも似たようなもんだけど」

正直、腕力であの二人に勝てる気は、陣内もしない。

上岡が、モニターの脇に置いてあったタバコのパッケージに手を伸ばす。

「あの二人って、付き合ってんのかな」

「んん……そんなふうにも見えるけど、でもあの二人に、その手の人間らしい感情があるというのは、今一つ想像しづらいな」

「確かに。でも意外と、ミサキの方は喋るでしょ」

「ジロウよりは、ね」

オレンジ色の使い捨てライターで、上岡がタバコに火を点ける。

「……そういえばほら、彼女、初っ端《しょばな》、俺に思いきり頭突きして、俺の額、パックリ割れたことあったでしょ。あれね、あとでこっそり、悪かったねって、謝ってくれたんだよ。そういう普通っぽいところも、あるにはあるんだよなぁ」

仮にあの二人が男女の関係にあるとして、それなりの感情を互いに有しているとしたら、それは危険である。自分たちはいつ何時、仲間を見捨てて逃げなければならない状況に陥るか分からない。そういったとき、男女の情というのは決断の邪魔にしかならない。陣内にも経験があるのでよく分かる。セブンのような集団の中に、男女の情を持ち込むべきではない。だったら親子の情はどうなんだと訊かれたら、陣内には返す言葉もないが。

一本の半分ほどを灰にして、上岡は灰皿に潰した。

「……じゃ、俺は上がるわ。ここ二日、ほとんど寝てないんで」

「お疲れさん。悪かったね」

「うん……じゃ、お先に」

上岡は静かにドアを開け、廊下の様子を確認してから出ていった。

東が新宿署を出たのは夕方六時。濃紺のスーツに黒い靴という出で立ちは、上岡のメモ情報とも一致している。

「ジロウ、東が署を出た」

『……了解』

「今、イヤホンか」

『……ああ』

「俺もそうするから、じゃあ合流まで、このままにしよう」

陣内も部屋を出、東を追いかけた。

このまま東が新宿駅に向かえば、青梅街道を横断しなければならない分、陣内は合流がしづらくなる。だが東が歌舞伎町に足を向けるようなことがあれば、要は東の方からこっちに寄ってきてくれるわけだから、陣内は少し楽になる。

果たして今日は、まさにそのようになった。

すかさずジロウから報告が入る。

『……信号待ち。そっちに渡る』

「了解」

少し手前でスピードを落とし、横断歩道を渡ってきた東の後方につく。むろん、簡単には気づかれないよう間に何人か入れ、距離も十メートル以上置いている。だが陣内に関していえば、最悪発見されてもさほどおかしなことにはならない。たとえここで顔を合わせても、ゴールデン街にいく途中だといえばなんら不自然ではない。

ジロウも信号を渡ってこっちにきた。しかし陣内には、その動きが少し奇妙に映った。奇妙というか、すでに獲物に狙いをつけ、捕獲行動に入った猛獣のそれに見えた。ジロウ、何を見つけた――。

少し見ていると、陣内にも分かった。

東と一定の距離を保ちつつ、雑踏を歩く黒いブルゾンの男。身長はジロウより少し低いくらい。その男との距離を、ジロウが徐々に詰めていく。陣内はその三点を後方から見ている。理屈ではなく、そういった「点」は人込みの中でも浮き上がって見える。浅瀬の岩が水の流れを変えるように、周囲の通行人とは異なる存在感が、白波のような違和感となって網膜に映る。おそらくジロウも、そんな微妙な違和感を察知して行動を開始したのだろう。

すれ違う通行人をかわしながら、徐々に左に寄っていくジロウ。ブルゾンの男は依然、一定の距離を保ちながら東を尾行している。

東、ブルゾンの男、ジロウ、陣内。

四つの点が縦一列に並んだ、その瞬間だった。

「……アッ」

短い悲鳴がし、だがそれ以上のことは何も起こらなかったので、通行人の誰もがそれについては聞き流した。東も同じだった。一瞬振り返りはしたものの、自分とは関係ないと判断したのだろう。すぐ前に向き直り、足を止めることもなかった。

陣内もそのまま真っ直ぐ進んだ。途中で右腕を押さえるブルゾンの男を追い越した。肘が完全に伸びていた。おそらく関節を外されたのだろう。ひょっとしたら、靭帯も伸びるか切れるかしているのかもしれない。

ドン・キホーテの近くまできて、また通行人の中にジロウを発見した。

陣内は口元を押さえて話した。

「……早技だね」

『チャカ持ってた』

「それは？」

『取り上げたが、安心はできない』

それは大丈夫だろう。あの男の右腕はもう、しばらく使い物にならない。

東は区役所の手前まできて左に折れ、そこからまた真っ直ぐ進んでいった。

『……俺はここで抜ける』

ふいにそう聞こえ、通話が途切れた。途端、ジロウの背中が通行人の流れからはずれ、左手にある路地へと消えていく。勝手な奴だ、とも思ったが、呼び止めるわけにもいかない。陣内は東を追わなければならない。

しかし、この調子で東を警護し続けるというのはかなり難しい仕事のように思う。そもそも見張りや下調べは「手」のすることではない。陣内も若い頃はだいぶこの類の仕事をさせられたが、いざやってみると感覚の錆び付きは如何《いかん》ともし難い。実際、今の男に気づいたのもジロウの方が先だった。そういった意味では、むしろジロウは尾行にも慣れているように見えた。市村に鍛えられたのか、あるいはそれ以前の経歴に関係があるのか。

東は区役所の裏手をしばらく進み、間口のせまい、ちょっと洒落た感じのイタリアンレストランに入っていった。そのときになって陣内は気づいた。

もう一人、東を尾行している男がいる——。

グレーのスタジアムジャンパーに、同系色のパンツ。靴は黒っぽいスニーカーで、やはり黒いニット帽をかぶっている。男は東が店に入ったのを見届けてから、向かいの店に入っていった。小さなバーのような店だ。

陣内の勘違いではなく、男が東を尾けていたのだとしたら、おそらく奴は向かいの店で東が出てくるのを待つつもりなのだろう。そして出てきた東を再度尾行し、人気《ひとけ》がなくなったところで行動を起こす。だとしたら、陣内も待つしかない。

周囲に適当な店はなかった。致し方なく、少し距離は空くが雑居ビルの出入り口で待つことにした。幸い、歌舞伎町という街には呼び込みでもないのに通りに立っている人間がけっこういる。待ち合わせ、暇潰し、何かの目印、場合によってはボディガードということもある。だとしたら陣内と大差はない。とにかく、こうして立っていても通行人に奇異な目で見られることはほとんどない。

一時間ほどして携帯に着信があった。あえて相手は確認せず、陣内はポケットの中でボタンを押した。

「……もしもし」

『あたし。ジロウと交代した』

ミサキだ。

「そうか。いま東は……」

『知ってる。イタ飯屋に入ったんだろう』

「見てたのか」

『ジロウがね。まさか、この店構えで一人ってこたぁないだろう。相手は誰だよ』

「それは分からない。俺も中には入ってないんでね」

『じゃあ、あたしが確かめてきてやるよ』

それだけいって、プツリと通話は切れた。

まもなく、薄手のベージュのコートを着た女が通りに現われ、店に入っていった。まさか、あれがミサキか。そこそこスタイルのいい、上品なＯＬに見えた。その女は五分ほどで店から出てきたが、陣内のいる雑居ビルとは反対の方に歩いていった。

また着信があった。

「もしもし」

『分かったぜ』

「っていうか、いま入って出てったの、お前か」

『ああ。イイ女だったろ』

「ん、ああ……まあ、な」

『いいよ、無理すんな。あたしもあんたにモテたいとは思わないよ……それより、東の相手、女だったぜ。名前はたぶん、ツチヤだ』

ツチヤ？

「まさか、土屋昭子か？」

『下の名前は知らない。待ち合わせしてるんだ、予約が入ってるはずだってゴネて、予約リストを出させて確認した。今、客はそいつらだけだから間違いない』

なぜ土屋昭子が、東と会っている——。

だが、それについて考える暇は与えられなかった。

『あのさぁ、陣内さんよ』

「……なんだ」

『あたし、その女、危ないと思うんだよね』

「どういう意味だ」

『東の首には、いわば賞金が懸かってて、あちこちの人間から狙われてるわけだろう？　さっきもジロウが一匹処理したみたいだけど、もう何人もの人間が東を仕留め損なってる。ということは、だ。そろそろそういった連中が、頭を使った作戦に出てもおかしかないと、あたしは思うんだよ』

ざわりと、陣内の背中に寒いものが広がった。

「……どういう意味だ」

『あたしだったら、その土屋って女を人質にとる』

やはり、そういう意味か。

ミサキが続ける。

『拉致してイイ女だったら、慰《なぐさ》み物にして、殴って蹴ってシャブ打って、東について知ってることを洗いざらい吐かせる。そんでもって、東さぁん、助けてぇ、とかよ、電話口でいわせせんだ。そうなったら、東はどうするだろうね……まともな警官だったら、そういった事案の専門部署に話を通した上で、相手の交渉に乗る振りをするんだろうが、あの男はどうかな……案外、相手の口車に乗って、単独で救出に向かったりするんじゃないのかね』

ちょっと、引っかかる言い方だった。

「ミサキ。お前、なぜそんなふうに思うんだ」

『だから、正面切って東に向かっていっても……』

「そうじゃない。妙に東のことを知ってるふうじゃないか」

一拍、妙な間が空く。

『……別に。何も知りゃしないさ。ただ、どうもあんたらの話を聞いてるとさ、そんなふうに、カッと頭に血が昇って、見境がなくなるっていうか……自分の力を過信してるっていうかね。そういう性分なんじゃないかと、思っただけ』

確かに。東という男は、常に自信に充ち溢れている。陣内が手首を捻り上げようとしたあのときも、決して表情は慌てていなかった。あの自信と余裕が裏目に出る場面も、事によったらあるのかもしれない。

陣内は、周囲をぐるりと見回してからいった。

「……で、あんたはどうしたらいいと思う」

ミサキも、しばし考えるように間を置いた。

『どうしたら、いいかね……その土屋って女が、東のマンションまで一緒にくっついていって、朝までズッコンバッコンって可能性だって、あるわけだろう』

その表現はどうかと思うが、決してそれもゼロではないのだろう。

あの土屋昭子が、東と、か──。

なんだろう。掌から乾いた砂が流れ落ちていくような、風が吹けばどこまでも散らばっていきそうな、軽い喪失感があった。何を期待していたわけでもないのに、何も得られないことは分かっているのに、それでも人は、何かを失うことがあるらしい。

そんなことにはかまわず、ミサキは続ける。

『あとは店を出てから、二人が別行動をとるって可能性だ。こっちの方が、面倒っちゃ面倒だな』

「他のメンバーは呼べないのか」

『無理だね。上岡とジロウが上がって、小川は勤務だろ。市村は会合がどうとかいってたし、あと小娘は店が忙しいときた……いけね、元締めか』

要するに、自分とミサキでどうにかしなければならない、ということか。

「分かった。じゃあ、俺が東、あんたは土屋昭子を尾けてくれ」

『いや、逆だな。あたしが東、あんたが女を尾けた方がいい』

「なぜだ。男は男、女は女の方がいいだろう」

『だから逆だって。いざってとき、たとえば相手が複数だった場合、むしろ上手く捌けるのはあたしの方だ。あんたの針は、お世辞にも実戦向きとはいえないよ』

それは、確かにそうだが。

「しかし……」

『つべこべいってんなよ。ほら、出てきたぜ』

そういわれ、ビル入り口の壁から片目だけを覗かせた。

間違いない。東の隣にいるのは、あの土屋昭子だ。以前、彼女は陣内と東が喫茶店で話している場面を目撃している。そのことをさも興味ありげに、陣内に確認してきた。彼女は一体、なんの目的で東に接触しているのだろう。ライターとしての仕事、いわば取材ということか。しかし、現役の刑事が個人的にフリーライターの取材など受けるものだろうか。しかもこんな、歌舞伎町の片隅で。

二人は横に並んで、通りをこっち向きに歩き始めた。新宿駅、新宿三丁目駅、あるいは車を拾うにしろ、とりあえず靖国通りに出る必要はある。逆に、最初の角を右に曲がらなかったことから、西武新宿駅に向かう可能性は低くなった。

これから、二人はどうするつもりなのか。

陣内はいったん身を隠し、二人が通り過ぎていくのを待った。

東と、土屋昭子。東は無表情で黙っているが、彼女は何やら一所懸命、東に話しかけている。その、見ようによっては恋人同士のようにも映る二人を見送ってから、さらに数秒待つ。

すると、案の定だった。

あのスタジアムジャンパーにニット帽の男が、背中を丸めて二人のあとを尾けていく。

状況的には充分怪しいが、まだ決定的ではない。両手を突っ込んだ左右のポケット、あのどちらに、武器は入っているか。

それは、確かめてみなければ分からない。

3

東はずっと、手塚正樹について考え続けていた。

奴は一体何者だったのか。なぜ東が取調べを担当するよう求め、しかし碌に供述もせず、地検で自殺などしてしまったのか。

さらにいえば、新田清志だ。あの女性ライター、土屋昭子は、手塚正樹はここ一、二年の間に別人とすり替わっていた、その正体は新田清志ではないか、といった。

翌日「新田清志」については警視庁のデータベースで調べてみた。すると、過去に車両窃盗の容疑で逮捕、送検されているが、その後、証拠不十分で不起訴になっていると分かった。犯行日時は七年前の十一月十二日午前八時頃。その翌日、歌舞伎町は大量の盗難車両によってすべての道路が封鎖され、ほんのいっときではあるが陸の孤島と化している。あの「歌舞伎町封鎖事件」の発生だ。

これは偶然の一致だろうか。いや、新田清志は七年前の「歌舞伎町封鎖事件」に関与していたと考えた方が自然だろう。であるならば、今も「新世界秩序」が、あるいはその残党が暗躍しているとしたら、新田清志もその一員である可能性があるわけだ。

また新田は四年前、東京から青森に転居していることも分かった。しかし、それ以後の足取りは東にも調べようがなかった。新田はどこかの時点で青森から東京に舞い戻り、手塚正樹に成り変わった。だとすると、本物の手塚正樹はもうこの世にいないものと考えた方がいい。

だがそうなると、その正体が新田清志かもしれない「手塚正樹」の行動は余計に理解しづらくなる。奴は東に取調べをさせ、何をどうしたかったのか。

そこでまた一つ、東は思い出した。

「歌舞伎町封鎖事件」に繋がる一連の流れの中に「沙耶華《さやか》ちゃん誘拐事件」というのがあった。その実行犯グループの一人、元陸上自衛隊第一空挺団隊員の竹内亮一《たけうちりょういち》は逮捕後、警視庁本部の留置場で自殺している。それも、留置場内の便器を利用して自分の首の骨を折るという、前代未聞の方法でだ。思えば、東が「新世界秩序」という犯罪組織について知ったのは、取調べ中の竹内の発言からだった。東は当時、竹内の自殺は「新世界秩序」の存在と理念の正当性を証明する一種のメッセージだったのではないかと推測した。

もし「手塚」の自殺にも同様にメッセージが込められていたとしたら、それは一体なんだったのだろう。「手塚」は一体、東に何を訴えたかったのだろう。

いくら考えても分からない。「手塚」は立て籠もり事件を起こした動機や、東を取調官に希望した理由についてはついぞ語らなかった。なんだ。あの事件に、一体どんな意味があったというのだ。

　そして今、自分が命を狙われていることと「手塚」の自殺とは関わりがあるのか、ないのか。


　それまでのところ、東が襲われたのはいずれも暗くなってからだった。勤務終了直後と未明という違いはあるにせよ、少なくとも明るいうちに襲われることはなかった。それもあり、東はできるだけ明るいうちに調べを進めようと行動を開始した。

　まずは「手塚」の自宅を調べてみた。住所は渋谷区神山町。渋谷駅からそう遠くないこの一帯は、都内でもかなり高級な住宅街に数えられる。そこに、四十過ぎとはいえフリーのジャーナリストが一人暮らし、しかも一軒家でというのは少々妙に思えたが、しかし親の持ち家を相続して住み続けている、というケースも考えられないではない。ひょっとして家族まで含めて「新世界秩序」に消されたのでは、という想像も働いたが、だとしても現状、そこまでは東にも調べようがない。とりあえず、あの「手塚」は本当の手塚正樹だったのか、それともすり替わった新田清志だったのか。普段はどんな人物だったのか。それらを明らかにするのが目的だった。

　しかし結果からいえば、確証といえるようなものは何一つ得られなかった。特殊開錠ツールを用い、法を犯してまで侵入したにも拘わらず、家屋内には物がほとんどなかった。残っていたのはエアコンと畳くらいで、他の物がもともとなかったのか運び出されたのかは分からないが、とにかく引っ越したあとかと思うほど見事に、そこはもぬけの殻だった。念のためと思い、ドアノブや照明のスイッチ部分、窓の取っ手などで指紋採取を試みたが、これも空振りに終わった。おそらく何者かが徹底的に拭き取ったのだろう。部分指紋も掌紋も、何一つ採れなかった。馬鹿馬鹿しいとは思いつつ、自分で汚したのだから仕方ない。東はアルミ粉で汚れた部分をできるだけ綺麗に掃除し、捜索を終了した。

こうなると、瀬川の「公安が動いてる」という発言が、俄然信憑性《がぜんしんぴょう》を帯びてくる。手塚に成りすました新田を、公安がすでにマークしていたと考えることはできる。しかし、だからといって公安が「手塚」の痕跡を消す必要があるだろうか。おそらく、それはない。ということは、これは公安の捜索を怖れた組織側が先手を打ってやったことなのか。あるいは敵が「新世界秩序」であるとするならば、公安を操ってやらせたということも考えられる。実際「歌舞伎町封鎖事件」には複数の警察官が関与していた。今なお警視庁内に一味がもぐり込んでいないとは言い切れない。

東は静かに溜め息をついた。

被疑者は自殺する。自分は夜、外に出れば襲われる。違法捜査は空振りに終わった。おまけに自分の後ろ盾であるはずの警視庁すら信用できないときた。

一体、何をどうすればいいのだ。

その夜は夜で、自宅マンション前で襲われそうになった。隣の建物の植え込み前を通り過ぎた時点で、そこに何者かがひそんでいるのは察知していたので、少し距離をとってから振り返り、銃を向けた。むろん本物の拳銃ではない。ただのモデルガンだ。数年前、知人が催したパーティでもらったビンゴの景品だ。こんなものでも暗がりで向けたら相手は動揺するだろう。そう思って懐に入れていたのだが、あんなに効果があるとは思わなかった。刃物を構えた暴漢は、たったそれだけで退散していった。ひょっとすると、他にも東を監視していた者はいたかもしれない。だとしたら、それらに対する脅しにもなっただろう。

いや。逆に、銃がなければ太刀打ちできないと考え、今後は誰もが銃器を使い始めるかもしれない。

それはそれで厄介だ。自費で防弾ベストくらいは用意し、常時着用すべきか。

東の居住するマンションは八階建て。管理人は常駐しているもののオートロックはなく、今どきのマンションとしては極めてセキュリティが甘い部類に入る。東の部屋は六階の六〇八号室。角部屋ではないので左右は別の世帯と隣接している。出入り口は玄関とバルコニー。侵入経路として、地上九階に数えられる屋上からバルコニー伝いに下りてくる可能性は低いので、用心するとしたらやはり玄関に重点を置くことになる。

　まず東が仕掛けたのは防犯ブザーだ。仕組みは子供の悪戯と大差ないが、玄関ドアを開ければ確実にピンが抜けてブザーが鳴るようにしてある。それなりの効果は期待できた。むろん玄関ドアのロックは二重に掛けている。

　バルコニーに面しているのは二つの洋室。広さはいずれも六畳。これまでは右側の部屋を寝室にしていたが、何もこの状況下で、窓際で寝ることはない。事態が収まるまでと思い、ここ何日かはリビングダイニングのソファで寝るようにしている。

　ソファの傍らには黒檀《こくたん》の木刀とスタンガンを置いている。このスタンガンも今回のために用意したものではない。何年か前に、スタンガンとはどういうものか、どれほどの効果があり、どれほどのダメージがあるのかを調べようと思い、自費で購入したものだ。護身用ですらない、単なる実験用だ。むろん、実験には自分の体を使った。音と光の威嚇効果はさて置き、実際のダメージはというと、痛いには痛いが一瞬で気を失うほどのものではない、というのが東の結論だった。何秒か押し付ければ昏倒《こんとう》させることもできそうだが、さすがに自分で自分にそこまではできず、実験後は引き出しにしまったままになっていた。

　この程度の装備でどれほどの敵に立ち向かえるかは甚《はなは》だ疑問だが、ないよりはマシだろうと自身を慰め、毎夜ソファに横たわる。

眠りは浅い。敵の襲来を警戒して神経が高ぶっているのに加え、昼間の続きであれやこれやと考えてしまうのがよくない。手塚正樹、新田清志、公安に「新世界秩序」——。

事件の構図がまるで読めない。閉じた瞼の向こうが明るくなるまで考えても、結局何一つ、結論めいたものには行き当たらない。

あの「手塚」はなぜ自殺したのか。

自分はなぜ襲われるようになったのか。

人間の脳とは不思議なもので、いったん考えることをやめると、ふいにいい考えが浮かんできたりもする。その朝の東がまさにそうだった。

炊きたての飯と漬物をインスタントの味噌汁で腹に収め、顔を洗ってヒゲを剃《そ》り、チャコールグレーのスーツをクローゼットの中に探したが、先週クリーニングに出したまま引き取りにいっていないことを思い出した、その瞬間に思いついた。

「手塚」の所持品を、調べてみる必要がある——。

仕方ないので濃紺のスーツを着、それまで同様、襲撃と尾行に注意しながら出勤した。

署に着いたらデカ部屋に上がり、いくつか用事を済ませ、

「東さん、ずいぶん忙しそうですな」

「ああ、瀬川係長。おはようございます。……いや、大したことじゃないんですがね……すみません、しばらくはずします」

すぐに一つ下の留置管理課に向かった。

事務室には、すでに交代を済ませた今日の第一当番係員が三人控えていた。一番奥にいる石内《いしうち》統括係長のデスクまでいく。

「おはようございます」

「ああ、東さん。ええと……誰か、調べに出しますか」

東の扱ったマル被でいえば、喧嘩の大学生と強制わいせつの中年男がまだ勾留されているが、今そんな連中のことはどうでもいい。

「いえ。二週間前に扱った、立て籠もり事案のマル被なんですが」

「ああ。あの、地検で自殺したっていう」

「ええ。あの男の所持品、まだこっちに残ってますかね」

石内が、二つ先の机にいる若い制服警官に目を向ける。確か、名前は鳥越《とりごえ》。階級は巡査長だったと思う。

「……あれ扱ったの、君だったよな」

「はい。自分が身体検査をして、手続きしました」

「所持品、どうした」

「まだ、そのまま保管してあります。少しお待ちください」

一、二分すると、鳥越巡査長がフタなしの平たい箱を持って戻ってきた。

「こちらになります」

「ありがとう……ちょっと、検《あらた》めさせてもらいます」

証拠品ではないので、特にポリ袋などには入れていない。二つ折りの財布、神山町の自宅のものであろう鍵、中身が半分ほど残ったタバコのパッケージと使い捨てライター。あとはハンカチだ。

「鳥越巡査長。携帯電話は」

若い制服の彼が背筋を伸ばす。

「いえ、所持しておりませんでした」

「身体検査のときから、持っていなかった？」

「はい、ありませんでした」

今どき、そんな馬鹿なことがあるだろうか。その正体が誰であろうと、生前の「手塚」は情報が命のジャーナリストだ。しかもフリーだ。連絡がとれなければ仕事になどならなかったはず。

「名刺入れや手帳の類は」

「それも、ありませんでした。そこにあるので全部です」

名刺入れも手帳もないとなると、すべてを意図的に手放したか、奪われたと考えるべきだろう。だとしたら疑わしいのは逮捕前だが、逮捕後の身体検査時にこの鳥越が盗んだという可能性も、安易には否定できない。しかし、鳥越が誰かの指示でやったのだとしたら、まずその誰かは鳥越が「手塚」の身体検査を担当するよう、何かしらの根回し、工作をしなければならなかったはず。留置係は地域課と同じ四交代制。前後に半日でもずれたら、鳥越には「手塚」を担当することができなくなる。しかし現に「手塚」の携帯と名刺入れ、手帳はここにない。「手塚」に関する情報は徹底的に消去されている。果たして、ここまで計算通りに事を運ぶことなどできるだろうか。留置管理課全体が組織ぐるみで行えば、それも可能ではあるが。

東は財布を開いてみた。所持金は三万八千円と、小銭が七百七十三円。クレジットカードが三枚と、キャッシュカードが二枚。裏面にある「手塚正樹」の署名はどれも同じ筆跡に見える。あとは漫画喫茶、レンタルビデオ店、クリーニング店、ジーンズショップ、紳士服店などの会員証。他には領収証が二十数枚あるだけだった。

運転免許証や定期券、パスモやスイカといったチャージ式ＩＣカード類はなかった。

夕方、土屋昭子から電話があった。

『手塚について、何か分かりました？』

変に語尾を上げる女臭い喋り方が相変わらず耳障りだったが、この女が自分にはない情報を握っていることは間違いなさそうだった。

「いえ、できる限りのことはしてみたんですが、いろいろと妨害もありましてね。思うようには進んでいません」

『妨害？　東さんが、手塚について調べていることに対してですか？』

「いや、まあ……それも、いろいろです」

電話越しに、土屋の息が浅く耳に吹きかかる。

『……ちょっと、会って話しませんか。私、もしかしたらお力になれるかもしれないですし』

「勤務終了後なら、私はかまいませんが」

夜は自身の身の危険が増すが、それを気にしていたら帰宅もできない。

土屋の反応は早かった。

『じゃあ、歌舞伎町のイタリアンレストランを予約しておきます。区役所裏を真っ直ぐいくと、右手に「グランデ・クッチーナ」ってお店があります。そこにしましょう』

区役所裏、か。

「……土屋さん。それは、何か意図があって、そのお店なんですか」

『は？　何がですか？』

「手塚が事件を起こした現場、あなただって知らないわけではないでしょう」

そういうと、土屋は『あっ』と漏らし、早口で続けた。

『ごめんなさい、全然そういうつもりじゃなかったんです。やだ私、ほんとだ、全然気にしてませんでした。すみません。ただ、最近気に入ってるお店だったし、雰囲気もいいし、半個室になってるから、二人でお話しするにはいいかなと思って、ほんと、それだけなんです。この前みたいに仕切りもないお店だと、東さん、周りを気になさるじゃないですか。そういうの、気にしないで話せる場所の方がいいかなと思って、ほんと、それしか考えてなかったんです。でも、お嫌だったら別の場所にします。ちょっと待ってください』

その慌て振りと、早口でする弁解の滑稽《こっけい》さ。

東はこのとき初めて、土屋昭子という女に人間らしさを感じた。

結局、待ち合わせ場所はその「グランデ・クッチーナ」になった。

五月十六日、十八時十二分。確かにそこは、歌舞伎町にしては洒落た雰囲気の店だった。店員に案内されたのは、二人ならむしろ広過ぎるくらいの席。ソファがテーブルを「コ」の字に囲っており、東は土屋の向かいに座った。

「……お待たせしました」

「いえ、私も今きたところです」

まもなくきたウェイターに、野菜中心の料理をいくつか頼んだ。

「東さん、お飲み物は？」

「私はペリエで」

「ワインとかは、お飲みになりません？」

まだ酒を酌《く》み交わすほど、東はこの女に気を許したわけではない。飲み物なら炭酸水で充分だ。

「飲みますが、今日はけっこうです」

「そう、ですか……じゃあ、私もペリエで」

土屋がつまらなそうに口を尖らせる。依然、そういう態度は東にとって苛立ちの対象でしかない。

世間話で場を無駄に長引かせる気はないので、まず東から切り出した。

「土屋さん。あなたは新田清志という男について、どういった経緯でお知りになったのですか」

驚いたように、土屋が両眉を吊り上げる。

「うわ。またいきなりですね」

「直接の面識はおありですか」

「ちょっと待ってください。新田について、最初にお教えしたのは私ですよ。それで何か分かったら教えてください、とお願いもしました。その順番からしたら、次に情報を出すのは東さんではないですか？」

分からなくはないが、乗る気はない。

「お電話でもお伝えしましたが、ご報告できるような情報はまだ何も得られていません。大変申し訳ありませんが、もう少し手掛かりをください」

そういうと、また口を尖らせる。

「なんか、それってズルくありませんか。こっちにばっかりカード切らせて……フェアじゃないと思います」

「そうですか。じゃあ、話は終わりですね」

東が席を立つ真似をすると、土屋は慌てたように手を伸べてきた。

テーブルについた東の手の甲に、細い指が重ねられる。

「ごめんなさい……分かりました。ちゃんとお話ししますから、待ってください。まだ……いかないで」

再びソファに腰を落ち着けると、土屋も溜め息をつきながら手を引っ込めた。

「敵《かな》わないな……えっと、なんでしたっけ……ああ、新田との面識ですね。私が知り合ったときには、もう新田は『手塚』を名乗っていました。私が本物の手塚と面識があることを知らなかったんでしょうね。しゃあしゃあと『手塚正樹です』って、名刺を渡してきましたよ」

「それはいつ頃の話ですか」

「ですから、一年くらい前の話です」

「この前は一、二年の間と、時期に幅がありましたが」

「それは、知人から話を聞いていたからです。その知人も同じように感じたといってたんですよ。手塚って、あんな感じだったかな、って……それが、私より少し前でしたから、二年前くらいなんだろうと。そういう意味です」

「そのお知り合いとは誰ですか」

「そこは勘弁してください。私にだって、守らなきゃいけないものはあるんです」

「そんなに関係を知られたくない相手なんですか」

「そうじゃないですけど……んもォ。じゃあ、もういいです」

そういうわりに、東のように席を立とうとはしない。

「……何が、もういいんですか」

「もう、東さんから情報を引き出すのは諦めます。でも……ここのバーニャ・カウダは好きだから、食べてから帰ります」

迂闊にも東は、そこでちょっと笑ってしまった。

東も、飲食の間中ずっと刺々《とげとげ》しくしていたわけではない。多少は雑談にも応じたし、捜査情報に触れない程度なら警察に関する話もした。むろん、土屋から何かしら情報が引き出せたらという下心はあった。だが残念ながらそれは叶わなかった。一方には、いつ誰がこの席を襲ってくるか分からないという緊張感もあった。どちらにせよ長居は無用だった。

会計では少し揉めた。

「ほんと、誘ったのは私ですし、これも仕事のうちですから。必要経費ですから」

「お断りします。マスコミの方に食事を奢られるのは、はっきりいって迷惑です」

土屋はまた口を尖らせたが、それでも割り勘で押し通した。

「……ごちそうさま」

「ありがとうございました。またのお越しをお待ちしております」

男性スタッフに見送られて店を出る。さっと周りを見回したが、それだけで尾行や見張りの有無を見極めるのは難しかった。

「土屋さんは、JRですか」

「いえ、寄りたいところがあるんで、私は西武新宿です」

歩き始めてからも、土屋は何かと東に質問してくる。

「東さんって、結婚されてるんですか」

「それは、どういった意味で訊かれているのですか」

「どういった、って……別に、個人的な興味です」

「個人的な話はしません」

「やっぱり。東さんって、相当意地悪ですよね」

土屋とはドン・キホーテの前まで一緒だった。その後、彼女がどうしたのかは分からない。新宿駅側に渡る信号が青になったので、東は「じゃあ」といってさっさと渡ってきてしまった。

その横断歩道を渡っているとき、ふと思い出した。

あの日「手塚」は、確か東に、現場に何か落ちてなかったか、とか、そんなことを訊いたのではなかったか。

4

成り行き上致し方なく、陣内は土屋昭子の尾行を始めた。スタジアムジャンパーの男の動きも目で追ってはいたが、意外にも男はドン・キホーテの前から動かなかった。東のあとも、土屋のあとも追わない。男が二人を尾けていると思ったのは勘違いだったのか。どちらにせよ、陣内は土屋のあとを追うことを選択せざるを得なかった。

土屋はそのまま西武新宿駅の方に歩き出した。途中、自分からかけたのか、かかってきたのかは分からないが、二度ほど携帯で誰かと喋っていた。後ろからだったので表情は分からない。通話はいずれも数十秒程度だったと思う。

セントラルロードの一本先、歌舞伎町一番街の通りに土屋は入り、まもなく左手にあるビルの階段を下りていった。「とんかつ茶づけ」で有名な「すずや」の隣、その地下は朝方までやっているカフェだ。食事なら東と済ませているはず。ということは、一人でもう一杯飲み直すつもりか、あるいはノートパソコンで原稿でも書くのだろうか。

ついて入るわけにもいかず、陣内は向かいにあるお好み焼き屋の窓辺に席を確保し、ヤキソバをつまみながら時間を潰した。飲み物はノンアルコールビール。こんなものを自分が飲む日がくるとは思ってもみなかった。

土屋がカフェから出てきたのは一時間半後。九時を少し過ぎた頃だった。腕時計をちらりと見て左、歌舞伎町の中心部に向かって歩き始める。彼女の自宅がどこかは知らないが、なんにせよ帰るつもりはなさそうだった。

陣内は伝票を摑んで席を立ち、釣りはいらないといって店員に二千円を押し付け、急いで店を出た。

土屋は、女のわりに歩くのが速かった。陣内が通りに出たときにはもう五十メートルほど先、漫画喫茶のある角を通過していた。さらに真っ直ぐ、シネシティ広場の方へと進んでいく。

東を尾行していったミサキからの連絡はない。だが、向こうがどういう状況か分からないので電話もしづらい。とりあえず今は、土屋を尾けることに専念する。

セミロングの黒髪、オフホワイトのハーフコート、グレーの細身のスカートに、ややヒールの高い黒い靴。肩から下げているのは、たぶん初めて「エポ」にきた夜も持っていたトートバッグだ。オレンジと茶のツートーン。一見革製に見えるが、ひょっとしたら合皮かもしれない。色使いが派手な上にかなり大きいので、尾行する側からしたらいい目印だった。

建設中のコマ劇場跡まできて、右に進路をとる。この間は電話も、通りで誰かに出くわすこともなかった。せいぜい居酒屋のキャッチが「飲み放題、いかがですか」と声をかけるくらい。土屋はそれらを完全に無視し、ひたすらマイペースに歩き続けた。

向きからしたら、むしろ区役所方面に戻っていることになる。彼女の日頃の行動パターンなど知る由もないが、なんというか、まるで歌舞伎町の住人のような動線に見えた。仕事に遊び、デートに飲食。眠りにつくまではひたすら街の中を回遊し続ける、歌舞伎町という名の水槽に棲まう熱帯魚。

華やかに着飾り、おどけたように尾びれを翻《ひるがえ》し、泡を弄び、色とりどりの水草の隙間を縫って泳ぐ。ただ、この水槽には食う者と食われる者とが混在している。特に、土屋のような魚は危ない。キラキラとした、群れからはぐれた小さなテトラは、いつ何時、獰猛なアロワナに食いつかれないとも限らない。

区役所通りに近づくに連れ、耳に入るキャッチの台詞も変化してくる。飲食に関することから「キャバですか」「ヌキですか」「ソープ？」「デリヘル？」と、次第に性欲に関する直接的な内容が多くなってくる。むろん、土屋のような若い女性はその対象ではない。

土屋は、区役所通りを横断すると右、いったんは靖国通りの方に進んだものの、またすぐ次の角を左に曲がった。その先はもうゴールデン街だ。

まさか、「エポ」にいく気では――。

どうやら、そのようだった。

土屋はゴールデン街入り口に行き当たると左、まねき通りを速足で進み、二つ目の角を右に曲がって花園三番街に入っていった。

二メートルほどしか幅のない路地の左右に、間口が二間《けん》もない小さな飲み屋がズラリと軒《のき》を連ねている。おそらく、三番街だけでも五十軒以上はある。鈍い光を放つ、白や赤、紫や黄色の電飾看板。設置に関するルールも曖昧なため、下手をすると頭をぶつけそうな低い位置にも取り付けられている。実際、酔っ払いにぶつかられて傾いたり、壊れたままの看板も少なくない。

土屋は三番街の中ほど、「エポ」と書かれたシャッターの前で足を止めた。二階を見上げ、また腕時計を覗く。申し訳ないが今日は臨時休業だ。東がそのまま帰宅してくれれば九時か十時には開けるつもりだったが、状況がこうなのだからそれは叶わない。いや、いま偶然を装って自分が出ていき、すみません、いま開けますとシャッターを上げれば、それで済むことなのか。そうすればもう、土屋を尾行する必要もなくなる――。依然、土屋は店の前で立ち去り難そうに佇《たたず》んでいる。陣内が携帯番号を教えていれば、今日はお休みですか、くらいの連絡はしてきそうな横顔だ。

まもなく三つ手前の店のドアが開き、男性が二人出てきた。一人の、黒いパーカの背中には大きなドクロのプリント。もう一方、ライダースジャケットの背中には、十字架に掛けられたキリストが描かれている。二人はさらにハシゴをするのか、土屋の方にブラブラと歩き始めた。

土屋もそれに気づいたのだろう。「エポ」のシャッターに身を寄せ、男たちが通れるように路地を空ける。だが見ると、向こうからは別の三人組も歩いてくる。Bボーイ風というのだろうか、着ているものも黒やグレーのパーカと似通っている。

そこで何が起こったのか。陣内にも、すぐには分からなかった。

土屋の立っていた辺りで行き当たった五人の若者は、すれ違うでもなくその場で一つの固まりになった。土屋の姿が数秒、男たちに呑み込まれて見えなくなる。

だが、ドクロの男が身を屈め、

「……いやっ」

そう短く聞こえた瞬間、見えた――。

土屋が、男たちに抱え上げられそうになっていた。何本もの黒く太い腕が彼女に絡みつき、自由を奪い、声を奪い、恐怖に歪んだ顔さえも覆い隠そうとしている。

カッ、と頭の中で、白い光が爆《は》ぜた。

なぜよりによって、うちの店の前でばかり悶着《もんちゃく》を起こす――。

もう、理屈も何もなかった。数日前に東を襲った三人組と同じ連中なのかどうか、そんなことを考える余裕すらなかった。

陣内は走った。両手首に仕込んだ、タングステン合金の針を人差し指の長さに揃えながら、まずは低空の膝蹴りをドクロの腰に見舞った。

「どほぉッ」

陣内の全体重を乗せた一撃だ。脊髄はあえてはずしたが、広背筋《こうはいきん》右側を破壊し、肋骨《ろっこつ》に二、三ヶ所ヒビを入れたくらいの感触はあった。

ドクロがよろりと体勢を崩し、土屋の両足が地面に下りる。

すぐさま右左、キリストとグレー、二人それぞれの鼻っ柱にジャブを見舞った。だが、陣内の拳からは五センチほど針が突き出ている。

「ふごッ」

「ンノッ」

軽く突いたようにしか見えなかったろうが、針の先端が鼻の粘膜を貫通した手応えは充分にあった。

残り二人、土屋を両側から抱えている連中を見据えつつ、四つん這いになったドクロの背後に回る。すぐさま黒いニット帽を剝ぎ取り、頭髪を鷲摑みにして顔を上げさせる。キリストとグレーの二人も、両手で鼻を覆ってその場にうずくまっている。

陣内は顎で示した。

「……その女を、放せ」

いいながら、ドクロの額に横一本、線を描いてやる。むろん、針は人差し指に隠れて見えないようにしている。

ぞりぞりと音をたてながら、皮膚と血管、皮下脂肪が一直線に裂けていく。針先が頭蓋骨を直接撫でる、歪《いびつ》な振動も指先に伝わってくる。出血が始まり、幕のような赤が顔を伝い落ちていくと、「ひぃ、ひぃ」と、情けない声がドクロの口から漏れた。

今一度、残りの二人を順番に見据える。

「……聞こえなかったのか。俺は、その女を、放せといったんだぞ」

土屋の両脇、首に回っていた四本の腕が、草むらに身を隠す蛇《へび》の如くするすると解《ほど》けていく。土屋は自力で体勢を立て直し、細い両腕で自分の体を抱いた。バッグは傍らに取り落としていたが、ファスナーを閉めてあったのだろう。中身は一つもこぼれ出ていなかった。

「よし、いい子だ……お前はそいつ、お前がこいつ、一人ずつ連れて、向こうの突き当たりまで歩け」

二人は頷き、陣内の指示通り、キリストとグレーの二人にそれぞれ手を貸し、立ち上がらせた。針が鼻の粘膜を貫通したのだ。しばらくは痛みで涙が止まるまい。介助なしでは街から出ることもままならないはずだ。

無傷の二人は、顔面を血に染めたドクロを心配そうに見ている。

「……心配するな。身元調べが済んだら、適当に解放しておいてやる。ただし、二度と歌舞伎町には足を踏み入れられないものと思え。お前らの情報は、街の裏の裏まで回しておく。次にこの街で見かけたら、そのときは……花園神社の、カラスの餌《えさ》になってもらう。そのつもりでいろ」

再び陣内が顎で示すと、二人は不安げな視線をドクロに残しつつ、一人ずつ仲間を導きながら、そろそろと三番街を突き当たりまで歩いていった。だが、そこからなかなか動こうとしない。よほど仲間思いなのか。それともドクロがどこまで喋らされるか心配でならないのか。

ならば、踏ん切りをつけさせてやる。

「……んにッ、イギャァァァーッ」

耳の付け根に針を刺し、そのまま、ブリッと引き裂いてやった。同じ手で、シッシッ、とやってみせる。

男たちは綺麗に二手、左右に分かれて逃げていった。

ミサキもジロウも電話に出ない。だが市村には通じ、手短に事情を話すと、すぐに組の若い者を三人向かわせるといってくれた。

その頃にはギャラリーも多少集まり、面倒な雰囲気になりかけていたが、

「では、お預かりします」

「ああ、頼む」

ドクロを若い衆に引き渡すと野次馬も徐々に散っていき、まもなく三番街はいつもの静けさを取り戻した。

通りに残ったのは陣内と、土屋だけだった。

「……怪我は、ありませんか」

表情は強張っていたが、それでも土屋はしっかりと頷いてみせた。

「少し、休んでいきますか。お茶くらい、出せますけど」

それにも、同じように頷く。

陣内はシャッターの鍵を開け、ゆっくりと引き上げた。どん、と一番上まで巻き上がり、

せまく暗い階段が現われる。

「階段、上れますか」

「……はい」

陣内が照明のスイッチをオンにすると、土屋は壁に手をつきながら、一段一段確かめるように上っていった。ハーフコートとスカートが少し捩《よじ》れている。ヒールは折れてこそいないが、変な角度で地面に下りたのだろう、右の踵がこすれて白く削れている。

二人で踊り場まで上がり、陣内が店の戸を開け、中の明かりを点けた。

「念のため、下、閉めてきます」

「……はい」

シャッターを元通り閉めて戻ると、土屋はカウンターの、この前と同じ席に座っていた。

陣内はカウンターの中に入った。

「……お茶の方が、いいですよね」

土屋は路地でしたのと同じように、また両腕で自分の体を抱き締めている。

「あの、できれば……何か、温かいお酒を、いただけますか」

「なら、熱燗《あつかん》か、お湯割り、ホットウイスキー。ホットワインなんかも、こういうときはいいですよ」

「じゃあ……ホットワイン、お願いします」

「かしこまりました」

ただの買い被りなのだろうが、陣内は彼女を、もっと強い女性のように思っていた。理由は自分でも分からない。でもなんとなく、こういう場面でも弱気を見せず、平気な顔をしてやり過ごす、そういう意地やプライドの持ち主だと思い込んでいた。だが実際はそうでもなかったようだ。

土屋は、陣内が赤ワインを電熱器にかけ、ショウガをすり下ろしている間も、ずっと眉根を寄せ、所在なげに辺りをちらちらと見ていた。陣内の手元、背後の棚、その左手にあるミニコンポ、だいぶ高く積み上がってしまったCDの山。

ふいに、あ、と彼女がひと声漏らす。

「……私、すみません、助けていただいたのに、まだ、お礼もいってませんでした」

「いえ、そんなことは」

「ありがとう、ございました。なんか、よく分からないですけど、無事に、済みました……命拾いしました」

陣内はかぶりを振り、一度しゃがんで、カウンター下の収納から蜂蜜《はちみつ》とレモンを取り出した。

図らずも今、土屋は「よく分からない」といった。むしろ、これについては陣内の方が確かな心当たりがある。だが、あえて今はとぼけ、こちらから訊いておくべきだろう。

「あの連中が何者か、心当たりはありますか」

「……いえ。全然、分かりません」

おそらくそうなのだろうが、もう少し続ける。

「歌舞伎町、ずいぶん取材なさったんでしょう。そんなことはないに越したことはありませんが、その取材の過程で、何か恨みを買ったとか、そういう心当たりも、ないですか」

眉間の皺を深め、土屋が首を傾げる。

「……どうなんでしょう。なんか、まだ……気が動転してるのか、全然、分かりません……すみません」

「いえ、私に謝らないでください。危ない目に遭ったのは、土屋さんなんですから」

ワインが温まった。すり下ろしたショウガにレモン、蜂蜜をマグカップに入れ、それらとよく混ざるように温めたワインを注ぐ。

「……はい。お待たせいたしました」

「すみません。いただきます」

土屋は両手でマグカップを持ち、恐る恐る口に持っていった。舌を火傷《やけど》するほど熱くはしていないが、それは言いそびれた。

薄く整った形の唇が、濃い赤の液体を少しずつすすり上げていく。よく見ると、左の頬骨辺りが少し赤くなっている。男たちの拳か何かが当たったのかもしれない。

ひと息ついた土屋が、今日ここにきて、初めての笑みを見せる。

「……美味しい」

「よかった。お口に合って」

「陣内さんは、お料理も上手だし……奥様は、お幸せですね」

それには答えず、作り笑いで適当に流したつもりだった。だが土屋は、容赦なく怪訝そうな目を陣内に向けてきた。

「結婚、されてるんですよね」

そうはっきり訊かれては、誤魔化しようもない。

「いえ……独りです」

「ずっと？」

「ええ。ずっと、独りです」

嘘ではない。この顔と名前になってからは、ずっとそうだ。

土屋は大袈裟に目を見開いた。

「信じられない。てっきり……」

でもすぐに、肩をすぼめて小さく頭を下げる。

「……ああ、ごめんなさい。なんか、立ち入ったこと訊いちゃいましたね。すみません……ときどき、自分でも嫌になるんです。仕事のせいにするのは、ほんとはズルいんですけど、でも、なんていうか……この稼業は図々しく思われてなんぼ、みたいに思ってるところもあって。ごめんなさい。嫌な女ですね、私」

そんなことはない、と助け船を出してやった方がいいのか。それとも、このまま黙っていた方がいいのか。

迷っていたら、急に土屋が顔をしかめた。

「あっ……」

「どうか、しましたか」

少し背中を反らし、斜めになった土屋が自分の足元を覗く。

「なんか……足、捻っちゃったのかな」

「痛みますか」

「ええ、ちょっと……あの」

いいながら、土屋が斜め上を見上げる。

「あそこって、どうなってるんですか」

ロフトのことだ。セブンのメンバーでいえば、ミサキとジロウの定位置だ。

「別に、どうもなってませんよ。一応フロアソファと、ローテーブルがあって……下がいっぱいのときは、お客さんに上がってもらうこともあるし、たまに帰るのが面倒になると、私もそこに泊まったりします」

上目遣いで見ながら、土屋が細く息をつく。

「……あの、ちょっと、お借りしてもいいですか。靴脱いで、足、崩してみたいんですけど」

「ええ、どうぞ。でも階段、上れますか」

「はい、それは……大丈夫だと、思います」

土屋はバッグを置いたまま席を離れ、手摺《てすり》代わり、一つひとつスツールに手をつきながら、奥へと進んでいった。床につけているのはほとんど左足だけ。奥までいくと、ケンケンの要領で左、階段口に方向転換をする。だがさすがに、片足で階段は上れない。両手を壁に突っ張り、右足をつくのを最小限にしながら上り始める。

陣内もカウンターを出て、階段下までいった。

「……どうですか、大丈夫ですか」

土屋はスカートなので、あえて姿は見上げずに訊いた。だが、

「あ、はい。なんとか……アッ」

急にゴトンッ、と鈍い音がし、思わず階段を覗くと、土屋はロフトまであと二段というところで、横座りに尻餅をついていた。

「どうしました」

「イッタァ……また、ちょっと、捻っちゃったみたい」

陣内は一段飛ばしで駆け上がり、

「……失礼」

左腕を土屋の膝裏、右腕を土屋の脇から背中に回し、一気に持ち上げてロフトまで運んだ。ここは天井が低いため、陣内だと真っ直ぐには立てない。中腰のまま女性を抱えて歩くのはけっこう力が要《い》った。それでもなんとか、落とすことなく土屋をソファに横たえることはできた。

「大丈夫ですか」

「……はい、すみません」

陣内が完全に力を抜き、手を離しても、土屋はまだ陣内の首に腕を回したままだった。

彼女の髪から漂う、甘い花のような香りには覚えがあった。確か、初めてここにきた夜にも嗅いだ匂いだ。

「土屋さん。もう、楽にして、大丈夫ですよ」

そういって、陣内は離れようとした。

それでも彼女は、小さくかぶりを振る。

「もう少し……こうしてて」

息だけの、囁き——。

彼女の体温と、震えを直に、首に感じた。

吐息には、微かにホットワインの香りが混じっている。

頼りない、細い二の腕に目一杯力がこもり、陣内の体は、丸ごと彼女に引き寄せられた。

「私のこと……卑怯な女だって、軽蔑しますか」

首筋に感じる、唇。

湿ったそれは、顎から頰、耳へと這い上ってくる。

「私は、それでもいいんです……」

吐息と囁きが、耳のすぐそばで熱になる。

「陣内さんは、私が思っていたより、もう少し、怖い人……それでも、私はいいと思った。それでも、私はいいの……」

細い指が何本も、陣内の髪の中に挿し込まれる。

耳にあった濡れた感触が、探り探りしながら近づいてくる。陣内の唇に、言葉を口移ししようと迫ってくる。

「たとえあなたが……『欠伸のリュウ』だとしても。『歌舞伎町セブン』のメンバーであっても、私は、かまわない」

サッ、と体の底に穴が開き、体温が根こそぎ、そこに抜け落ちるのを感じた。

この女、今、なんといった——？

5

相談の結果、陣内がツチヤという女を、ミサキが東を尾行することに決まった。

これでまた、東を殺《や》るチャンスができる――。

今のところ、事はすべてミサキの思い通りに進んでいた。

東と女が店から出てきたのは、十九時半を少し過ぎた頃だった。

ただ予想外だったのは、それに変なオマケがついてきたことだ。明らかに自分や陣内同様、その男は東を尾行している。

あの男が東を殺るつもりなら、それでもいい。むしろ殺ってくれた方が好都合なくらいだ。だがそうではないとしたら、邪魔だ。さて、どうしてくれようか――。

おそらく当の東は、三人もの人間に同時に尾行されているとは気づいていまい。女と共に靖国通りまで出て右、新宿駅方面に歩いていく。むろん陣内も、オマケの男もそのあとを尾けていく。

東たちはドン・キホーテの前で立ち止まり、女は信号待ちの間も名残惜しげに東に話しかけていたが、東の方はさほどではなく、信号が青に変わると、さっさと駅方面に横断歩道を渡り始めた。普通に考えれば、このまま山手線に乗って帰宅というコースだろう。

携帯に陣内から連絡が入った。

『じゃあ、女を尾ける』

「ああ」

さらに予想外だったのは、オマケの男がその場から動かなかったことだ。男は東に続いて横断歩道を渡ることも、女を追うこともせず、ドンキの前で立ち止まっている。歩道の真ん中に立っているため、周りの人波は自然と男を避けて左右に割れることになる。それはそれで奇妙な光景だった。

やがて男は右、元コマ劇場があった方に歩き始めた。つまり歌舞伎町の中心に向かってだ。どういうことだろう。東を尾けていたのではなかったのか。

それは判断と呼べるほど、論理的思考に従っての行動ではなかったかもしれない。強いていうとすれば「嗅覚」か。獲物の臭いに引き寄せられるように、ミサキもまた男を追って歩き始めていた。

時刻は十九時五十分。セントラルロードは、まだ一軒目の店も決まっていない来街者たちで溢れている。一時期は区や警察の締め付けで姿を消していた呼び込みも、このところはまた堂々と路上に立つようになってきている。そんな歌舞伎町の日常風景の中を、男は黒い隙間風のように、すいすいと進んでいく。

誰も、彼には声をかけない。

誰も、その存在すら認知していない。

これか、とミサキは思った。

おそらくあの男も、ミサキと同じ幽霊なのだ。この世にいながら別の次元を生きる者。社会から認知されず、また自身も他の一般人のようには社会を認知していない、浮いた存在。誰とも重ならない、誰とも触れ合わない。ただ吹き抜けるだけの、砂交じりの風――。

男は突き当たりを左に曲がり、シネシティ広場の方に進んだ。さらにそこも抜け、歌舞伎町交番の前も通過していく。むろん、立番《りつばん》の制服警官が職務質問をすることもない。男はその程度にも認識されない。

ハイジアの前も素通りし、大久保公園の近くまできた。ふと、ジウを追いかけて歌舞伎町中を走り回った夜を思い出した。あれはもう、七年も前になるのか。懐かしいとは思わないが、あの頃の自分はまだ生きていたのだな、とは思う。悲しくもない。ただ、そう思うだけだ。

男はこのまま歌舞伎町を抜けていくかのように見えたが、そうではなかった。大久保公園の角を左、人通りのない道に入っていく。

まさか、と思った。

すっかりこっちが尾けているとばかり思い込んでいたが、実はとっくにこの尾行はバレていて、逆に、自分が誘き寄せられていただけなのかもしれない。

まさに、そのようだった。

五十メートルほど進んだところで男は足を止め、ゆっくりとこっちを振り返った。右は明かりの消えた雑居ビルやマンション、左は大久保公園のフェンス。周囲に商業施設がないため、歌舞伎町の中でも極端に人気がない場所だ。

ミサキも男の手前、五メートルの地点まで進んで足を止めた。

男が、ポケットに両手を入れたまま口を開く。

「……何か用か」

声の印象でいえば、年はミサキとさほど変わらない。

「別に。そっちこそなに、いきなり……ひょっとして、ナンパ？」

男が小首を傾げる。

「だとしたら、俺があんたの最後の男ってことになる。それでもいいか」

変だ。男の戦闘能力が測れない。両足の開き具合、重心の置き方は悪くない。それなりに実戦的な姿勢、であるようにも見える。だが、その体勢から何を繰り出すのか、その見当がまるでつかない。打撃、刃物、銃器、あるいは接近しての組技。構えが、そのどれにも当てはまらない。

ミサキも真似て、首を傾げてみせた。

「そんなにあたしを、夢中にさせる自信があるの？」

男は動かない。

「夢中なのはあんたの方だろ。区役所裏からここまで、わざわざ俺のあとを尾けてきたんだからな」

おそらくこの男は、ミサキがあの店に入った場面を見ていた。そして同じ人相着衣の女が自分のあとを尾けてきていることに、どこかの時点で気づいた。そこそこできる男ではあるようだ。

ならばもう、遠慮する必要はあるまい。

「そう。ちょっと気になったのは、確かだね。だからせめて、名前くらいは聞かせてくれよ……坊や」

ニット帽で目元はよく分からないが、男が片頬を笑いの形に吊り上げたのは分かった。悪くない面構えだ。

「少しは礼儀を弁《わきま》えたらどうだ。風俗嬢だって、名前くらい自分から名乗るぞ。俺とヤりたいなら、なおさらだ」

よほど肝が据わっているのか、あるいはただの馬鹿なのか。それも分からない。

「残念だね。あたしは確かに商売女だが、あんたの腐れ摩羅《まら》をしゃぶってやる気はないんだ。そういうテクもないしね」

「他に、どんなテクならあるんだ」

「当ててごらん。たぶんあんたも、そっちの方が興味あると思うよ」

「ほう……じゃあ、こういうのはどうだ」

男がポケットから右手を出す。それには、二十センチはありそうな、銀色の金属棒が握られ――いや、違う。あれはただの金属棒じゃない。

「こういう方が、あんたも……好きだろう」

男が一気に距離を詰め、右手のものをミサキに振り向けてくる。

間違いない。バタフライナイフだ。しかも刃部が七インチはある大型のものだ。かつてジウが実戦で使用していた、ヌンチャクとナイフの役割を同時にこなす、あれだ。

まさか、こいつが、ダムド――。

「シッ」

ミサキはステップバックし、最初のグリップ部の一撃をかわした。だがそれがフェイントであることも分かっていた。宙で弧を描いたそれは、間髪を容れず第二撃となって襲ってくる。

「シェッ」

今度は刃部。間合いが近い。避《よ》けきれない。

「クッ」

ミサキはあえて間合いを詰め、襲いくる男の手首に右肘を合わせた。刃がかするくらいはあるかもしれない。それでも致命傷を受けることはない。そういう判断だった。

しかし、男は鈍く笑った。

「……甘いな、売女」

男のジャンパーの腹部が、変に尖っていた。

その先端が、乾いた破裂音と、白い閃光《せんこう》と共に爆ぜた。

第五章

1

東の首を狙っているのが俺だけではないことは聞いていた。それは早い者勝ちで、仕損じれば報酬がそいつに流れることも承知していた。だがそれは、あくまでも敵が東一人の場合だ。一つの的を複数の殺し屋が一斉に狙う。そういう競争だとしか俺は捉えていなかった。

しかし、実際はどうだ。俺が東を尾行していたら、妙な女が東の周りをうろつき始めた。俺も、最初から疑っていたわけではない。東の入っていったイタ飯屋に一度入り、すぐに出てきた女がいた。一体なんの用だったのだろうと疑問には思ったが、その時点ではまださして気にしていなかった。

俺が気づいたのは、靖国通りに出て二十メートルほど歩いたときだ。ガラス張りになったハンバーガーショップの前を通り、その反射でたまたま後ろの人込みが見えた。その中に、さっきの店に出入りした女とよく似た顔を見た気がしたのだ。俺はない頭を絞って考えた。俺が東を尾けている。その後ろから別の女も尾けてくる。これは一体どういうことだ。奴も東を狙っている同業者なのか。だとしたらどうすべきか。

むろん、このまま東を追っていき、機会を見て殺す、という選択肢はある。俺は電車が嫌いだから、自ずと勝負は駅までの間につけることになる。人込みに紛れて後ろから刺し殺す。至近距離から撃ち殺してもいい。あとは逃げる。ただそれだけのことだ。だがそうした場合、あの尾行女はどう出るだろう。目の前で獲物を横取りされて、黙って俺を逃がしてくれるだろうか。俺が逆の立場だったら、絶対にそんなお人好しな真似はしない。俺だったら、そいつを殺す。東を殺した奴を俺が殺して、東も俺が殺したことにして、報酬を横取りする。

だったら立ち位置を逆転させてみるというのはどうだ。東、俺、尾行女という順番を、東、尾行女、俺というふうに並べ替えるのだ。

この時点で俺は、東の連れの女を人質にとるという案は捨て、ドンキの前で立ち止まった。横断歩道を渡っていく東も、そのまま真っ直ぐ歩いていく連れの女も追わず、できるだけ分かりやすく、歩道の真ん中に突っ立ってみせた。

　すると予想外のことが起こった。東と一緒に横断歩道を渡っていく人波に、尾行女の姿がない。どういうことか。考えられるとしたら一つ。尾行女はまだ俺の背後にいるということだ。

　俺は、東が完全に見えなくなってから歩き始めた。右に曲がって歌舞伎町に入り、振り返らずに背後を確認するチャンスを窺った。

　コンビニエンスストア、電話ボックス、ミラーになった看板。あらゆる反射を利用して確かめたが、間違いない。いる。あの尾行女は俺を尾けてきている。

　どういうつもりだ。東の首が狙いなら、そのまま奴を追っていけばいいだろう。なのに、なぜ俺を尾けてくる。まさか、狙いは東ではなく、最初から俺なのか。

　大久保公園沿いの人通りのない道に誘い込んでも、まだ俺は半信半疑だった。だから俺は足を止めて振り返り、単刀直入に訊いた。

　何か用か。

　女の態度には余裕があった。こういう場面にも慣れていそうだった。口振りも実に落ち着いていた。

　そして、その目を見て、俺は確信した。

　この女、殺《で》きる——。

　挙句にこの台詞だ。

「……たぶんあんたも、そっちの方が興味あると思うよ」

金より殺し。セックスより殺し。やはり、同じ穴のムジナというわけだ。

そうと分かれば話は早い。股座が空っぽになるまで可愛がってやるだけだ。

俺は七インチのバタフライを振り出しながら、一気に間合いを詰めた。驚いたのはその、女の動きだ。女はグリップの第一撃を、まるで予測していたかのように綺麗に避《よ》けてみせた。続く第二撃。間合いは完全に俺のものだったが、なんと女は、半歩前に出ることによってそれも無効化してみせた。おまけに肘を俺の手首に合わせてきた。

やはり只者ではない。こっちは得意の武器を振るっている。女はいまだ素手だ。それで五分とは恐れ入った。

だが、こっちはプロだ。こんなこともあろうかと、俺は左手をポケットに入れたままにしておいた。その中で握っていた拳銃の引き鉄を、迷うことなく引いた。

「ンアッ……」

この至近距離だ。いかに俺が銃に不慣れだろうとはずすはずがない。実際、女のコートの脇腹が小さく弾け飛ぶのは見えた。

勝てる、殺《や》れる——。

しかし、その一瞬の油断が仇《あだ》になった。ひょっとすると、銃声で少し耳がバカになっていたのかもしれない。「エヌ」が切れかかっており、感覚が鈍くなっていたというのもあるだろう。とにかく、普段ならあり得ないことだが、俺はもう一人、その場に近づいてきていたことに気づかなかった。

ぶわっ、と何かが頭上を覆い、強烈な一撃を側頭部に喰らった。おそらく膝蹴りだ。俺は尻餅をつき、視界は激しく揺れ、衝撃で意識が飛びかけた。「エヌ」切れのため痛みもかなりあった。

俺は地面を転がりながら、銃を出して構えた。

襲ってきたのはやけにデカい男だった。その男は銃を構えながら、自らの体を盾に女を庇《かば》おうとしていた。

俺は後ろに下がりながら、徐々に体勢を立て直していった。

どうにも分が悪かった。

男は右手で銃を構えている。普通に右利きなのだろう。俺も利き手は右だが、いま銃を握っているのは左だ。この距離で撃ち合ったら、たぶん負けるのは俺だ。だが持ち替えられる状況でもない。持ち替えようとしたら、その瞬間に撃たれる。少なくとも、俺ならそうする。いや、俺なら相手が無抵抗なうちに撃つ。だが男はそうしない。なぜだか、俺が尻餅をついている間は撃ってこなかった。

だとしたら、俺に残された選択肢は一つしかない。

逃げるが勝ち、というやつだ。

俺はその足で、新大久保の馴染みの売人のところにいった。

ありったけよこせ。金ならいくらでもある——。

いくらでも、は言い過ぎだが、俺は五十万払って、奴の持っている「エヌ」を全部買い取った。ポンプはおまけしてもらって、その場で一発キメた。

次に、携帯で上田に連絡を入れた。

お前、今どこにいる——。

『え、あ、あの、アルセーヌって……』

キャバクラか。

『あ、いや、そうだけど、でも、仕事ですよ、仕事。遊んでるわけじゃなくて』

いいから今すぐ、いつもの事務所にこい。じゃないと、今からその店ごと血の海にしにいくぞ——。

上田は上田なりに急いできたのだろう。「アルセーヌ」という店がどこにあるのかは知らないが、俺が事務所に着いたときにはもう奴もきていた。

「ちょっと、どうしたの……頭、血ぃ出てるよ」

俺は迎えに出てきた上田の首根っこを黙って摑み、奥まで引きずっていき、いつもの応接用ソファに放り投げた。

「い、痛い、痛いよ……怪我したらどうすんの」

馬乗りになり、胸座《むなぐら》と前髪を同時に掴み、死んでも俺から目を背けられないように固定した。

お前、俺を、騙したな——。

「な、何よ、騙してなんて、そんな」

東には兵隊がついている。デカ一匹殺《や》るどころの話じゃない。その兵隊は銃も持っている、完全な玄人《くろうと》だ。下手したらこっちが殺られるところだった。

上田が、濁った両目を限界まで引ん剝く。

「えっ……そんなの、こっちだって、聞いてないよ」

そうだろう。お前が知っていていわなかったんだとしたら、今からここでお前をブチ殺さなきゃならない。だが俺も、そこまで無茶はいわない。

お前、今すぐ、一千万用意しろ。

「いっ……えっ、一千万？」

ゴツンと一発、頭突きをくれてやる。さらに、失神する一歩手前まで首を絞め上げる。

今いったはずだ。東には兵隊が何人もついている。少なくとも二人は腕利きがいる。タイマンなら俺も負けない。寝首を掻くのも得意中の得意だ。だが、がっちりガードを固めた相手を殺るなら、俺にもそれなりの準備が要る。向こうが軍隊なら、こっちもそれなりに頭数を揃える必要がある。言い出しっぺはお前だ。責任をとって一千万、自腹を切れ。じゃなかったら、今すぐここで死ね。

それでも上田は、簡単には頷かない。

「そ、それ……向こうが兵隊って、本当なの？　だって、東は、刑事なんでしょ？」

間違いない。最初は俺も同業者かと思った。でもそうではなかった。東を狙ってる奴が俺を邪魔に思い、前もって消しにきたのかと思った。そうでもなかった。そういう手合なら、あのタイミングで俺を尾けてはこなかったろうし、最後も躊躇なく、俺のことを撃ったはずだ。だが奴はそうしなかった。尾行女を守ることを優先し、俺を撃つことも、追いかけてくることもしなかった。あれは、何かを守ろうとする人間の弱さだ。世の中は、いつだってそうだ。強い奴は攻める。弱い奴は守る。だから強い奴には次のチャンスがくる。弱い奴には二度とチャンスがこない。簡単な理屈だ。分かるか、親分。

上田は、カクカクとぎこちなく頷いた。この腰抜け組長に、俺のいうことの半分も理解できているとは思えないが、それでもいい。

お前、いま頷いたな？

「え、あ……うん」

じゃあ一千万出すな？

「えっ、いや、それは」

じゃあ死ぬか？　今ここで。

「いえ、その、死ぬ、というのは……」

じゃあ出すか？

「え、でも……」

そもそもお前に、何かを選ぶ権利も資格もありはしないんだ——。

俺が十七回、連続で頭突きを叩き込むと、ようやく上田は「出させていただきます」と素直になった。

もうその頃には、俺も上田も血達磨《ちだるま》になっていた。

それだけでは到底怒りが収まらなかったので、サトウにも電話を入れた。

おい、肝心な情報がこっちにきてないぞ。お陰で、危うく返り討ちに遭うところだったぞ。

『なんの話だ』

とぼけるな。東の兵隊のことだ。

『……どういう意味だ』

この期《ご》に及んで白《しら》を切るつもりか。お前は情報提供の担当なんだろう。だったらちゃんと、東に関する情報は包み隠さずこっちによこせ。肝心なところをボカすような真似はするな。

『ちょっと待て、まるで意味が分からない。東の兵隊っていうのは、どういう意味だ』

そのままの意味だ。奴には奴をガードする軍隊がついてる。そこらの素人じゃない。銃も扱えて格闘もできる、完全なるプロだ。それも、男と女のペアだ。あんたにチャカをもらってたから助かったが、そうでなかったら今頃、俺は向こうに捕まって洗いざらい吐かされた挙句、どっかに埋められて冷たくなっていた。

しばらく、サトウは黙った。どうやら、これについては本当に知らなかったようだ。

おい、なんとかいってみろ。

『……その、男と女のペアというのは、どういう風体だった』

女はOL風だったが、あれはただの変装だろう。男の方は暗かったからよく覚えていない。体格はよかった。

『年の頃は』

そんなに年は喰ってなかったと思う。二人ともまだ三十代だろう。

するとまた、しばらく黙り込む。

おい、どうするんだ。東を殺《や》るってことは、その兵隊どもと、もう一戦交えるってことなんだぞ。分かるよな。こっちも戦力の増強が必要なんだ。最低でも二人は必要だ。

サトウもよほどいろいろ考えたのだろう。俺の要求にはまるで満たなかったが、それでもある程度の譲歩はしてきた。

『……分かった。助っ人は手配する。だが二人は難しい。出せてもせいぜい一人だ』

何が難しい。腕の問題か。それとも金か。

『両方だ』

金のことなら心配いらない。俺が上田から巻き上げた金で、どうにでも穴埋めできる。

あんたは腕っ節の強いのを二人、確実に手配することだけ考えろ。

『そんな腕利きはいない。いたら、とっくにそいつにやらせている』

お前の泣き言なんぞ聞きたくない。とにかく二人、死ぬ気で探せ。

サトウとは別に、俺も心当たりは当たってみた。とはいっても、相手は掃除屋のシンちゃんだ。

『……びっくりしたぁ。知らない携帯番号からなんで、誰かと思いましたよ。なんですか？』

俺のような仕事ができる、腕の立つ奴を紹介してくれと頼むと、さすがはシンちゃんだ。

サトウや上田とはひと味違う情報を提供してくれた。

『それ、新宿署のデカを始末しろって話ですよね』

そう、まさにそれだ。

『その件じゃ、もう七、八人失敗してるって噂ですよ。あんまり安請け合いしない方がいいと思いますけど』

そうはいかない。もう受けちまった。

『それでなんで、腕の立つのが必要なんですか』

かいつまんで事情を話すと、シンちゃんは『やっぱり』と溜め息交じりに漏らした。

『たぶんそれ、「歌舞伎町セブン」のメンバーですよ』

セブンとは、あの、歌舞伎町を裏から牛耳っているという、噂の集団のことか。

『いや、それはちょっと、事実と違うんですけど……なんか、個人的にはその一件、あんまり関わりたくないなぁ』

だが金額を提示した途端、シンちゃんの声色は変わった。

快く協力を約束してくれた。

『二人、ですよね。分かりました……でその、自由に使える地下駐車場っていうのは、なんなんですか』

それは、いわばオーディション会場だ。

シンちゃんが用意したのは、新宿区高田馬場《たかだのばば》二丁目にある解体前の古いマンションだった。その地下駐車場に、サトウの手配した二人も呼び寄せた。

だがその二人を見て、俺はサトウが渋った意味をなんとなくだが悟った。

確かに、二人とも腕っ節は強そうだ。上半身は黒いタンクトップ一枚。ボコボコした胸板や腹筋は見るからに硬そうで、素人だったら見るだけで逃げ出しそうな厳《いか》つさがある。目つきを見る限り、根性も据わっていそうだ。

問題は顔だ。どう贔屓目に見ても日本人ではない。二人ともアラブとかブラジルとか、そっち系の滅法《めっぽう》濃い顔立ちをしている。

案の定、言葉が通じない。

俺が、リーダーだ。雇い主だ。

そういっても、まるで反応がない。ひょっとすると、頭もちょっと弱いのかもしれない。対して、シンちゃんが手配した方は二人ともちゃんとした日本人だった。一人はカマキリみたいに痩せているが、何をしでかすか分からない不気味さは使えると感じた。

最後の一人は、なんと知り合いだった。

「あれぇ？　ダムドくんじゃん」

なんだ、キタくんか――。

本名は知らないが、みんなが「キタくん」と呼んでいたので俺もそうしていた。彼とは横須賀《よこすか》にいる頃に何度かタイマンを張ったことがある。勝敗は完全なる五分だった。

確かにこいつは体も筋肉もデカいし、根性も半端なくある。ただしそれは、あくまでも喧嘩の場合であって、今現在の殺しの腕前がどうかは、はっきりいって未知数だ。

全員揃ったところで早速、俺は今日集まってもらった趣旨を説明した。

聞いてるとは思うが、本命の仕事は、東という新宿署の刑事を始末することだ。ただし、向こうは兵隊を揃えている。それでこちらも、強力なチームを作る必要が出てきた。そこでだ。今から君らには、ここで殺し合いをしてもらう。残れるのは二人。その残った二人には、今日のうちに五百万、東を始末できたらさらに五百万の成功報酬を出す――。

最初に声をあげたのはキタくんだった。

「おい、俺はそんな話、聞いてねえぞ」

だが、

「……ホッ」

そのときには外国人二人が、もう動き始めていた。一人がカマキリに、一人がキタくんに向かっていく。

速い――まずそう思った。

カマキリはジャックナイフみたいな刃物を抜き、それで威嚇したつもりだったのだろうが、アラブ一号はまったく躊躇することなく、カマキリの懐に全力でタックルしていった。そのまま正面からカマキリの胴体を抱え込み、持ち上げ、まるでスピードを落とさずに壁まで突進していく。

「ホアッ」

圧巻のパワーだった。

カマキリは背中から肩、後頭部までをコンクリートの壁に叩きつけられ、だがアラブ一号はそれでは終わらず、振り返るや否やさらに高く伸び上がり、渾身《こんしん》の力で勢いよくお辞儀――持ち上げたカマキリを足元の地面に叩きつけた。

グシャッ、とカマキリの後頭部が一瞬で、真っ平らに潰れた。

一方キタくんは、

「どれあッ」

同じように地面に倒されていたが、頭は潰されておらず、まだ下から抵抗を試みていた。

俺が見て、こいつは駄目だ、と思ったのは、キタくんが寝かされた今になって、腰から武器を取り出そうとしたことだ。それがナイフか銃かは知らないが、武器にはそれぞれ使える体勢というものがある。しかも相手は、まるで躊躇や恐怖心を見せない筋肉お化けだ。こんな体勢で武器を取り出したところで――、

「ホッ」

「ンゲァァァーッ」

案の定だった。肘を曲げた瞬間、そのまま逆関節を極《き》められて背中まで捻り上げられた。

まもなく、筋肉も靭帯もいっぺんに千切れる音が駐車場内に響いた。キャベツとか白菜と

か、葉物野菜を引き裂くときの音に似ていた。

しかし、アラブ二号の凄いのはむしろここからだった。

普通、関節がはずれたら攻撃個所を変える。だがアラブ二号は、ブラブラになった腕をさらに捻じり始めた。グルグル、グルグル。何回も何回も捻じっていけば、そのうち、肘の辺りは嘘のように細くなっていく。

そして当然、最後には千切れる。

「ホエッ」

「ハキャァァッ」

若干、最後に筋が糸を引いてはいたが、キタくんの前腕はそこそこ綺麗に捥《も》げた。片腕がそんなになったのだから、キタくんもアラブ二号も血塗れだったが、二号はさらに反対の腕も、

「はぎっ……い、いぎぇ……や、やめて……」

それが済んだら脚も捥ぎ取ろうとした。しかし、さすがにそこまでは必要ない。俺にいわれたくはないかもしれないが、それ以上やったところでシンちゃんの仕事を増やすだけだ。

俺はアラブ二号の正面に回ってしゃがみ、分かりやすいように手振りで命じた。もうよせ、分かった、トドメを刺してやれ。だがそれすら通じなかったのか、あるいは分かって

いるのに従う気がないのか。アラブ二号はキタくんを生きたまま解体することを止めようとしない。

致し方ない。ここは体で教えて、分からせるしかあるまい。

俺は渾身の膝蹴りを、真横からアラブ二号の顎に叩き込んだ。普通なら脳震盪《のうしんとう》、下手をしたら脳挫傷を起こすレベルの一撃だ。

しかし、

「……ホァ……クハッ」

二号はなんとか持ち堪《こた》え、すぐさま立ち上がり、今度は俺に襲い掛かってきた。ぐっと体勢を低くし、高速タックルを仕掛けてくる。

むろん俺は、こんな筋肉お化けになどやられはしない。どんなに力があろうと動きが速かろうと、摑まれなければいいのだ。触らせなければいいのだ。すべての動きを見切り、その都度カウンターを当てていけば必ず勝てる。「エヌ」をばっちりキメた俺には、それくらい造作もないことだった。

一発で駄目なら二発、三発、四発。だが一号に加勢に回られては面倒なので、俺は五発目で決着をつけてやった。七インチバタフライのグリップショットを、こめかみに思いきり叩き込んだ。

その瞬間、二号の動きはスイッチが切れたように停止し、なんの受け身も取らず、その場にもんどりうって倒れた。警戒していたアラブ一号の介入は、結局のところなかった。一号は、少し離れたところに立っていた。

奴は俺と二号の戦いを、ただじっと、見ていたのだ。

2

署の留置係が保管していた手塚の所持品に、彼の正体を示すようなものはなかった。手塚の自宅は、東が調べに入った時点ですでにもぬけの殻だった。手塚自身がそうしたのか、あるいは第三者によるものなのか、それも分からない。だが印象だけでいえば、誰かが手塚の正体を隠そうとしている、存在そのものをなかったことにしようとしている。そういうことになる。

だとすると、俄然あの発言が重大な意味を帯びてくる。

「現場に、何か私のものは、落ちてなかったですかね」

東はそれに対し、何かとは何か、大事なものなのかと訊いた。だが手塚は答えなかった。結局あれが、東の聞いた手塚の最後の言葉になった。いや、あの言葉を強調するために、手塚は以後の会話を拒否したのかもしれない。しかし実際には、事件現場に手塚の所持品らしきものは何一つ落ちていなかった。そもそもそんなものが落ちていれば、東がナイフを拾った時点で気づいている。

　おそらく手塚は、わざと訊いたのだ。落としてもいない「何か」を、あえて落ちていなかったかと東に確認した。なんのために。それはたぶん、気づいてほしかったからだ。「何か」が足りないことに。あるはずのものが、ないということに。

　つまり、探せということか。その「何か」を、自分に――。

　通常、警視庁管内であれば、落とし物は一ヶ月程度所轄署に留め置かれる。持ち主の名前が分かるようなもの、それこそ携帯電話や名刺入れであれば持ち主に連絡をとり、身分を確認したうえで返却する。一ヶ月を過ぎると遺失物センターに移送され、そこで今度は三ヶ月ほど留め置かれる。手塚の場合はどうだろう。あの逮捕劇から十五日。その直前に落としたのだとすれば、そして落とし物として通常通り処理されているのであれば、その「何か」はまだどこかの所轄署に保管されていることになる。どこの？　警視庁管内には現在、百二の警察署があるが、最も可能性があるのは、いうまでもなく新宿署だろう。

　土屋昭子と会った翌日は本署当番に当たっていたため、東は動けなかった。幸いこの日は勤務中に襲われることもなく、無事朝を迎えられた。

　ようやく体が空いたのは当番が明けた十八日、金曜の午後だった。

「すみません。落とし物のことで、ちょっと伺いたいんですが」

「ああ、はい……お疲れさまです」

対応してくれたのは会計課の女性職員だったが、実際に落とし物を見せてくれたのは年配の担当係長だった。

「なんでまた、東さんが落とし物なんか」

彼は眉をひそめながら、それでもプラスチックケース二つ分の落とし物を東に見せてくれた。

傘、デジタルカメラ、携帯電話、バッグ、財布、ポータブルオーディオ、ブランド物のハンカチやキーホルダー、メガネ、パスケース、名刺入れ、まだ包装された状態のネクタイ、などなど。傘以外のものは整理番号のシールを貼った、ジッパー付きのポリ袋に入れられている。傘には針金で同様の札が結わえつけられている。

分類しながら東が数えたところ、携帯電話は十二個、名刺入れは七つ、手帳は九冊あった。

係長に訊く。

「携帯は、もちろん電話会社に連絡済みなんですよね」

「ええ、もちろん。でも、たいていはすぐに新しいのを買ってしまうんでしょうね。引き取りにこない方が、本当に多いです」

一台一台袋から出して弄ってみたが、ちょうど半数は電池切れやロック状態になっており、メモリー内容を見ることはできなかった。残り半数のうち、三台はデザインからして女性物。案の定、メモリーを見たら所有者が女性の名前になっており、送信メールの文面も女言葉で、とても手塚のものとは思えなかった。残り三台のうち、一台は年配者向けのモデル。むろん名前も違うし、文字の大きなメールも【今から帰る。】とか、【北口で待ってる。】とか、生活に関する細々とした内容ばかりだった。

残り二台も所有者名が違っていた。一人はたぶん、かなり若い。複数の女性と頻繁《ひんぱん》にメールのやり取りをしており、一部には脱法薬物の使用を窺わせる文面もあったが、しかしそれだけだった。残りの一台は、たぶん普通の会社員だ。メールやスケジュールには会議と出張に関する記述が多く、しかも拠点は大阪らしかった。東京に出張にきて携帯を落としたのだとしたら、その日はさぞ困ったことだろう。

また担当係長に訊いてみる。

「名刺入れや手帳は、連絡済みですか」

「大体、そうですね。ええと……」

係長は拾得物件一覧簿を確認し、二つの名刺入れと、一つの財布を指差して東に示した。

「それらは中を見ても所有者が特定できなかったので、連絡できていませんね。まあ、財布に関しては、レシートとかね、根気よく調べていけば、ひょっとしたら分かるのかもしれませんが」

「そこまでは、さすがにできませんよね」

「ええ。あと、スイカとかね。それに名前を入れてくれてたら、こういう場合でもちゃんと持ち主に戻るんですけどね」

ＪＲ東日本発行のチャージ式ＩＣカード「Ｓｕｉｃａ」には、使用者の名前を登録できるタイプとできないタイプとがある。確かめてみると、なるほど、財布に入っていたスイカは名前なしのタイプだった。

「あと、これもか」

さらに係長が示したのは、くたびれたパスケースだ。

「これ、スイカが一枚入ってるだけでね、他にはなんもないんですよ。名刺くらい、一緒に入れとけばいいのにね」

係長が中からスイカを抜き出し、表裏と返してみせる。

なぜだろう。東は、その一枚がやけに気になった。

「……ちょっと、失礼」

カードを係長から受け取り、同じように表裏と交互に見てみる。

シルバーとグリーンで色分けされた表面、右端には可愛らしいペンギンのイラストがある。持ち主不明の財布から出てきたものとまったく同じデザインだ。裏には利用案内。カードが不要になった場合、紛失した場合などについて細かい文字で印字してある。

一見、不自然な点はない。多少こすれて縁の辺りが汚れてはいるが、でもそれだけだ。だが、二枚を同時に持って比べてみると、ほんのわずかだが違いがあることが分かる。

何が。

明らかに、厚みが違う。

「ちょっとこれ……借ります」

「えっ、東さん、困りますよ」

「すぐに返します」

東は逃げるように会計課から出た。どうしようか。さして深い考えがあるわけではない。だが何かある。そういう予感だけは確実にあった。

四階のデカ部屋に戻り、自分の机に着いた。握り締めていたスイカを両手で持ち直し、じっくりと検めた。自分のスイカとも並べ、比べてみる。チャージ機能付き定期券の購入時に払い戻ししそびれ、以後もなんとなく財布に残っていた一枚だ。

重ねてみると、やはり厚みが違う。さらに鑑識作業の要領で、明かりの当て具合を微調整しながら表面を観察してみる。するとカードの右側、ちょうどペンギンの背景辺りに、ぼんやりと四角い凹みがあるのが分かった。そういった凹みは、東のカードにはない。このカード特有のものだ。手で触っても段差までは感じないが、光の角度によっては確実に視認できる。そういう凹みだ。

「東さん、何やってんの」

ふいに声をかけられ、振り返ると、右後ろに瀬川係長が立っていた。

「ああ、いや……大したことじゃないんですが、まさか、偽造スイカじゃないだろうな、と思ったもんで」

瀬川が「はは」と短く笑う。

「スイカに偽造はないでしょう。ホストコンピュータとデータが合わなきゃ、使えない仕組みなんだから」

そう。今のところ、スイカ等のチャージ式ＩＣカードの偽造事件は報告されていない。一般的には、偽造に要するコストが莫大なため、犯罪組織も手が出せないのだといわれている。

瀬川が覗き込んでくる。

「偽造かも、なんて疑うような代物、どうしたの」

「いえ、別に、本気で疑ってるわけじゃないです。そうだったらどうかなと、考えていただけで……そうですよね。偽造なんて、あり得ませんよね」

東は安心した振りをし、二枚のスイカをポケットに収めた。

「自分は、上がります……お先に失礼します」

「はい、お疲れさんでした」

デカ部屋を出て一人、廊下を歩きながら続きを考える。

これをどうする。厚みが違うのは明らかだ。だが無理やり剝がして、中身を見るのは乱暴過ぎる。正直、東はそんなに手先が器用な方ではない。せっかちな性格であることも自覚している。細かい作業を始めて、でも途中でイライラしてきて、つい先を急いで、えいッ、と力を入れ、それ自体を台無しにしてしまったことが何回もある。台所用品の修理くらいならいい。瓶か何かの、ラベルの剝がし損じ程度なら気にもならない。しかし、これは違う。

このカードがもし、手塚の気にしていた「落とし物」なのだとしたら、これには人一人の命を奪うほど重要な意味があることになる。手塚はこれのために殺されたのかもしれないのだ。

とりあえず、庁舎警備の係員に挨拶をし、署を出る。

「お疲れさん」

「ああ、東係長。お疲れさまでした」

このカード自体はもう会計課の係員のみならず、東自身もベタベタと触ってしまったものだ。採取したところで手塚の指紋など出はしないだろう。ただ、何かしらの細工があることは間違いなさそうだ。調べてみる価値はある。

誰ならいいだろう。信頼できる、手先の器用な人間だ。本部の鑑識課にいた高木《たかぎ》はどうだ。奴は今、確か西新井《にしあらい》署かどこかの勤務ではなかったか。ただ、電話をしてすぐに受けてくれればいいが、奴は何かと東の頼みを面倒臭がるところがある。忙しいといっては断りたがる。もし高木が駄目なら、そう、秋葉原の携帯電話屋がいる。最近は携帯を直接改造するより、オーダーでカバーを作った方が儲《もう》かるのだといっていた。商売に違法性がなくなったお陰で、東にしてみれば脅しのネタがなくなって少々不便なのだが、奴の手先の器用さは折り紙付きだ——。

そんなふうに、考え事をしていたからか、

「おっと……ごめんなさい」

コクーンタワーの前で、向こうから歩いてきた男と右肩が当たってしまった。細身のダークスーツに黒いリュック、左手に携帯電話を持った、サラリーマン風の若者だった。

東も反射的に「すみません」と返しそうになったが、右肩に生じた、痺れにも似た感触とは別に、ほんの一瞬、右腰辺りで服の布が突っ張ったような、変な感覚が残っていた。

まさか、と思った瞬間、上着の右ポケットに手をやった。カードがないことに気づいたのと、振り返ったのがほぼ同時だった。

スーツの男は、タイル敷きの歩道を猛ダッシュで走り去っていく。だが、東の目の前には別の通行人が何人もおり、

「ちょっとすみません……おいッ」

彼らを避《よ》けていた分だけ東のスタートは遅れた。

「おい、そこの、待てッ」

迂闊だった。いきなりあれをスラれるとは思ってもみなかった。

なぜだ、なぜこのポケットにある、それを狙った――。

ところが、前方ではさらに驚くべきことが起こっていた。

一つ先の角を左に折れ、全速力で逃げていくスーツの男。その背中を、やけに体格のいい男が、同じように全速力で追っていったように見えたのだ。善意の第三者が、スリを捕まえに走ってくれたと見ることはできる。それならばありがたい限りだが、でも実際には、東は「泥棒だ」とも「スリだ」ともいっていない。「待て」と叫んだだけで、果たしてあんなに本気で追いかけてくれる一般人がいるだろうか。

まだある。

コクーンタワーと周辺歩道との間には植え込みがあり、ところどころには街路樹も植わっている。その木の陰に、スッと人影が隠れるように入った。少なくとも、東にはそんなふうに見えた。

二兎《にと》を追う余裕はなかった。追うならスーツの男。そこに迷いはない。だが気にはなった。

木の陰に隠れた男。

あれが東には、陣内陽一であったように思えてならない。

3

陣内にも油断はあったと思う。

金曜の夕方四時。まだ街は充分に明るい。コクーンタワー周辺は高層ビルが乱立するオフィス街。歌舞伎町のような繁華街ではない。そんなロケーションの、綺麗に舗装された広い歩道で、まさか東が殺《や》られることはないだろうと、高を括っていたことは否定できない。

だが誰より、一番油断していたのは東自身だろう。こっちはあくまでもお節介で、しかも秘密裏に警護しているのだ。要人につくSPのように、前後左右を固めて歩いてやるわけにはいかない。そもそも東の行き先も知らないのだから、前に出ることもできない。後ろから狙われた場合、あるいは乱闘になった場合なら対処のしようもあるが、正面からくる相手くらいは自分でどうにかしてくれ、と思ってしまう。

それは、ほんの一瞬の出来事だった。

リュックを背負い、携帯画面と周辺の建物を見比べながら歩いていた男が、ちょっとした不注意から東の肩にぶつかってしまった。その瞬間は、そのようにしか見えなかった。しかし男は二、三歩歩いたところで、いきなり猛ダッシュ。東は東で上着の右ポケットに触れ、何かが失くなっていることに気づいたのだろう。「待て」と声を荒らげ、追尾の姿勢を見せた。

男、おそらく東から何かを奪ったスリは、ジロウが追っていった。そこは彼に任せていいと思った。

陣内は顔を合わせたくなかったので東に背を向け、いったんコクーンタワーに入って現場から離脱することを選択した。

ジロウから連絡が入ったのは三十分後だった。

『……すまん。逃げられた』

奴でも駄目だったのかという落胆。いつも通りの淡白な口調に対する苛立ち。何かひと言いってやりたかったが、ジロウはすぐに続けた。

『だが、スられたものは取り返した。俺はホテルに戻る』

「モノはなんだった」

『とにかくホテルで』

「ちょっと待て、東の尾行は」

『ミサキがついてる。心配ない』

「そうか、分かった……」

とにかく、陣内も急いで例の待機場所に戻った。部屋にいたのはジロウ一人だった。カーテンを引いた窓辺に立ち、こっちを見ている。

「お疲れ。どうだった。結局、なんだったんだ」

ジロウは直立のまま、陣内に何か差し出してみせた。

「取ったのは、これらしい」

なんの変哲もない、スイカが二枚だ。

「お前、それで納得したのか……逃げられたって、どういうことだ」

「一応、追いつくには追いついた。いったん駅までいって、しょんべん横丁を抜けて、靖国通りも渡って、線路沿いの道でようやく捕まえた。その間、奴がスリ取ったものをリュックに入れたり、どこかに隠したりする動きはなかった。道端に尻餅をついて、取ったものは返すから逃がしてくれと……逃がすつもりもなかったが、そのカードをばら撒かれたので、仕方なく拾った。奴はその隙に逃げた」

失態の釈明をしているようにはまるで聞こえなかったが、ここでそれを非難しても仕方ない。

「どんな男だった」

「二十代。身長は百七十五センチ前後、体重は六十キロ前後。細面で色白、目は二重、唇が少し厚い。左耳に二つ、右耳に一つピアス穴があり、顎の先に二センチほどの、三角形の傷跡がある。手脚は細く、胸も薄い。靴は一見革靴だが、底はゴムになってた……若いが、徹底的に仕込まれたプロだ」

　どこかで聞いたことのある喋り方だった。少し考え、陣内が思い至ったのは警察無線だが、今はそれもさて置く。

「見たことのある男だったか」

「ない」

　普段、歌舞伎町をウロついている人間ではないということか。

　改めて二枚のカードを見比べていると、スッ、とジロウがその一枚を指差した。

「こっちは改造されてる」

「改造？　だって、こんなもん……」

　確か、スイカのチャージ限度額は二万円とか、そんな程度だったはず。偽造をする意味なんてあるのか。

　ジロウが、陣内の手から二枚とも引き取る。

「見ろ。厚みが違うし、ここに、わずかだが段差がある……いいか」

　するといきなり、ジロウがそのカードを、

「おいッ」

煎餅《せんべい》でも割るように、真っ二つに圧《へ》し折った。だが、元々そこには切り取り線のようなものが入っていたのか、曲がりも折れもせず、綺麗に真っ直ぐ、二つに切り離されていた。

その一方を傾けると、ポロリと、小さな黒い板がこぼれ出てくる。

「……メモリーカードだ。東がこれをどうやって手に入れたのかは知らないが、ひょっとすると、敵が狙っていたのは東の命ではなく、そもそもこの情報だったのかもな」

「なんの情報だ」

とっさに訊いてしまったが、ジロウが知っているはずもない。

「メモリーを開いて、すんなり読めれば分かるんだろうが、そんなことはペンゴロかお巡りにやらせろ。俺の仕事じゃない……それより」

珍しく、ジロウから陣内に視線を合わせてきた。

「……なんだよ」

「相談がある」

ますます珍しい。

「相談？　お前が、俺にか」

金なら市村の方が持ってるぞ、などという冗談も口に出せないほど、ジロウの目は真剣だった。

「誰に話すべきかずいぶん迷ったが、まずはあんたに聞いてもらおうと思う」

「……なんの話だ」

「ミサキのことだ」

しばし、耳を圧するほどの沈黙が室内を支配した。カーテンを閉めた窓の向こうに、青梅街道があるとは信じられないほどの無音だ。

陣内が頷くと、ジロウは口を開いた。

「ミサキには、タカユキという子供がいる。その子が今どういう状況にあるのかは、ミサキにも分からない。その子はいわば、ずっと人質のような状態にあるらしい。ミサキは息子を人質に取られて、ある組織のために働かされている」

「ある、組織？」

ジロウが、陣内を睨むように見る。

「……東の抹殺命令を出している組織だ。ミサキも、東を殺せと命じられている。遂行しなければ、ミサキの息子は殺される」

なんだ、それは——。

ジロウの告白は、信じ難い内容の連続だった。

七年前の「歌舞伎町封鎖事件」に「新世界秩序」、死刑判決を受けた元ＳＡＴ隊員、伊崎基子——それが、今のミサキなのだという。

「市村はこのこと、知ってるのか」

「知らない。メンバーでは今、あんたに初めて話した」

「それで、ミサキは……」

　マズい。

「おい、いま東を追ってるのは、ミサキ一人じゃないか」

　声を荒らげても、ジロウは瞬き一つしない。

「いや、ミサキは、東を殺さない」

「でも、殺《や》らなきゃ息子が殺されるんだろう」

「大丈夫だ。ミサキは……そんなことはしない」

　そんなはずがあるか。同じ立場になったら、杏奈の命と引き替えだと要求されたら、陣内は迷わず殺しにいく。その標的がたとえ、あの東弘樹であってもだ。

「息子を見殺しにするっていうのか」

「見殺しにはしない。息子は助ける」

「どうやって。ミサキも居場所を知らないんだろう。そもそも、助け出せるくらいならミサキがとうにそうしてるんじゃないのか。そうできないから、東を殺せなんて指令を受けるんじゃないのか」

「その通りだ。でも、俺は約束した。あいつに東は殺させない。その代わり、息子は俺が守ると」

「どうやって」

「だから……それを今、あんたに相談している」

そんな無茶な話があるか。

至急調べてほしいものが出たと上岡を呼び出し、新宿駅構内のコーヒースタンドで待ち合わせ、ジロウから預かったメモリーカードを手渡した。ミサキの話は、まだ上岡にはしないつもりだ。

「これに何が記録されているか、読み取ってほしい」

「うーん……あんまり、見かけない形だなぁ」

色は黒。ほぼ正方形で、携帯電話などに使うマイクロSDカードよりは少し大きく、ミニSDよりはだいぶ小さい。決定的な違いは厚みだ。ちょっと力を入れたら折れ曲がりそうな、カードというよりはシートといった方がいいくらいの薄さだ。

表裏と引っくり返して見てみても、まだ上岡は首を捻っている。

「海外で使われてる形式なのかな……まあ、調べてみるよ」

「頼む。どれくらいかかる」

「分かんないけど、アダプターとかね、合うのが見つかればすぐだろうし、見つからなかったら、最悪……中身を抜き出して、直《ちょく》で繋いで、読み出してみるしかないだろうな。できるかどうか分かんないけど」

「確率は」

「半々としか言いようがないよ」

それでもいいからと上岡に押し付け、陣内は自宅アパートに戻った。

今日は、さすがに「エポ」を開けたい。

少し遅くなったが七時半には店を開けた。三組ほど客は入ったものの、十時半頃にはそれも途切れてしまった。

洗い物を終え、一服していたら携帯が鳴った。

見ると、ディスプレイには【上岡】と出ている。

「もしもし」

『ああ、上岡です。いま大丈夫?』

「なんだかさ……休んでばっかりいるからか、常連客にそっぽ向かれちまって、すっかり暇だよ。そっちは」

『こっちは、案外上手くいった。わりと新しい韓国の規格だった。なんでこんなカード使ったんだろ』

それは、スイカの内部に仕込むため、できるだけ薄いものを選んだ結果だろう。

「何か出てきたか」

『ああ、なんかのリストだね。文字化けしたみたいな文字列があるだけで、これだけじゃさっぱり意味が分からない。もう少しまともに読めないか、試してはみるけど……大体、全部で二百三十件くらいかな。これ、読めたらどうする？』

「ちょうど客もいないし、店閉めるから、こっちに持ってきてくれ。みんなも集める」

『分かった』

すぐに市村と杏奈に連絡を入れた。ジロウには市村が、小川には杏奈が連絡した。

最初にきたのは杏奈だった。

「小川くん、少し遅くなるけど顔出すって」

ほとんど飲み会のノリだな、とは思ったが、向こうは現役警察官なのだから無理はいえない。

次にきたのは上岡、そのすぐあとには市村も入ってきた。

「……ジンさんよ。いま一つあんたの説明だとよく分かんねえんだが、なんで東を追って、文字化けしたリストが出てくるんだ」

一昨日《おととい》、市村に預けた土屋昭子襲撃犯の一人は、若い衆が下手を打って逃がしてしまった。それに関する釈明も謝罪もないわりには偉そうな態度だなと思ったが、今は触れずにおく。

「いいから座れ。ちゃんと説明するから」

夕方の出来事を説明しているうちに、ジロウも入ってきた。

市村が横目でジロウを睨む。

「今はなんだ、ミサキが張ってるのか」

「……ああ。東は無事帰宅した」

この様子だと、まだ市村にミサキのことは明かしていないのだろう。

杏奈が「あ」と漏らして携帯を耳に当てる。

「……うん、下りてるけど、鍵は閉まってないから、上げて入ってきて。で、小川くん最後だから、鍵閉めてきてね……はーい」

終了ボタンを押し、誰にともなく「もう前まできてるって」という。すぐにシャッターの上がり下がりする音がし、ゴトゴトと足音が上ってきた。

「……こんばんは」

さして疑っていたわけではないが、それでも覗いた顔が小川であると分かると、少し店内の空気が緩む。杏奈が「こっち」と小川に手招きする。今日はミサキがいないので、ジロウもロフトには上らず、出入り口を塞ぐ位置に立ったままだ。太い腕を組み、何を見るでもなく正面の棚に視線を向けている。

市村が隣の上岡に顔を向ける。

「……で、そのリストがなんだって？」

上岡は頷き、いつも持ち歩いているリュックから、Ａ４判くらいの紙の束を取り出した。

「ジンさんに電話した時点では、文字化けが直ってなかったんですが……っていうか、文字化けじゃありませんでした。けっこう単純なソフトで暗号化されているだけでした。……まあ、見てみてください」

一枚一枚、カウンターに並べていく。リストの各欄は、左端にパスワードのようなローマ字を含む文字列、次に個人名、最後に所属団体や勤め先という構成になっている。それが縦にズラズラと、おそらく二百数十件並んでいる。

市村が懐からメガネを出し、眉をひそめながら掛ける。

「……なんだこりゃ」

リストは個人名の五十音順になっているのでもなければ、パスワードの並びに従っているのでもないように見える。

上岡が「ええ」とまた頷く。

「私も最初は分からなかったんですが、ここ、見てください」

上岡が示したのは、三枚目の中ほど。そこの個人名は「船越幸造《ふなこしこうぞう》」となっている。

「……お分かりですか」

市村は「いや」とかぶりを振ったが、すぐに「ん」とあらぬ方に顔を向け、またすぐリストに視線を戻した。

「船越って、ひょっとして、あれか……七年前の『歌舞伎町封鎖事件』で、犯人側と結託して……」

「そうです。民自党の元幹事長であり、封鎖事件においてはライバル関係にあった当時の官房長官、渡辺和智《わたなべかずとも》の殺害を指示、一度はまんまと総理代行の椅子に座った、あの船越幸造です。……他にもあります」

上岡の指が別紙のリストに移動する。

「……松田浩司《まつだこうじ》、元警視庁警備部警備第一課課長。『歌舞伎町封鎖事件』で船越と結託したのがこの男だといわれています。つまりこれは、『新世界秩序』のメンバー及び協力者をリストアップした、名簿なのではないかと」

いつのまにか、ジロウも市村の後ろから覗き込んでいた。

その顔色が、見る見るうちに変わっていく。

理由は、すぐに分かった。

ジロウが見ているのは、松田の名前があるリストの隣。その下の方には【AX623J89J22 SBTU　伊崎基子　警視庁警備部警備第一課特殊部隊隊員　巡査部長】とある。

そんなことにはまるで気づかない様子の上岡が続ける。

「所属がない名前もいくつかありますし、すでに逮捕、死亡している人名もありますから、このリスト自体は、だいぶ前のものなんでしょう。それと、これにはタイトルも日付もないし、出所も分からないわけだから、法的にさしたる証拠能力はない。ただ、過去のものとはいえ『新世界秩序』のメンバーと同じリストに挙げられているというだけで、社会的にマズいことになる人は少なくないでしょうね……この人とか」

上岡が指差したのは【平泉英勝《ひらいずみひでかつ》　国家公安委員会委員長】だ。

「平泉は現在、次の大阪府知事選に向けて出馬準備を進めています。こんなものが世に出たら政治家生命は完全に絶たれるでしょうし、この人も……矢澤昭教《やざわあきのり》なんて前防衛大臣ですからね。国の要職にあった人物が、歴史に残るようなテログループと関わりを持っていたなんて分かったら、これは、スキャンダルどころじゃないですよ」

陣内がざっと読んだだけでも、日本を代表する大企業の幹部、新聞社の論説委員、中央省庁のキャリア、有名大学の教授など、錚々《そうそう》たる肩書が並んでいる。中には顔がすぐ思い浮かぶようなタレントもいる。これを見ると、「新世界秩序」が日本のあらゆる分野、あらゆる階層にその触手を伸ばしていたことがよく分かる。

市村が短く舌打ちする。

「だからってよ……これだけじゃ、誰が黒幕だか分からねえじゃねえか」

隣にいた杏奈が頷く。

「確かに、こんなにいたんじゃ、誰が東刑事抹殺計画の首謀者かは分からない。でも逆に、これを上手く使えば、抹殺命令を取り下げさせることはできるんじゃないかな」

そうそう、とでもいいたげに上岡が杏奈を指差す。

「それは私も考えたんですよ。東がね、リストは俺が持ってる、俺に下手なことしやがったら、テメェらのことをマスコミに売るぞ、とかなんとかね、逆捻《さかね》じ喰わせてやればいいんだから。もちろんネタを潰されないように相手は選ばなきゃならないけど、だとしても、対抗のしようはいくらもあったはずなんです。でも彼は、そうはしなかった……」

それに関しては、陣内はこう思う。

「いや、東はこのリストのことは、ひょっとしたら知らなかったのかもしれない。知ってたら、無造作に上着のポケットになんか入れなかっただろうし、スられたこと自体、凄く意外そうな顔をしてた。だから、たぶん……知らなかったんだと思う」

ふうん、と市村が頷く。

「ま、どっちにしろ、これは東に返してやらにゃあならんわけだが……どうやって返すかも、こりゃひと捻り必要だな」

すると、ふいに「待ってくれ」と、ジロウが口をはさんできた。

「……東に渡す前に、ミサキにも、見せたい。出方を決めるのは、それからにしてくれ。

あいつだって、メンバーだ。『歌舞伎町セブン』の、メンバーだ」

へえ、と茶化すように市村がいったが、ジロウは無視して続けた。

「上岡さん。その名簿にある人間の顔写真、できるだけ集めてくれ。それも、ミサキに確認させたい」

上岡は「なんで」と訊いたが、ジロウは答えなかった。

ただじっと、リストのある一点を凝視し続けていた。

4

ミサキは近くに停めた車の運転席から、東のマンションを張り込んでいた。

小川の情報によると、東は明日、明後日の土日は休みをとり、次の出勤は月曜になるという。東が今の状況にどれほどの危機感を抱いているかは分からないが、少なくとも彼にとって、警察署内と自宅マンションはどこよりも安全な場所であるはず。であるならば、月曜の朝まで外に出てこない可能性は高い。自分ならあえて外出して敵を誘《おび》き出し、返り討ちにすることを考えるが、それが如何《いか》に物好きな発想であるかはミサキも自覚している。

少なくとも、東弘樹はそういう人間ではない。

「……いて」

せまい運転席。なんの気なしに姿勢を変えたら、一昨日撃たれた右脇腹に痛みが走った。銃弾はかすっただけ。医者にいくほどの傷ではなかったので、ウォッカで消毒して自分で縫合して済ませたが、正直、いい出来栄えとは言い難かった。ジロウにも「お前、裁縫苦手だろ」といわれた。それには「雑巾《ぞうきん》くらい楽勝で縫える」と答えておいた。

「所詮、傷だらけの人生よ……ってな」

ジロウには、この件に関しては他言するなといっておいた。理由を訊かれ、撃った奴は個人的に始末する、セブンには手出しされたくない、と答えておいたが、必ずしも本心ではなかった。自分に弾を当てたあいつなら、東を首尾よく仕留めるかもしれない。そんな黒い期待が、わずかにだがミサキの中にはある。

ミサキが西五反田を張り込んでいる間に何かあったらしく、メンバーは急遽「エポ」に集まってミーティングをしたようだ。もともと会議や打ち合わせといったものは大嫌いなので、東の見張り役に回れたのはむしろラッキーだった。この機に東を始末できればなおラッキーだ。

しかし、事はそう上手くは運ばなかった。

夜中の三時頃になって、杏奈と小川が仲良く二人でやってきた。

「お疲れさまです……ミサキさん、少し寝てください」

杏奈は助手席、小川が後部座席に座る。

ミサキは、東のマンションから目を離さずに答えた。

「いいよ、この程度の張り込みで。それより、ミーティングってなんだったの」

杏奈は「えっ」と一瞬、言い淀んだ。

「それは、あの……あとで、市村さんと上岡さんがきて、説明してくれます。それよりも、今は休んでください。体力は温存しといた方がいいです。今回は、何しろ長丁場ですし。幸い……ほら、小川くんもいますし」

その現役警官が一番当てにならないだろ、とは思ったが口には出さなかった。

「……そう。じゃあ、ちょいと休ませてもらうよ」

杏奈の態度は少々気になったが、わざわざ問い詰めるほどのことでもない。小川と座席を交換し、ミサキは後部座席で二時間ほど仮眠をとった。ときおり杏奈と小川は小声で喋っていたが、それもさほど気にはならなかった。

夜が明け、明るくなっても案の定、東はマンションから出てこなかった。東が姿を現さなければ、当然敵が襲撃してくることもない。このまま月曜までいけば、約六日間、何もないことになる。

昼近くになると、杏奈に何本か電話が入った。

「……そうですか。分かりました」

なんの連絡かは、あえて訊かなかった。

市村たちが現場にきたのは夕方。

到着の知らせを受けた杏奈が、後部座席を振り返る。

「ミサキさん。ここは私と小川くんに任せて、市村さんたちと合流してください。そこの角を曲がったところに、シルバーグレーのワゴン車できてるそうです」

「……あっそ」

いけ、といわれれば、いく。こっちもあっちも、ミサキにとっては似たようなものだ。

いや、実際の状況は、少々予想外だった。

実にヤクザ車らしい、二列目以降の窓を真っ黒く塞いだアルファードのスライドドアを開けると、その暗い車内に大の男が四人——市村、上岡、陣内にジロウまで勢揃いしていた。

「おやおや、皆様お揃いで……まさかこんなところで、あたしと乱交パーティをおっ始《ぱじ》めようってんじゃないだろうね」

市村が、馬鹿馬鹿しいとでもいいたげにかぶりを振る。

「お前と姦《や》るくらいなら、俺はアリゲーターと添い寝する方を選ぶね……そんなこたぁいいから、早く入ってドア閉めろ」

いわれた通り、二列目に座ってスライドドアを閉めた。上岡は運転席、市村はミサキと同じ二列目、陣内とジロウは三列目に座っている。

　市村が「ンッ」と一つ咳払いをする。

「……まあ、かいつまんで事情を説明するとだな。昨日の夕方、東は新宿でスリに遭った」

「ハァ？」

「いいから聞け」

　ところどころミサキが茶々を入れたので無駄に話が長くなったきらいはあるが、とにかく、東が所持していたメモリーカードから怪しげな名簿が出てきたことは理解できた。

　市村がペンライトを構え、座面に紙の束を置く。

「これが、その名簿だ」

　Ａ４判の用紙十数枚。各段には、暗号のような文字列、氏名、簡単な説明と顔写真が並んでいる。市村は全部で二百三十三人分あるといった。写真は上岡が徹夜で検索し、添付したものだという。

　市村が続ける。

「上岡の話じゃ、これは『新世界秩序』の関係者名簿なんじゃねえか、ってことなんだが」

「え？」

そういわれて、初めて真面目に項目を読んでみた。

知らない名前、知らない顔がしばらく続いたが、船越幸造や松田浩司といった名前が出てくると、確かにそうかもしれないと思う。さらに見ていくと、竹内亮一や中島知樹《なかじまともき》など、ミサキと直接関わりのあった人物の項目も出てきた。

黒い油のようなものが胸の内に湧き、急速に広がっていく——。

間違いない。これは「新世界秩序」の関係者名簿だ。こんなものを東は、一体どうやって手に入れたのか。

「……そりゃ、こんなもん持ってたら、狙われて当然だろ」

だが、自分でそういってから、馬鹿なようだが初めて思い至った。

だとしたら「伊崎基子」の名も、載っているのではないか——。

案の定、載っていた。十枚目の下の方に【伊崎基子　警視庁警備部警備第一課特殊部隊隊員　巡査部長】と載っている。しかもご丁寧に、ＳＡＴ入隊時に撮影した顔写真まで添付してある。

ふいに、市村がひと言発した。

「……だいぶ、美人になったじゃねえか」

一瞬、意味が分からなかった。しかし、さして考えずとも、その言わんとするところが一つしかないことは理解できた。

反射的に後部座席のジロウを睨んでいた。同時に手も出た。

「おい、テメェッ」

「よせッ」

その一撃は、横から出てきた陣内の掌に搦め取られ、不発に終わった。

「よせ……ジロウを責めてなんになる」

「この野郎、男のくせに、人のことをペラペラと」

「ペラペラとじゃない。ジロウは迷って迷って、迷った末に、俺たちに打ち明けたんだ。ガキみたいなことをいうな」

「あんたァ黙ってろよ、関係ねえだろッ」

摑まれていた左拳を引っこ抜く。もう悔しくて、情けなくて、悪態の一つも思いつかない。

パチンと、市村がペンライトのスイッチを切る。一層暗くなった車内に、重たい沈黙が垂れ込める。

自分の過去を、こいつら全員に、知られた――。

さっきの、杏奈の妙な態度にも、これで納得がいった。小川が、ミサキとひと言も喋らなかったのはこのせいか。こいつらは昨夜、自分のいないところで、こんな話をしていたのか。あいつの正体は伊崎基子だ、「新世界秩序」のメンバーだった死刑囚だ、今もその残党の手先で、何をしでかすか分からない女だ——。

その沈黙を破ったのは、ジロウだった。

「……すまない。でも、こうするしかなかった」

そんなはずがあるか。

「フザケんな。あたしがいつ、こいつらに喋っていいっていった。それも……なんで今なんだよ。なんでこんなときに」

「今だから、喋った。この状況になったから、俺は話した」

「全然意味分かんないよ。なんでだよ、なんでこうなるんだよ」

横から市村が「落ち着け」と割り込んでくる。

「お前も、こっちの話を最後まで聞け。いいか、お前は今、こんなものを持ってたら、東は狙われて当然だといった。おそらくそうなんだろう。奴はこれを手に入れたばっかりに、命を狙われる破目になった……ということは、だ。この名簿の中に、東の抹殺命令を出した人間の名前がある可能性が高いわけだ。それはお前にもいえる。お前に東を殺せと命じた人間が、この中にいるんじゃないのか」

そこまで、ジロウは喋ったのか——もう、怒りも何も通り越して、頭の中は真っ白だ。

完全なる思考停止状態だ。

どこかでクラクションが短く鳴った。フロントガラスの向こうに見える街並は、すでに蒼《あお》い夕闇に染まっている。対向車線を走る車は、みなヘッドライトを灯している。少し先に見える横断歩道を、私立校の小学生だろうか、帽子にワイシャツ、半ズボンにランドセルという恰好の男の子が渡っていく。一緒に歩き始めた大人たちの集団から飛び出し、いち早く向かい側まで渡りきる。そのまま、ミサキたちから離れる方に歩道を走っていく。土曜日だからか。ランドセルを軽そうに揺らし、楽しげに――。

市村が、再びペンライトのスイッチを入れる。

「……よく見ろ、ミサキ。よく見て、ちゃんと探せ。お前を拘置所から出した奴が、この中にいるんじゃないのか？　だとしたら、そいつの正体が分かれば、お前の息子を助け出せる可能性も出てくるんだ」

息子――。

「おい、聞いてるか？　お前が握られてる弱みってのは、結局はその息子のことなんだろ？　だったらその、息子を奪い返せばいいだけの話じゃねえか。息子さえこっちに持ってきちまえば、お前が東を殺さなきゃいけない理由は何一つなくなる。ついでにその黒幕も始末しちまえば、この一件は落着ってことになる……違うか？」

一瞬、そうなのかも、と思いかけた。だが、おそらく市村は分かっていない。「新世界秩序」が如何なる組織なのかを。影も形もなく、互いに確固たる繋がりもなく、それでいて、いつのまにかぐるりと周りを取り囲んでいる。ただ真っ黒い煙のようにどこかに

なのだ。


「……無理だよ。奴らに対抗なんて、できっこない」

　すると、意外なところから声が飛んできた。

「いや、できますよ」

　運転席の上岡だった。

「やりますよ、私が。ミサキさんがこれだっていってくれれば、そいつを捜し出して、その周辺にどんな人間がいて、息子さんをどういう形で監視しているのか、管理下に置いているのか、私が調べます。……だって、人質っていったって、実際に囚われの身になってるかどうか、ミサキさんは知らないんでしょう？　見たことないんでしょう？　だったら、向こうのハッタリって可能性だってあるじゃないですか。それも含めて、私が調べます。警視庁のデータに関してだったら、小川くんがやってくれます」

　上岡が、こっち向きに座り直す。

「やりましょうよ、ミサキさん。……そりゃね、私だって最初は、怖かったですよ、あなたたちのことが。平気……かどうかは、分かりませんけど、でも、易々と人の命を奪う、あなたたちの仕事を目の当たりにして、正直、最初は小便をチビりそうでした。逃げ出したくて堪らなかった。法では裁けない悪党を、と口ではいうけれど、それは違うんじゃないかって思いも、ずいぶんありました。今もまだ、少しはありますけど……ただね、じゃあ法律がそんなに正しいのかと、警察が正しいのかと、政治家や役所が正しいのかと、言い始めたら、そうじゃないわけですよ。天貝みたいな警察官だって、実際にはいたわけです。そういうの……うん。平気、じゃないんですよね、あなたたちだって。不安があるから、だから慎重に裏取りをして、全員のコンセンサスを得て、それで初めて動き出す。それは誰のためかっていったら、不条理に泣かされてきた人たちのためだから。あなたたちは、私利私欲では動かない。そこは、私も納得したし……もうね、私自身、完全に両手両足突っ込んじゃってるから、いい加減ね、肚括りますよ。私も『歌舞伎町セブン』の一員なんだ、って。『手』の仕事はできないけど、でも『目』になろうって……私は、決めたんです」

悔しげに、上岡が歯を喰い縛る。

「……今のあなたが、まさにそうじゃないですか。戸籍もない、息子は人質にとられ、そのために汚れ仕事を押し付けられてる。そりゃあなたは強い人だけど、でも、そんな強いあなたでさえ、こんな不条理に泣かされてる。……いってくださいよ、ミサキさん。私たち、仲間でしょう。この前だって、一緒に芳村の死体、運んだじゃないですか。勘定に入れてくださいよ。頭数に入れてください。私たちにだって、できる仕事はあります。……仕事、させてください。仲間を、頼ってください」

もう、まともに上岡の顔を見られなくなっていた。いや、誰の顔も、見られない。

市村が、ペンライトの先で名簿をつつく。

「……ほら、どうすんだよ。次は、お前が肚を括る番だぜ」

促されるまま、改めて一枚目から見ていった。確認するのは主に顔写真だ。あの拘置所から出された日、営業休止中のホテルの、宴会場にいた男。六本木のホテルの高層階で、ミサキに東抹殺を命じた、あの男。

ミヤジ。お前は一体、何者なんだ。誰なんだ——。

それは【伊崎基子】について記された紙の、次の一枚にあった。

「……こいつだ、たぶん」

いってしまえば、ごく普通の紳士だ。きちっと横分けにセットした髪、豊かな眉、二重瞼の目、輪郭はやや面長《おもなが》。証明写真のようなバストアップショットなので、スーツにネクタイをしているのは分かる。ただこれ自体は、だいぶ前の写真なのかもしれない。ミサキが六本木で会ったときよりも、明らかに雰囲気が若い。

名前は【前田久雄《まえだひさお》】、肩書は【森内《もりうち》会計事務所　所員】となっている。

ミサキは、運転席にいる上岡に訊いた。

「何者なんだ、こいつ。ただの会計事務所の、一所員だなんてことは絶対にあり得ない。必ず別の顔を持ってる」

　だが、上岡がそれに答える前に、

「……あっ」

　三列目にいた陣内が、サッとリストに手を伸ばしてきた。【前田久雄】が載っている次の一枚を手に取り、何かに思い至ったのか、大きく目を見開いている。

　市村が「どうした、ジンさん」と訊いても、すぐには答えない。

　しばらくしてから、その紙を、元あった場所に戻す。

「この女……」

　陣内は、上から三番目に載っている女の顔写真を指差していた。

　名前は、土屋昭子。

5

　土曜日の、二十二時を過ぎてマンションの電話が鳴った。普段、ほとんど使うことのない固定電話が鳴ったのは意外だったが、ここ十日ほどは襲撃されたりスリに遭ったりと、散々な日々を送っている。電話が鳴ったくらいではさして驚きもしない。

　東は慎重に体を起こし、ソファから立ち上がった。

　固定電話の設置位置、窓からの距離。どこかからライフルで狙撃される可能性もないとはいえないが、窓にはカーテンを引いてあるし、角度からいって、狙撃できる場所といったら数百メートル先のマンションくらいだろう。一発で心臓や頭に喰らうことはないと考えていい。

東は受話器を上げ、左耳に当てた。

「はい、もしもし」

『あ、あの、東係長ですか』

聞き覚えのある声だった。瞬時に顔も名前も浮かんだが、東が訊くまでもなく、相手が名乗ってきた。

『お疲れさまです、地域三係の、小川です。お分かりになりますか』

「ああ、分かる。六丁目交番だろ」

『はい、そうです。あの……お休みのところ、申し訳ありません。いきなり、不躾《ぶしつけ》とは思ったんですが、どうしても、東係長にお知らせしたいことがございまして』

少々慌ててはいるが、決して不自然な口調ではない。東との関係を考えれば、言葉遣いにも違和感はない。

「なんだ」

『はい。あの、実は……まさに、うちの交番にですね、東係長に宛てた、封書が、届いておりまして』

「封書？　どんな。大きさは」

『大きさは、Ａ４判でしょうか。厚みはそんなにないですが、でも一、二枚という感触でもないです。五枚……ひょっとすると、十枚くらい、入ってるかもしれません』

「危険物が含まれている可能性は」

『それは、ないと思います。懐中電灯を強く当てて、透かして見てみましたけど、書類だけに見えました。おそらくそこは、間違いないと思います。少なくとも時限爆弾とか、毒ガス発生装置とか、そういうのは入ってないです』

まだ、よく分からない。

「誰が届けにきた」

『それが……ちょっと私が、奥に引っ込んでいるうちに、机に置かれてまして。なので、誰が持ってきたかは……』

「何時頃のことだ」

『十六時過ぎ、だったでしょうか。ほんの、一瞬のことでした』

「それで、君はどうした」

『はい。東係長が今日、どうされているかを刑事課に問い合わせました』

「誰が出た」

『強行犯二係の瀬川係長に、今日と明日はお休みだと伺いました』

「それから」

『それから……まあ、私自身は勤務から上がりまして、でも、このままだと東係長が出勤されるのは月曜日になるから、机に置いておくのもなんだか無責任に思えましたし、そもそも、ちゃんとしたお手紙なり書類なりであれば、署に宛てるかご自宅にお送りすると思うんですよ。それを、あまり関係ない、うちのハコにですからね……東係長のご自宅を知らない、係もよく知らない人が、置いていったのかなと……さらにいうとですね』

小川が、内緒話のように声をひそめる。

『何か……ちょっと秘密っぽい感じ、するじゃないですか。わざわざ六丁目交番に届けにきてですよ、表には「東弘樹警部補殿へ」って書いてあるのに、裏に差出人の名前はなしですからね。……これは直接、私が東係長にお届けした方がいいなと、そう判断いたしまして、ご連絡差し上げた次第です』

怪しいか怪しくないかといったら、充分に怪しい話だが、さりとて無視はできない。

「分かった。書類はもらおう。どうしたらいい」

『はい、もう、係長のご自宅近くまできておりますんで、このままお届けに上がります。そうしたら、またお電話いたしますんで、下まで出てきていただけますか。ご面倒ですけれども』

誘き出されている気もしなくはなかったが、「直接お部屋まで伺います」といわれるよりはいくらかマシだ。

「分かった。待ってる」

再び電話が鳴ったのは、それから十分ほどしてからだった。固定電話のディスプレイには、さっきと同じ携帯番号が表示されている。

「……はい、もしもし」

『お疲れさまです、小川です。今、マンション前に到着いたしました』

「分かった。すぐ下りる」

エレベーターで一階まで下り、エントランスホールに出ると、ガラス戸の向こうにひょろりと背の高い男が立っているのが見えた。間違いない。新宿署地域課第三係、新宿六丁目交番勤務の、小川幸彦巡査部長だ。少なくとも、別の誰かの成りすましということはなかった。茶系のニットにカーゴパンツという私服も、なんとなくだが彼らしいコーディネイトのように思う。

向こうも東を認め、戸口で丁寧に頭を下げる。

「お疲れさまです」

「君こそ、わざわざ遠くまで悪かったな」

それとなく周囲を窺う。走り去っていく自転車は一台あるものの、その他は特に注意すべき人影もない。

「いえ、とんでもありません。私こそ、勝手にすみません……」

小川が肩からバッグを下ろし、その口から大きめの封筒を取り出す間も、東は決して警戒を怠らなかった。刃物、拳銃、スタンガン、彼の背後に協力者——何が出てきても対応できるよう構えていたが、実際には何もなかった。

小川は少し角の折れ曲がった封筒をバッグから出し、向きを直して東に差し出した。

「これ、なんですが」

「うん」

確かに【東弘樹警部補殿へ】と書いてある他は、切手もなければ裏に差出人の名前もない。

「……なるほどな。分かった。見てみるよ。ありがとう」

すると、

「あのッ」

小川が、すがるような目で東の顔を覗き込んでくる。

「なんだ。まだ何か用か」

「いや、あの……できれば、私にも、その封書の内容を、ちょっと、教えていただきたいな、と」

「なぜだ」

「あ、いや、それは……何か、大きな事件に、絡むことであれば、ひょっとしたら、自分も、何かのお役に……というよりは、その、もう、雑用でもなんでもいいので、東係長のお力で、刑事課に引き上げていただけたら、と……」

そうだった。小川は以前にも、自分が刑事志望であることを東にアピールしてきたことがあった。だが東は、結局取り合わなかった。理由は二つ。一つは、小川自身が父親の死の謎を解明したいという、ごく私的な事情を抱えていたこと。そういう人間は、必ず目の前にある事象を見誤る。刑事には向かない。二つ目は、不可解な行動が多かったこと。東はひと頃、あの陣内陽一に興味を持ち、彼を尾行、監視していた。その頃に、なぜだか小川の姿もよく見かけた。特に歌舞伎町で陣内を尾けていると、その周囲に小川が現われることが何度かあった。決定的な場面はなかったが、なんとなく怪しい男だとは思っていた。

しかし、あのときと今とでは状況が違う。

現在の東が危険な立場に置かれていることは、新宿署員なら誰でも知っている。立て籠もり犯に名指しで取調官に指名され、その被疑者が死亡すると、いきなり街中で銃で狙撃された。そんな状況にある東に、この小川はわざわざ封書を届けにきたのだ。「火中《かちゅう》の栗を拾う」という表現が、これほど似つかわしい行動もあるまい。

実際、封書の中身を見たら、それについて何かしら調べる必要が出てくる可能性はある。

場合によっては、自分の代わりに動いてくれる人間が必要になるかもしれない。

「小川……いま少し、時間はあるか」

「はい、もちろん、あります」

「コーヒーでもどうだ」

「はい、ご一緒します」

小川は自宅に上がるつもりだったのかもしれないが、東はかまわず、先に立ってエントランスから出た。

生ぬるい夜風を全身に浴びた。そこに少し、鉄臭さが混じっているように感じたのはなぜだろう。どこかで溶接工事でもしているのか。それとも、血の臭い——まさか。

歩道を左、駅方面に足を向けた。その瞬間は特に変には思わなかったが、数歩歩いてみると、それはやはり奇妙な光景だった。

路上に人影が三つ、並んで立っている。歩行者ではない。完全に立ち止まっている。

左右にいる二人はかなりの巨漢だが、真ん中にいる一人は中肉中背といった体格だ。巨漢二人の上半身はタンクトップかTシャツ一枚、筋肉の盛り上がりがそのまま生地越しに見て取れる。真ん中の中背は、野暮ったいシルエットの上着のポケットに両手を突っ込んでいる。

違和感、異物感といってもいい。たまたまその場所に立ち止まったのではない。何か目的をもって立ち塞がっている。そんなふうに、東には見えた。

またか。また誰かが、自分を襲いにきたのか――。

三人は真正面にいるのだから、もちろんその姿は小川の視界にも入っている。だが小川は、決して足を止めようとはしない。

「い、いきましょう……東さん」

声も、ニットを着た背中も震えていた。それなのに、小川は三人に向かって進もうとする。

「おい、ちょっと待て」

「大丈夫です、東さん……このまま、いきましょう……大丈夫ですから、ここは、真っ直ぐ、いきましょう」

前のめり、向かい風に抗《あらが》うように、小川は一歩一歩、三人に近づいていく。東も、それについていくしかなかった。

三人と、小川と、東。徐々に距離が縮まり、やがて、小川が中背の男と並び立った。三人の間にはそれぞれ間隔がある。人一人が通り抜けられるくらいの隙間はある。

小川はそこを、通り抜けた。

次は、東の番だ。まるで対になった仁王《におう》像に睨まれながら、寺の門をくぐろうとしているかのようだ。真ん中に立っている男は――なんだか、やけに臭う。生ゴミの臭いを何十倍にも煮詰めたような、ある意味、腐乱死体のそれとよく似た臭いがする。

それでも、東はなんとか通り抜けた。

三人とすれ違うことに成功した。

信じ難いことだが、何も、起こらなかった。

ここまであからさまに暴力的な空気を撒き散らす三人組だ。自分に差し向けられた刺客《しかく》としか考えられなかったが、どうやらそうではなかったらしい。自分の、単なる思い違いだったのか。いや、そんなことはない。小川だって声を震わせていた。明らかに恐怖を感じていた。そういう空気は確かに醸《かも》し出されていた。

東は、十メートルほど歩いてから振り返った。

すると、仁王と悪臭男、三人組の向こう、ちょうどまた十メートルほど先ではないだろうか。別の三人組がやはり、路上に立っているのが目に入った。

右にいるのは、手前の仁王と遜色《そんしょく》ない体格の持ち主。上半身の盛り上がりも申し分ない。それと比べると、真ん中の一人はかなり小柄で、かつ細身だ。ひょっとしたら女性なのかもしれない。肩幅や腹廻りのシルエットもなんとなくそれっぽい。

残る一人、車道に一番近い、左側に立っている男の影にはどことなく見覚えがあった。長身だが細くはない。均整のとれた体つきをしている。立ち姿も自然で、しなやかさすら感じさせる。

まさか。
なぜ、陣内がこんなところに——。

終章

オガワという警官が東を訪ねる、そいつの呼び出しには応じるかもしれないから、上手く利用して始末しろ――。

サトウがよこした、その情報自体は間違っていなかった。ただ「上手く利用して始末」できるかどうかは、また別問題だ。

オガワという、そのひょろっこい男が東を呼び出したところまではよかった。そのままマンションから連れ出したのも好都合だった。だが、そのときにはもう、あの連中が向こうに控えていた。

その瞬間、俺は悟った。

オガワとあの連中とは、グルだ――。

それも、今夜はこっちに合わせたように三人揃っている。俺のナイフを避《よ》けた尾行女と、加勢にきたデカい男。それと、あまり特徴はないが男がもう一人。それでもあの二人と一緒にいるのだから、そこそこの手練《てだ》れではあるのだろう。

東はオガワと一緒に、こっちに歩いてきた。二人は注意深く注意深く、俺たちとすれ違った。結果的にオガワは、俺たちの射程距離から東を連れ出すことに成功した。むろん俺たちにならなら、二人を始末することはできた。しかしそれだと、あの三人に隙を見せることになる。それは、できない。目的は東の命一つだが、手順としたらあの三人を始末する方が先だ。東は、そのあとでゆっくりと料理してやればいい。

東とオガワが去ると、向こうが先に動き出した。俺たちはなんとなく、あとをついていく恰好になった。こっちも、できることなら人目のないところで勝負したい。尾行女が先頭に立って入っていったのは近くの神社だった。まあ、双方にとって不足のない場所を選ぶと、こういうところにならざるを得ない。

社殿の真ん前。ちょっと開けたところで、互いに向かい合う。

最初に口を開いたのも、あの女だった。

「ちょうどいいじゃないか。今夜は三対三だ」

態度は、前回よりも一層ふてぶてしい。

俺はそれを、鼻で嗤《わら》ってみせた。

無理するな。腹の傷に障るぞ。

「そうでもないよ。むしろ、これくらいハンディがあった方が、公平でいい」

ああ、そうかい――。

俺が指差すと同時、右に控えていたアラブ一号がデカい男に、アラブ二号がもう一人の男に向かっていった。その、岩石のような体つきからは想像もつかない、猛スピードで。

アラブ一号が、得意の音速タックルでデカい男の胴にしがみつく。意外と重かったのか、それとも相手が重心をズラしたのか、最初のアクションで体を浮かせるには至らなかった。そのまま突進し、地面に押し倒す。

だがその体勢から、アラブ一号は強引に得意技を仕掛けた。

「……ホォォォーアッ」

相手を地面から持ち上げ、自分の頭より高く担ぎ上げ、

「フェエーァハッ」

勢いよく地面に叩き付ける。ドスンッ、とこっちの足元まで地響きが伝わってきた。間違いない。こんな一撃を喰らって生きていられる人間など、いるはずがない。

「……フエアッ」

さらにもう一度、アラブ一号は男を地面から引っ張り上げた。そうか、念のためにもう一発喰らわせておくか。いい心掛けだ。殺人者たるもの、どれほど執拗でも、どれほど念入りでもやり過ぎということはない。全身のあらゆる骨が砕け、その破片が内臓をズタズタに切り裂くまで、徹底的に破壊してやるがいい。

「ノホ……ホア……」

担ぎ上げたところで、いったん停止。力を溜めつつ、アラブ一号は叩き付けのタイミングを計っている。目を凝らすと、相手の男の両脚が変なふうに、アラブ一号の腕と首に巻き付いているように見えるが、そんなことは気にするな。お前はお前の持ち前のパワーで、その無駄にデカい体を今一度地面に激突させてやれ。背筋を破壊し、脊髄を圧し折り、後頭部が真っ平らになるまでブッ潰してやれ。

「ホブッ……」

ところが、二発目はなんとも中途半端な形になってしまった。アラブ一号が、ゆっくりと膝をつく。伴って相手の男の体も、地面に落ちていく。いや、もっと勢いよく叩き付けなきゃ駄目だろう。実際、男の背中が地面に当たった音も、振動も、何一つこっちには伝わってこなかった。

馬鹿め、せっかくのチャンスを――。

しかも、次に動いたのは、相手の男の方だった。

男が組んでいた脚を解くと、ぐらりと、アラブ一号の背中が傾き、地面に、横向きに寝転んだ。

なんだ。ひょっとして、気絶、してるのか――。

だが声をかける間もなく、斜め後ろから悲鳴のような声が聞こえた。アラブ二号の向かった方からだった。

振り返ると、何があったのか、

「ホ、ホア……フハァ……」

アラブ二号は両手で顔を覆い――いや、覆うことができず、顔の前に広げた両手をワナワナと震わせていた。よく見ると、なんと、両目に針のようなものが一本ずつ刺さっている。

今日初めて見る男が、両目の潰れたアラブ二号の真横につく。男もそれなりにダメージは負ったらしい。左腕、肘から先がブラブラになっている。まるで力が入っていない。だが、目の見えなくなった巨漢の相手をするくらい、片手で充分ということなのだろう。

男は、アラブ二号の肩を軽く、右手で押した。おそらく、足も引っ掛けてあったのだろう。視界を失った二号は面白いくらい簡単に、地面に転がされた。

駄目だ。奴らはもう使い物にならない。

馬鹿な。あっという間に三対一ではないか。

俺は、まだアクションを起こさない女に視線を戻した。

余裕のポーズか、女は腕を組んだままこっちを見ている。

さすがに、これはマズい――。

いくら俺が学のない、ホームレス同然の殺し屋でも、これがどれほど不利な状況かは考えるまでもなく分かる。出し惜しみをしている場合ではない。

俺はまず拳銃を構え、撃とうとした。だが、引き鉄が引けない。見るといつのまにか、太い針が真横から拳銃に刺さっていた。刺さるというか、パーツとパーツの間にはさまっている。スライドが、動かない。

ち、畜生ッ——。

拳銃は捨て、俺はすぐさまナイフに握り替え、女に向かっていった。

本気だった。女は素手だ、まったく勝ち目がないわけではない。女を殺《や》ったら、次はデカいのだ。奴も拳銃は持っているだろうが、なんとか距離を詰めて、素手の勝負に持ち込む。素手対ナイフ。それにも勝ったら、いよいよあの、針男だ。針対ナイフ。俄然こっちの方が有利になる。何がなんでも、そこまで持っていかなければならない。

死ね——。

薙ぎ払うように繰り出した、俺のグリップ。

女は避けて後ろ回し蹴り。

ガッチリ固めたガードでそれを受け止めたら、こっちの番だ。グリップ二本を握り込んで、七インチの刃を、みぞおちに見舞ってやる。

しかし、惜しくもかわされた。間髪を容れずもう一撃、それでも当たらなければ、さらにもう一撃。

「どうした、全然、かすりもしないぜ」

クソ、クソ――。

「甘いッ」

カウンターでパンチ、よろけたところに蹴り。何を喰らおうと、こっちは「エヌ」をキメまくった無敵状態だ。痛みなんぞ微塵も感じはしない。

殺《ゃ》るんだ。勝つまで殺るんだ。なあ、ジウ、勝てるよな。俺ならこの女にも、あのデカいのにも、針男にも勝てるよな。東をブチ殺して、最狂の殺し屋になれるよな。

なあ、ジウ――。

ドスッ、と強烈な一撃をどてっ腹に喰らった。痛みはないが、息ができなかった。視界に、黒い靄が掛かる。

なァ、ジウよ――。

ナイフを突き出す。大きく横に薙ぎ払う。蹴る、突く、殴る、斬り付ける。大きく空を切っても、その勢いでよろけても、勝つまで、殺るんだ。

そうだろ、ジウ――。

頭ごと首を抱え込まれた。下から強烈な膝蹴りが襲ってくる。立て続けに三発、四発、五発、六発――。顔の真ん中辺りが、ぼわんと膨らんだように感じた。気分はまったくもって爽快だが、どうにも、体が重たい。ついていかない。

腿、腿、脇腹、側頭部、脇腹、側頭部、顎、顎。体のありとあらゆる部位に衝撃が走る。殴られたのか蹴られたのか、それももうよく分からない。とにかく振動が、衝撃が、絶え間なく襲ってくる。依然、痛みはないが、なんというか、世界が、塞がって、重たくて、冷たい。

尾行女の気配だけが、すぐそばにある。

「……お前みたいなチンカスが、ジウを騙《かた》るな」

なんだと、このアマ――。

「ジウは、本当に強かった。強くて、ピュアだった。お前みたいな、シャブ中のモノマネ素人が、ジウの後継者たぁ笑わせる。……ほら、立てよ。ダムドくんよ、ちったァ根性見せろって」

右手首を持たれたのは分かった。肘に何か当たったのも分かった。変な音がした。でもそれと、肘から先がブラブラになったこととの繋がりはよく分からなかった。左腕も同じ状態になった。髪の毛を摑まれて、顎の先をごつごつと、何度も何度も殴られた。ひょっとすると、殴られて気絶し、さらに殴られて覚醒し、また殴られて気絶、そんなことを繰り返していたのかもしれない。

もうよせ――。

そう聞こえ、しばらく、次の一撃は襲ってこなかった。

赦された。そう思った。

甘い奴らだ。この程度のダメージは、公園で三日も横になっていれば問題なく回復する。そうしたら、必ず、仕返ししてやる。覚えてろ、お前ら。

とりあえず、この場は一時撤退だ。

妙にフラつくが、歩けないほどではない。

まだ、連中は何かゴチャゴチャいっているが、気にすることはない。今に見てろ。お前ら全員、まとめて、返り討ちに、してやるからな。

とにかく、歩いた。歩いて歩いて、ときどき休んで、また歩いた。

どれくらいかかったかは分からないが、でも、新宿まで戻ってきた。富久町の、上田の事務所だ。ここで拳銃を調達したら、もう一戦、かましにいく。

暗いガラス戸に、頭突きでノックをする。

なんだ、上田。ちゃんといるじゃないか。いるんなら、さっさと出てきて開けろ。俺は今、ちょっと、本調子じゃないんだ。

なんだ。そんな、バケモノを見るような目で見るな。よこせ。そこらにある拳銃、全部よこせ。その日本刀もだ。

なんだ。馬鹿、勘違いするな。武器を貸せといってるだけだ。お前、俺にそんなもの向けて、どうする気だ。どうせ、安全装置が掛かってるとか、そういう、冗談だろう。

まさか、俺を本気で撃ったりは、しないだろ——。

月曜になり、東が普通に出勤してきたときは、本当に驚いた。

＊

「おはようございます、瀬川係長」

「あ、ああ……おはよう、ございます」

なぜだ、なぜ東が、生きている——。

助っ人を二人もつけてやったというのに、あの「ダムド」とやらは一体、何をやっているのだ。何が「いま売り出し中の、東京で一番危険な殺し屋」だ。「ジウの生まれ変わり」だ。とんだ喰わせ者ではないか。しかも、一昨日辺りからは電話にも出ない。しくじったのか。それとも怖気《おじけ》づいて逃げ出したのか。なんにせよ碌なものではない。

数日前、ダムドは、東には「軍隊がついてる」といった。男女のペアで、銃を扱える、完全なるプロだと。状況からいって、その二人は「歌舞伎町セブン」のメンバーである可能性が高かった。実際、セブンが東の擁護に回ったという噂も耳にしていた。だとすると、ダムドは返り討ちに遭って消された、と考えた方がいいか。あまり連絡をとりたい相手ではないが、あとで平岡組の上田に電話して訊いてみようか。奴なら少しは状況を把握しているかもしれない。

しかし、こう何日にもわたって東の情報を流していたら、いずれは自分が内通者であると露見してしまう。それはどう考えてもマズい。その前になんとかしなければ。何しろ東は、あの手塚正樹が持ち出した例の情報を入手した可能性が高いのだ。

そもそもの命令は、手塚正樹が持っているメモリーカードを回収しろというものだった。何日も尾け回し、あと一歩というところまで追い詰めたが、そこで手塚は何を考えたか、いきなり立て籠もり事件を起こした。その狙いはすぐに判明した。東を取調官に指名し、なんらかの方法でメモリーカードを渡す気だったのだ。

東弘樹といえば「歌舞伎町封鎖事件」の捜査全般に関わり、計十二名のメンバーを法廷に送り込み、それによって組織から「工作対象外」の指定を受けた要注意人物だ。裏切り者の手塚にしてみれば、これほど情報を渡すのに都合のいい人物はいなかったに違いない。

それにしても、よく分からないのは手塚の自殺だ。地検にも組織の人間はいるから、それらを使って手塚にメモリーカードの在り処を吐かせようとしたことはまず間違いない。それが上手くいかなかったのか、あるいは喋らされる前に手塚が自ら命を絶ったのか。どちらにせよ組織にメモリーカードは戻らず、ついには東抹殺指令が下った。

東殺しは、首尾よく仕留めれば組織から億単位の金を引き出せる案件だった。誰もが夢中になった。誰もが本気だった。しかし、東を仕留めるのは予想外に難度の高い仕事だった。やがてセブンが東についたという噂が立ち、東自身も手塚には何かあると気づいたのだろう、周辺を調べ始めた。これははっきりいって、組織側の失敗だったと思う。手塚を始末し、それで終わりにしていれば、東はメモリーカードの存在には気づかなかった可能性が高い。下手に追い込んだからこそ、東はその理由を探り、結果としてメモリーカードに行き着いてしまった。あの「Ｓｕｉｃａ」がまさにそうだった。そういうことではないのか。

だが、そうやって得た情報を東がマスコミに流したという話は聞かない。だとすれば、まだ間に合うかもしれない。今からでも東を始末し、メモリーカードを回収すれば、組織から巨額の報酬を引き出せる。その可能性は、充分にある。

当の東から声がかかったのは、昼休みの直前だった。

「瀬川係長、ちょっといいですか」

「あ、ええ……いいですよ」

昼飯を一緒に、という雰囲気ではなかった。空室になっている会議室に案内され、そこでいきなりいわれた。

「まさか、あなたが内通者だったとは思いませんでしたよ、瀬川係長。そりゃ、何時に署を出て、自宅がどこで、当番はいつで明けは何時で……全部、筒抜けになるわけだ」

むろん、その程度の指摘で認めるわけにはいかない。

「なんのことですか、東さん。内通者なんて、物騒な……」

「とぼけたって無駄ですよ。まあ、いい機会なので宣言しておきましょう。あとで、後ろにいる連中に伝えてやるといい……私は、『新世界秩序』の関係者リストを入手しました。政界、財界、メディア、中央省庁……むろん、警察もそれに含まれますが、どこに所属するどんな人物が『新世界秩序』と繋がっているのか、かなり詳細に把握することができました。これを公表するには、どのメディアに出すのが最も効果的か……今、検討している最中です。下手なところに出すと、あっという間に潰されてしまうんでね。そこは、慎重にやるつもりですよ」

この野郎、とは思ったが、態度には出せなかった。

「いや、なんだかな……東さん、何をいってるんですか」

「見苦しいですよ、瀬川さん。あなたの名前だってちゃんと載ってるんだ。船越幸造、松田浩司、伊崎基子ときたら、もう『新世界秩序』しかないでしょう。そのリストに、あなたの名前もあるといっているんです」

「い、いや、だからって……」

「そんなものはなんの証拠にもならない？　そうですか。じゃあ、試しに公表してみましょうか」

「あ、いや……」

東はニヤリと頬を歪めた。殺してやりたくなった。

「……大丈夫です。これに関しては、ゆっくり、じっくりやっていくつもりです。私は、手塚のようにはなりたくないんでね」

一度は出入り口に向かった東が、「そうそう」と足を止めて振り返った。

「手塚正樹も、元々はメンバーだったんですね。ところが手塚は、ある時点で組織を裏切り、メンバーのリストを持ち出して、姿を消した……そんなところじゃないかと、私は踏んだんですがね。またある人が、私に、手塚正樹は新田清志の成りすましじゃないかと、入れ知恵してきたことがありました。でも、なんてことはない。その人物もまた、リストに名前が載っている『新世界秩序』のメンバーでした。……目的は、なんだったんでしょうね。捜査の攪乱《かくらん》、あるいは同士討ちとか……ま、それも追々、分かってくるでしょう」

今度こそ東は出ていった。

奴だけは、一刻も早く始末しなければ――。

本気でそう思った。

やはり、上田もダムドも電話に出ない。一体どうなっているのだ。

勤務終了後、代々木公園までやってきた。もはや顔を晒《さら》したくないなどと、贅沢《ぜいたく》をいっていられる状況ではない。なんとしてでも奴を捜し出し、金で釣れるものならいくらでも払って、とにかく東を始末させるしかない。それはあくまでも、奴が生きていれば、の話だが。

不本意ではあるが、ホームレスのテントを一つずつ覗いていった。臭いとか汚いとか、そんなことをいっている場合でもない。それより困ったのは、奴の呼び名が分からないことだ。「ダムド」というのは殺しの仕事をする上での、いわば屋号のようなものだろう。普段はなんと名乗っていたのか。それくらい上田に聞いておけばよかった。他のホームレスに尋ねようにも、名前が分からないのだから説明のしようがない。結局一人ひとり、ホームレスの顔を確認していくしかなかった。

小一時間、そんな調子で代々木公園を捜し回っていたら、声をかけられた。

「……あんたかい、奴を捜してるってのは」

ホームレスにしては、えらく立派な体格をした男だった。

「ああ。知ってるのか」

「知ってるよ。たぶん、あいつのことだろう。……案内してやる。ついてきな」

男はそういって真っ直ぐ、雑木林の中を進んでいった。

えらい速足だった。モタモタしていると、あっという間に置き去りにされそうだった。

「おい、待ってくれ、ちょっと」

「もうすぐだ」

「ちょっと、もう少し、ゆっくり……」

「ああ、いいだろう。ここらで」

ふいに、黒いものが視界をよぎったと思ったら、次の瞬間には、それが自分の喉元にピタリと張り付いていた。抵抗しようとしたが、右手も左手も自由が利かなくなっていた。足も、動かせない。

しまった、と思ったが遅かった。

お前が「歌舞伎町セブン」か――。

たったそれだけのことも、もはや言葉にならない。

「……今年の新宿署は、死人が多いな」

最期に、何をいわれたの、かも、よく――。

＊＊

赤坂《あかさか》の自宅マンションに帰り、まず一番にすることといったら、トイレに駆け込んでの嘔吐《おうと》だ。

いつのまに、こんなふうになってしまったのだろう。正確なところは記憶にない。ただ「新世界秩序」に関わるようになってから、というのだけは間違いない。いろいろやった。体を使って情報をとったことも、それをネタに強請《ゆす》ったことも数知れずある。刃物や銃器で、というのはないが、薬物で人を殺したことはある。相手がもがき苦しみ、のた打ち回るのを見て、変に冷めた自分がいることを自覚した。何も感じないのだ。人が目の前で死のうとしているのに、憐憫《れんびん》も罪悪感も、快感も優越感もない。その代わりなのかどうかは分からないが、あとで吐いた。被害者の顔を思い出したわけでも、何か耐え難い感覚に襲われたわけでもないのに、とにかく吐くのだ。そのお陰か、ここ十年はまったく体形が変わっていない。

しかしそれも、今日で終わりなのだと察した。

洗面所に移り、洗顔を済ませて鏡を見ると、自分の後ろに、死神の姿が映っていた。

「……どうやって入ったの？」

「鍵を開けて、ドアを開けて、普通に」

「その前に、チャイムを鳴らすのがマナーじゃないかしら。これでも、独身の女の部屋なのよ」

「君を、驚かせたかった。……てっきり、もっと喜んでくれるものとばかり思っていたが」

振り返り、こっちから近づいていくと、死神はそれを嫌うように距離をとった。

「どうして逃げるの？」

「いくつか、訊きたいことがある」

「どうぞ。なんでも訊いて」

死神は、とても優しい目をしていた。低くて、甘い声をしていた。年相応に肉は弛《たる》んでいるけれど、それも、見ようによっては淫靡《いんび》だった。問題は、彼が何を知りたいのかということだ。

「なぜ、東弘樹に近づいた」

「何それ……嫉妬？」

「そうかもしれない」

「でも、違うかもしれないの？」

「おそらく、違うんだろう」

可笑しかった。一瞬でも、死神がそれを嫉妬と認めたことが愉快で堪らなかった。愛しかった。

再び近づいていったが、死神はもう逃げなかった。その太い首に腕を回しても、胸元に唇を寄せても、拒まない。

「なぜ、東に近づいた」

「それはね……あなたと、敵対させたかったから」

「俺と、東を？」

「正確にいったら、東と『歌舞伎町セブン』を、ってことなのかもしれないけど」

死神の、胸元の匂いを嗅ぐ。男の肌の匂い。脳が痺れる。

「俺と東を、敵対させてなんになる」

どうしても、そんな野暮を語らねばならないのだろうか。

「なんに、か……セブンはただの殺し屋集団ではないけれど、非合法な手段を用いる以上、警察とは相容れない性格をしている。それは否めない。でも、それ以外では実際、どうなのかな……万が一にも、肚を割って話す機会に恵まれてしまったら、案外、あなたたちは意気投合しちゃうんじゃないか……なんてね。でもそれは、私たちにとってはとても不都合なことだった」

両手で、顎を撫でてみる。ヒゲは綺麗に剃ってある。

「……どうして」

「やだな、分かってくれてると思ってたのに。気持ち、伝わってると思ってた……私はただ、あなたが欲しかっただけ。こっち側に引き入れたかった。『歌舞伎町セブン』ごと、『欠伸のリュウ』を『新世界秩序』に取り込んでしまいたかった。そのためには、東に、本気で『セブン狩り』をしてもらうのがいいんじゃないか、って私は考えた。反対する人もいたけどね。私は、それが一番いいと思ったの。だから、東に吹き込んだ……『歌舞伎町セブン』は、危険な殺し屋集団ですよ、って。歌舞伎町を裏から牛耳る、闇の軍団です、そのリーダー的存在である『欠伸のリュウ』の正体は、東さんもご存じの、陣内陽一なんですよ……って」

少し、死神は怒ったようだった。目が、優しくなくなっていた。

「だが、そんなあんたの思惑とは関係なく、セブンは東の擁護に回った」

「そう。いくら引き離そうとしても、あなたはどんどん東に引き寄せられていった。私を、振り返ってはくれなかった」

「つまり、俺の店の前で拉致されそうになったのも、仕込みってことか」

「そんな、下品な言い方しないでよ……あれは、お芝居。私があなたに、切ない恋心を伝えるための、一世一代の大芝居……確かに私は、主演女優賞には届かなかったかもしれない。でも、そうだったとして、だったらあなたはどうするの？　私を殺す？　私は東に危害を加えたわけでも、あなたたちの邪魔をしたわけでもない。ちょっと嘘はついたかもしれないけど、でも、殺されるほど悪いことなんてしたかしら」

死神の指先から、鋭い針が生えてくる。まるで磨き込まれた、透明な氷。目を凝らせば、そこに世界のすべてが映り込んで見えるに違いない。

「……殺しは、しない。ただ、いつでも殺せるということは、覚えておいてもらおう」

「分かってますよ、それくらい。私は、あなたには敵わない。出会ったあの瞬間に、勝負はもうついていたわ」

「じゃあ、一つ伝言を頼みたい。こちらの要求を呑んでもらえるなら、『歌舞伎町セブン』

は、例の名簿の内容を公表しない。東がどうするかは知らないが、少なくとも、俺たちは見なかったことにしてもいいと思っている……」

　そうやって死神は、用が済むと、また誰かのために黒い翼を広げ、音もなく飛び去っていった。

　信じ難いことに、自分はまだ生きていた。

　それはとても、悲しいことなのに。

＊　＊　＊

　あの「ダムド」とやらはミサキが仕留めた。両肘、両膝の関節を破壊され、タコ殴りにされた顔面が梅干しの化け物のようになってもなお、ダムドは地面を這いつくばって逃げようとした。言葉らしきものも発していたが、意味は分からなかった。まあ、寝言みたいなものだろう。

　ダムドを痛めつけるミサキの顔には、憎しみとは違う何かがあるように見えたが、そうだとしても、やっていいことと悪いことはある。

「おい、もうよせ。そこまでする必要ないだろう」

　陣内が止めに入ると、ミサキは「分かってるよ」と吐き捨て、サイレンサー付きのベレッタでとどめを刺した。ダムドの持っていた拳銃、大型のバタフライナイフ、携帯電話と手帳は没収し、陣内が預かることにした。

陣内自身も左肘をはずされていたが、それはジロウにはめてもらった。数日経った今も少し痛みは残っているが、日常生活にさほどの支障はない。

その後、例の名簿を詳しく調べていくと、瀬川寛昭《ひろあき》という警視庁警察官が現在、東と同じ新宿署刑事課に配属されていることが分かった。階級も東と同じ警部補で、肩書は強行犯捜査第二係の係長だという。東抹殺指令に関与した疑いがあると睨み、行動を監視していると、まんまとダムドが所有していた携帯電話に連絡を入れてきた。市村らが裏取りを進めると、瀬川は暴力団関係者と交流があり、ダムド以外にも東抹殺を依頼していたことが判明した。

瀬川はジロウが始末した。だが新宿署員の首吊り自殺が続くのは不自然なので、死体はダムドらと一緒に焼却処分にした。ゆくゆくは行方不明として処理されるものと思われる。

その週末。珍しくミサキが、ふらりと一人で「エポ」に顔を出した。何を喋るでもなく、奥の席で一人、テキーラをストレートで飲んでいたが、それでも他に客がいなくなると、ぽつりぽつりと喋り始めた。

「……例の件、悪かったね」

「ん？　何が」

「名簿。あれ使って、あんたが取引してくれたんだろ。市村から聞いた」

あの馬鹿。黙ってろといったのに。

「いや、肘が痛くて、他に手伝えることがなかったからさ。せめて、それくらいは俺がやるって、そういっただけだ」

「でも……あたし個人のことで、あんたらを煩わせた。市村も、上岡も、小川も、いろいろやってくれてる。なんていうか……」

もはや珍しいを通り越して、不気味ですらあった。

ミサキが、女の顔をしている。

陣内は小首を傾げてみせた。

「なんだよ。恩に着てるのか」

ミサキは、ぐっと奥歯を嚙み締めたが、すぐに小さく頷いた。

「……ありがと。この恩は、必ず返す」

戦闘マシーンのようでいて、この女も人の子、いや、一人の親ということか。

「らしくないことというな。……弱みは、誰にも見せるな。身内にもだ」

ミサキはグラスを摑み、残りのテキーラを一気に飲み干した。

「……ごちそうさん」

ポケットから出したクシャクシャの五千円札を一枚、カウンターに広げて立ち上がる。

釣りを出そうとしたが、ミサキは「いい」とかぶりを振った。

ミリタリーブーツの踵を鳴らし、ミサキが出入り口までいく。

引き戸の取っ手に指を掛け、だがそこで、ミサキは振り返った。

「ジンさん」

「ん？」

「……また、くる」

この野郎。可愛い顔しやがって。

「ああ。気をつけて帰れよ」

「……じゃあ」

過ぎてしまえば、いつもと変わらない歌舞伎町の夜だ。

しかし、温かくても冷たくても、同じ夜は二つとない。


本当に、同じ夜でなくてよかったと思う。

ミサキが一人できた次の夜には、あの男が来店した。

「……東さん。いらっしゃいませ」

「こんばんは」

そのときにいた客は、二丁目でキャバ嬢ドレスの専門店を経営している女実業家と、そのカレシ、一つ席を空けて一見《いちげん》のカップルの、計四人だった。

奇《く》しくも東は一番奥、ミサキが昨夜いた席に座った。

陣内は女実業家のカレシにアーリータイムズのロックを出してから、東の前に立った。

「もう、脚の具合はよろしいんですか」

歩く姿を見た限りではだいぶよさそうだった。あれからもう二週間は経っている。日にち的には、抜糸が済んでいてもおかしくはない。

「ええ、お陰さまで。仕事にももう支障はありません」

「それはよかった。私も安心して、お酒をお出しできます。何を、飲まれますか」

「スコッチを、ロックで」

「マッカランでしたら、十二年と十八年がございます」

東が小さく頷く。

「安い方でいいですよ」

「かしこまりました。何か、おツマミはよろしいですか」

「この前のチーズ、あれ美味かったな」

「ブルーチーズが違う種類になってしまいますが」

「任せます」

真ん中にいるカップルのカノジョが「私もチーズ食べたい」と言い出し、カレシが「じゃあ、それ」とオーダーする。

「はい、かしこまりました」

その横では、女実業家がカレシに、近々店を畳もうと思う、と話している。キャバ嬢ドレスを売るのに歌舞伎町ほど都合のいい街はないだろう、などと陣内は思っていたが、最近はむしろネット通販の方が好調で、わざわざ店を構えておくのが馬鹿らしくなった、ということだった。確かに歌舞伎町は家賃が高いし、そもそも物販には向かない街だ。キャバ嬢ドレス専門店もその例に漏れるものではない、ということらしい。

東にマッカランの十二年を出してから、陣内もその話に加わった。

「でも、お店がなくなってしまうと、今までのようには、いらしていただけなくなりますね」

だが女実業家は、んーん、とかぶりを振った。

「遊びにはきますよ。流行とか、街の空気？　そういうものは、やっぱり肌で感じていたいし。ジンさんの料理は、食べにきたいし」

「そうですか。それは……ありがとうございます」

東はこれといった反応を示さず、静かにマッカランを味わっている。表情は決して暗くも硬くもない。誰かに話しかけられれば、おそらくそれには応えるだろう。でも、自分から積極的に加わりはしない。そんなポーズで東は、店の空気に馴染もうとしている。

チーズを盛り終え、東とカップルに出す。

「お待たせしました」

少しすると、女実業家の携帯電話が鳴った。零時過ぎだというのに、店で何かトラブルが起こったようだった。

「ごめん、あたしいくから、これで」

「うん、分かった」

カレシに札を何枚か渡し、女実業家は出ていった。カレシもアーリータイムズを飲み終えると、席を立った。

「ご馳走さま。帰ります」

「いつもありがとうございます」

会計は一万五千円ほど。カレシが受け取ったのは、たぶん三万円。余った一万五千円はカレシの小遣いになるのだろうか。

一見カップルが会計をし、店を出たのはその三十分ほどあとのことだ。

「ありがとうございました」

午前一時。ついに店内は、陣内と東の二人だけになった。

二週間ほど前のあの夜と状況はほぼ同じだが、気持ちはだいぶ違っていた。陣内自身、心のどこかで、こうなることを望んでいたようにも思う。

そしてそれは、東も同じはずだった。

「……陣内さん」

待っていたかのように東が口を開く。それを聞いて、ふと思った。刑事という職業柄、この男は待つことを苦にしないのだろうと。

「はい。お代わり、お出ししますか」

「そうですね。じゃあ、同じものを」

東はグラスを押し出しつつ、陣内の顔を覗き込んでくる。

「……いや、一度、あなたにはちゃんと、お礼をいっておこうと思っていたんです」

きたな、と思った。その表情は、決して人に感謝の意を伝えようとするそれではなかった。どちらかといえば、何かを引きずり出そうとする狡猾さや、好奇心に満ちている。東自身、それを隠すつもりはないのだろうし、陣内もさして不快には感じなかった。むしろ、微かな興奮すら覚える。

「そんな、お礼だなんて……私はただ、タクシーの拾えるところまでお送りしただけです」

「二週間前のことだけをいってるんじゃないんです。それ以後も、私は何度か、あなたに助けられている」

ここは直球でくるのか。なるほど。

「え、それは……なんでしょう。人違いでは、ないでしょうか。私は、そのようなことは、何も」

「そうでしょうか。これは私の、勘違いなんでしょうか……奪われたものが戻ってきたり、危険な場面に直面したにも拘わらず、実際には何も起こらなかったり……」

マンション前で、ダムドたちと対峙《たいじ》したときのことか。どうやらこの男は、あの距離、あの暗さでも人の顔が見分けられるらしい。ますます油断ならない。

「はあ、そんなことが、あったんですか……すみません、私には、心当たりがないんですが、でも、よかったじゃないですか。じゃあ、もう最近は、ああいった連中に狙われたりは？」

「お陰さまで、撃ち殺されそうになることも、刃物で斬り付けられることもなくなりました。……でも、そうか。私の勘違いか。ひょっとすると、陣内さんでないにしても、そのお仲間が助けてくれた、ということなら、あるのかと思ったんですが」

東は土屋昭子から「歌舞伎町セブン」と「欠伸のリュウ」について聞き、それらと陣内の関係を知るに至っている。この程度の探りは入れてきて当然だろう。

「いや、それも、よく分からないです。すみません」

いいながら、お代わりのマッカランを出す。

「おかしいな……私は、あの御守《おまもり》も、陣内さんが私にくださったんだと思っていたんですが」

「御守?」

ゆっくりと、東が頷く。

「私にとっては、そうです、御守です。それも、絶大なご利益《りやく》がある。あれを持っている限り、私は、そう簡単に危険な目には遭わない。私に何かあれば、その御守が人手に渡る、そこさえ間違えなければ、しばらくは安全です……まあ、御守にも有効期限はありますからね。一生というわけには、いかないんでしょうが」

東は、自分のことは自分で処理した。そう思っていいようだ。

陣内は、軽く笑ってみせた。

「なんか、よく分かりませんが……素敵な御守みたいですね。私もあやかりたい」

「大丈夫。あなただって、ちゃんと同じものを持っている」

「そう、ですか? いや、持ってたかな、御守なんて……」

喩《たと》え話ばかりの芝居が滑稽に思えてきたのか、東が珍しく笑みを浮かべた。

「陣内さん……あなた、なかなかの役者ですね」

「あ、それ。決して本気にしてるわけじゃないんですが、こう見えて、劇団に誘われたことがあるんですよ。今からってのは、さすがにないですけど、でも、もう少し若かったらな……チャレンジしてみたかったですね」

そんなことをいっていたら、客が入ってきた。

「こんばんは……」

「はい、いらっしゃいませ」

大久保にある韓流ショップのオーナーと、その雇われ店長だ。この二人は最近、やたらと愚痴が多い。日韓関係が悪化して売り上げはガタ落ち。嫌韓デモがくれば「日本から出ていけ」と騒がれた挙句、看板を壊される。オーナーと店長は「俺たちは日本人だ」と訴えたが効果はまるでなし。顔つきからして、今夜もそんな話に終始するのだろう。

奥の席で、東が立ち上がる気配がした。

「ご馳走さま」

「はい、ありがとうございます」

東は一万円札を出し、釣りを渡すと小銭まできちんと黒革の財布に収め、出入り口に向かった。その間、どういう心境なのかは分からないが、東の頬にはずっと笑みが張り付いていた。

「ありがとうございました」

陣内の声には会釈で応じ、引き戸を開けて出ていく。

硬い革靴の足音が階下に消えると、陣内はようやく、溜まっていた息を吐き出すことができた。

妙に疲れたが、でも、決して嫌なものではなかった。

＊＊＊

朝八時半。ミサキは横浜市内の、とある住宅街にある公園のベンチに座っていた。少し風が強いが、天気はいい。

背後でドアの開く音がし、振り返ると、一車線道路を隔てて向かいにある民家の玄関から、四十歳くらいの女性が出てくるところだった。あとから紺色の帽子に制服、黄色いバッグをたすき掛けにした小さな男の子も出てくる。二人は手を取り合い、大通りの方にてくてくと歩いていった。

きちんとした身形《みなり》の、品のいい女性だった。二階建ての家屋は、決して新しくはないものの、でも充分に裕福さを窺わせる外観だ。玄関脇には、小さいがよく手入れされた花壇があり、黄色とピンクと紫の花が咲いている。花の名前は、ミサキには分からない。その右側はガレージになっており、シルバーのセダンが停まっている。よく磨かれており、ぱっと見は傷も見当たらない。

絵に描いたような、幸せそうな家庭だ。ミサキが手にすることのなかった、あるいは失ったものが、すべて詰まっている。そんなふうに見えた。

これでいい。これでいいんだ。あとは、これを守りさえすればいい。そう、自分に言い聞かせる。

むろん、近づいてくる男がいることには気づいていた。それが誰であるのかも、ミサキには分かっていた。

「……おはようございます」

応えずにいると、男はミサキの前に立ったまま、二人が歩いていった方に目を向けた。

「伊崎、基子さん。あなたは、もう少し物分かりのよい方だと、私は思っておりました。実に、残念です」

ミサキは下から、上目遣いで男を睨みつけた。

「あんたが残念がることなんて、何もありゃしないよ。ただ放っといてくれりゃいいんだ。あの家族も、あたしのことも」

二人の姿はもう見えないのに、それでも男はまだ同じ方に目を向けている。

「それで、すべてが丸く収まると、本気でお思いですか」

「収めるんだよ、あんたが。それくらいの力はあるんだろう？　次期総理候補の、第一秘書じゃないか」

ようやく男の目が、ミサキに下りてくる。

「それで、私の弱みを握ったつもりですか」

「別に。あたしはあたしの流儀でやらせてもらうだけさ。もう、あんたらの指図は受けない。崇之のことも守る。あんたらには、指一本触れさせない。拘置所に戻る気もないし、ましてや死刑になる気もさらさらない」

男はそれを、鼻で嗤った。

「ずいぶんと、欲深なことを仰る」

「そうだよ……忘れたのかい？　あたしに高望みをしろといったのは、あんただよ。これからは、遠慮なくやらせてもらう。……ようやくだよ。ようやく、戦う気になったんだ。戦えるように、なったんだよ」

急に日が陰り、すうっと冷たい風が、木陰から忍び寄ってきた。

男が眉をひそめる。

「それはひょっとして、あの、歌舞伎町のお仲間の影響ですか」

「さあね……それも、あるのかもしれないけど」

ジャリッと、男が靴底を鳴らす。

「……たったの七人で、私たちに勝てるとでも？」

今度は、ミサキが鼻で嗤ってみせる。

「ああ、負ける気はしないね。あんたらは所詮寄せ集めだ。一匹デカいのがいったら、あっという間にバラけちまう小魚の群れだ。そっちこそ、舐めたことといってると痛い目に遭わすよ。あたしたちはね……プロなんだよ」

目を逸らさずにいると、やがて男は一礼し、ミサキの前から離れていった。

後悔は少しもない。ただ、無事には済まないだろうという予感も同時にあった。奴らの弱みを握ってはいるが、一方ではその強さも、残虐性も狂気も身に染みて知っている。

いいだろう。受けて立ってやる。

どっちが強いか、とことんまで試してやろうじゃないか。

-了-

この作品はフィクションであり、実在する個人、団体等とは一切関係ありません。

『歌舞伎町ダムド』二〇一四年九月　中央公論新社刊

中公文庫

歌《か》舞《ぶ》伎《き》町《ちょう》ダムド

2017年2月25日　初版発行
2022年4月30日　再版発行

著　者　誉《ほん》田《だ》哲《てつ》也《や》

発行者　松田陽三

発行所　中央公論新社
〒100-8152　東京都千代田区大手町1-7-1
電話　販売 03-5299-1730　編集 03-5299-1890
URL https://www.chuko.co.jp/

DTP　柳田麻里
印　刷　大日本印刷（本文）
三晃印刷（カバー）
製　本　大日本印刷

Published by CHUOKORON-SHINSHA, INC.
Printed in Japan　ISBN978-4-12-206357-0 C1193

定価はカバーに表示してあります。落丁本・乱丁本はお手数ですが小社販売部宛お送り下さい。送料小社負担にてお取り替えいたします。

中公文庫既刊より

各書目の下段の数字はＩＳＢＮコードです。978－4－12が省略してあります。

ほ-17-14
新装版　ジウⅠ　警視庁特殊犯捜査係　誉田　哲也
人質籠城事件発生。門倉美咲、伊崎基子両巡査が所属する警視庁捜査一課特殊犯捜査係も出動する。だが、この事件は〝巨大な闇〟への入口でしかなかった。
207022-6

ほ-17-15
新装版　ジウⅡ　警視庁特殊急襲部隊　誉田　哲也
誘拐事件は解決したかに見えたが、依然として黒幕・ジウの正体は摑めない。事件を追う東と美咲。一方、特進をはたした基子の前には不気味な影が。〈解説〉宇田川拓也
207033-2

ほ-17-16
新装版　ジウⅢ　新世界秩序　誉田　哲也
新宿駅前で街頭演説中の総理大臣を標的としたテロが発生。歌舞伎町を封鎖占拠し、〈新世界秩序〉を唱えるミヤジとジウの目的は何なのか⁉〈解説〉友清　哲
207049-3

ほ-17-4
国境事変　誉田　哲也
在日朝鮮人殺人事件の捜査で対立する公安部と捜査一課の男たち。警察官の矜持と信念を胸に、銃声轟く国境の島・対馬へ向かう。〈解説〉香山二三郎
205326-7

ほ-17-5
ハング　誉田　哲也
捜査一課「堀田班」は殺人事件の再捜査で容疑者を逮捕。だが公判で自白強要の証言があり、班員が首を吊った姿で見つかる。そしてさらに死の連鎖が……誉田史上、最もハードな警察小説。
205693-0

ほ-17-6
月　光　誉田　哲也
同級生の運転するバイクに轢かれ、姉が死んだ。殺人を疑う妹の結花は同じ高校に入学し調査を始めるが、やがて残酷な真実に直面する。衝撃のR18ミステリー。
205778-4

ほ-17-7
歌舞伎町セブン　誉田　哲也
『ジウ』の歌舞伎町封鎖事件から六年。再び迫る脅威から街を守るため、密かに立ち上がる者たちがいた。戦慄のダークヒーロー小説！〈解説〉安東能明
205838-5

ほ-17-8
あなたの本
誉田哲也
読むべきか、読まざるべきか？　自分の未来が書かれた本を目の前にしたら、あなたはどうしますか？　当代随一の人気作家の、多彩な作風を堪能できる作品集。
206060-9

ほ-17-9
幸せの条件
誉田哲也
恋にも仕事にも後ろ向きな役立たずOLに、突然下った社命。単身農村へ赴き、新燃料のためのコメ作りに挑め!?　人生も、田んぼも、耕さなきゃ始まらない！
206153-8

ほ-17-10
主よ、永遠の休息を
誉田哲也
この慟哭が聞こえますか？　心をえぐられた少女と若き事件記者の出会いが、やがておぞましい過去を掘り起こす……驚愕のミステリー。〈解説〉中江有里
206233-7

ほ-17-12
ノワール　硝子の太陽
誉田哲也
沖縄の活動家死亡事故を機に反米軍基地デモが全国で激化。その最中、この国を深い闇へと誘う動きを、東警部補は察知する……。〈解説〉友清　哲
206676-2

ほ-17-13
アクセス
誉田哲也
高校生たちに襲いかかる殺人の連鎖。仮想現実を支配する「極限の悪意」を相手に、壮絶な戦いが始まる！　著者のダークサイドの原点！〈解説〉大矢博子
206938-1

ほ-17-17
歌舞伎町ゲノム
誉田哲也
大人気シリーズ、〈ジウ〉サーガ第九弾！　伝説の暗殺者集団「歌舞伎町セブン」に、新メンバー加入！　彼らの活躍と日々を描いた傑作。〈解説〉宇田川拓也
207129-2

え-21-1
巡査長 真行寺弘道
榎本憲男
五十三歳で捜査一課のヒラ捜査員——出世拒否×バツイチ×ロック狂のニュータイプ刑事登場。圧倒的なスケールの痛快エンターテインメント！〈解説〉北上次郎
206553-6

か-91-1
カンブリア 邪眼の章
警視庁「背理犯罪」捜査係
河合莞爾
この能力ってあることに限り絶大な効果がある。それは犯罪です。「理に背く力」を使う犯罪者に立ち向かう、二人の刑事の運命は？
206849-0